语文老师的散文

赵庆梅 — 著

中国文联出版社

图书在版编目（CIP）数据

语文老师的散文 / 郭庆梅著． -- 北京：中国文联出版社，2023.12
ISBN 978-7-5190-5217-1

Ⅰ．①语… Ⅱ．①赵… Ⅲ．①散文集－中国－当代 Ⅳ．① I267

中国版本图书馆 CIP 数据核字（2023）第 255006 号

著　　者	赵庆梅
责任编辑	王　萌
责任校对	秀点校对
装帧设计	爱吉骏文化　张昌宇

出版发行	中国文联出版社有限公司
社　　址	北京市朝阳区农展馆南里 10 号　　邮编　100125
电　　话	010-85923025（发行部）　010-85923091（总编室）
经　　销	全国新华书店等
印　　刷	三河市龙大印装有限公司

开　　本	710 毫米 ×1000 毫米　1/16
印　　张	22
字　　数	270 千字
版　　次	2023 年 12 月第 1 版第 1 次印刷
定　　价	86.00 元

版权所有·侵权必究
如有印装质量问题，请与本社发行部联系调换

写给岁月与童心

《语文老师的散文》是一部特别的散文集，赵庆梅老师将点点滴滴的生活记忆、岁月回想、心底波澜书写记录下来，如同诉说一件件往事，叙述一段段家常，熟悉亲切，温暖难忘。

生活其实就像一篇散文，没有太多的跌宕起伏、激烈冲突，也不常有宏大或壮丽，更多是寻常景、平常事，往往是日常而琐细的，但日复一日的生活里有着水滴石穿的力量。因此，生活视角的散文格外有意义，观物、说理、言事，生动而又隽永。其中体验的是一种时间观、生命观、生活观，刹那即是永恒，细微处含着真精神。值得指出的是，这种感悟、发现和抱以的深情是自然而然、发自内心的，往往是真实而又平淡的。汪曾祺先生曾说："我是希望把散文写得平淡一点，自然一点，'家常'一点的，但有时恐怕也不免'为赋新词强说愁'，感情不那么真实。"好的散文作为生活的叙事，自然发展，情与理寓于其中。

自然素朴的行文和见微知著的感悟，大概也和赵庆梅作为教师的职业有关。教育不仅要传授知识，言明道理，还要在情意的开发、健全人格的培养上下功夫。特别是语文教育，需要教会孩子表情达意，更要引导孩子领略人情，包括从语言文学的角度帮助学生找出被感动、兴发的缘由，并让未曾亲历的生命情境借由对前人经验的学习而活跃生动起来。作为语文教师的散文创作，也是在构建自身领略人性人情的素养和经验，在日常生活中发现美好，在岁月流逝中铭刻记忆，在文字承载的人与事、时与地中，构建一种通达于生活深处和心灵深处的桥梁，在实现自身人生以及文学世界建构的同时，也将更充分地将这种生活的感受力、表达力、价值观投射到教学中，传递给学生，形成语文教育更深层次的共鸣。它是"已识乾坤大，犹怜草木青"的生活的深情厚意，是"你一定要爱着点什么，恰似草木对光阴的钟情"的物感与比兴，是"如果你来访我，我不在，请和我门外的花坐一会儿，它们很温暖，我注视它们很多很多日子了"一种人与人、人与世界温情的联系，是语文教育更深沉的内涵与本质。

　　语文老师的散文，总是跃动着一种童心童趣，带着好真、乐善、爱美的天性，且看似寻常的事物里也可见真意与生机。散文评论者谓：现实生活中的散文要俯瞰平庸，要仰望星空，超越庸常与晦暗，葆有清新健朗的追求。从童心童趣的视角出发，现实中的差异、樊篱则均可化解，因为童心脱离了功利的束缚，以艺术的眼光看世界，以审美的态度追求艺术的人生情味，实现的也是艺术"无用之大用"。

　　美好的散文，是共鸣，也是唤起；是交流，也是创造。在散文的世界里，常有惊喜的相遇，遇见过往，遇见自我，遇见感动和启示。我愿徜徉在散文的世界里，并对那些佳篇的写作者致以敬意，为那些真实而隽永的文字——写给流水般的岁月，写给永恒的童心。

潘鲁生

癸卯中秋于历山作坊

自　序

我在大兴安岭的森林花草中长大。生命最初的风景和滋养，形成我一生的喜好与追求。

城市里，我仍醉心自然，爱极花草，尤喜文学作品中被钟爱的香草花木。屈原衣花饮香"制芰荷以为衣兮，集芙蓉以为裳""朝饮木兰之坠露兮，夕餐秋菊之落英"，陶渊明悠然采菊，周敦颐倾情赞荷……我不能植荷种兰，对香草奇花的赞颂也难出巧意，却把窗外一株艾草，繁衍成一片艾园，又让阳台下几株薄荷，遍生得团团簇簇，不会烹香为茶，纫草为衣，却也常摘两片薄荷叶嚼在嘴里，缝几个香包挂在廊前，颇得自然之趣了。

田野里，公园中，每株植物都与我相知。我懂它们的生长、芬芳与荣枯，欣赏每株植物每个阶段动人心魄的美。

我常想，每个人也属自然呀，各有独特的芬芳和对社会历史的作用。几十年穿行人间街巷，也如在万千植物中赏味，获无数智慧与温馨。我喜在素笺淡墨的行走间，将所遇之人一一历过。每个不同时期，有不同理解。我的思想情感也如越来越清明的镜鉴，折射出所遇每个人不一样的美。

作为教师，走进教室就像走进春天的花园。我是园丁也是欣赏者。这种对世间万物欣赏的欢愉，我常记下，也鼓励学生去欣赏记录。我始终想传达给学生的便是：用心生活，因为生活便是艺术；用心发现和懂得生活的美，如此幸福感和艺术成长才有无限的可能和无穷尽的延展空间。我希望给孩子欣赏美创造美的空间和时间，让每个孩子对生活的美学理解和传达都有其独特清新的逻辑。

用俗常的笔写着俗常的日子，与自己与万物一次次对话，就为在俗常的生活里发现它本真的美。让语文课讲述着生活，讲述着学生自己，鼓励学生个性化的思想生成和语言表达，就为让语文回归本真的素朴。

赵庆梅

2023 年 5 月立夏日晚于家中

目录

一、故乡四季,草木有情

秋　恋　/ 003

土豆似娘　/ 005

湿漉漉的清雪　/ 009

午夜梦回　/ 011

采雅格达　/ 013

迷　山　/ 016

雪　/ 018

渴望寂寞　/ 020

又是秋风起　/ 023

雪,落在记忆里　/ 025

鸟飞过　/ 028

家乡的月　/ 032

思　乡　/ 034

回库西　/ 036

偶遇松涛　/ 041

天凉那个暖　/ 043

东南地的坟　/045

河流不老　/048

捉蚂蚱　/050

故乡不再　/053

心　殇　/057

老屋前的面果树　/060

他乡遇你　/063

夜宿寒星下　/067

窗前看雨　/069

买一盆老太太的栀子花儿　/071

浮生若寄心若痴　/074

二、岁月深处，故人常来

八栋房的男人（一）　/081

八栋房的男人（二）　/086

八栋房的男人（三）　/092

商　姨　/098

赵大娘　/105

紫菀花开　/112

哑　巴　/117

兰老师　/124

三王子　/130

今世前缘，沧桑一梦　/137

想起童年的夜晚　/142

三、凡俗日子，小事温馨

我有一间厨房 / 149

两片黑瓦 / 152

胡同秋冬 / 156

胡同闲人 / 161

西北汉子 / 165

折羽天使 / 170

《红楼梦》中人性的"香" / 174

家有二三友 / 178

见到林清玄 / 181

与生欢愉 / 185

折折坎坎度凡生 / 189

那年毕业 / 194

蝉声如雨 / 201

清晨的忘忧草 / 204

四月清明杏花里，去看你 / 208

今夜与雨 / 215

刺猬的优雅 / 219

夜游公园 / 221

片片荷叶香 / 225

豪雨如期 / 228

雪天日记 / 231

清朗好个秋 / 235

西厢小忆 / 240

又忆西厢 / 244

常常感动 / 246

停水的日子 / 248

朴实的浪漫 / 252

淡黄的柠檬花 / 255

心　湖 / 257

陪你回乡去看雪 / 259

去年园里 / 262

闲处光阴易过 / 266

粗饮茶 / 269

泡泡仔仔的日常
　　——长夜难耐 / 271

谪儒泡泡 / 274

麻雀　猫 / 278

四、万花园中，相遇美好

春天的故事 / 285

忆昔海棠 / 289

课代表小紫 / 292

课堂那些事儿
　　——学习郑振铎的《猫》 / 296

孩子，我为你感动 / 299

家　长 / 301

静　候 / 306

田有蔓草 / 310

岁月如水 / 313

无须苦等的美丽　/315
种松种柏种永恒　/318
捡起一粒米　/320
只生一颗播种的心　/323
幸而为师　/325
花开或迟　/329
风物长宜放眼量　/332
早春絮语　/335

一、故乡四季，草木有情

秋　恋

我知道，他黄衫褐履，等我，站在清凌凌的河水旁，站在日短一竿的秋阳里，站在如雨纷飞的万千华叶间。

我随他到丰收的秋浦，拧一根带泥的胡萝卜，削一个红瓤的卜留克，再疯跑到田野，用刺玫果穿起火红的珠串儿，用秋菊花编起淡紫的花环。溪水揉皱了我嘻嘻的笑容，揉碎了紫色花冠的影子。

我摘下一串串红的水葡萄、黑的旱葡萄、紫微微的稠李子，吃得唇齿黝黑，他只是笑我的贪嘴，并不说一句话。有时贪玩到很晚，他在朗朗的月下送我回家，露水沾湿他的袍袖，衣角粘着九月菊的花瓣儿。小羊急碎的步子惊得大肚子蚂蚱跳进草丛。

新生的羊羔穿了绒嘟嘟厚实实的小白皮袄，鸡鸭常把一只脚缩在腹部丰软的绒毛里练习着单腿站立。谁家猪圈外已垛起高高的秋草，依然是墨绿的颜色，却已没有水分，在秋风里飒飒地响，猪伸嘴在圈隙里拽下几缕嚼在嘴里，偏头看着垛草，盘算着这个冬天的温暖殷实。羊圈里也是醉人的干草香，羊儿们卧下，惬意地咀嚼。

天越冷了，贪恋着秋梦好觉，贪恋着热乎乎的炕头，我常忘了与他有约。有时一睁眼，看到素白的窗花镶在清晨淡蓝的光里，莹莹璀璨，我知是他告诉我他已来过，我知他等我久了，就要离去，我仍任性睡去。这样，我错过了湛蓝天空下的雁声阵阵，错过了朗朗月光中银河被清风一次次洗淡，错过了这个季节鸟兽虫鱼的朴实告别，错过了万千花木草实的华丽谢幕。

某日，推开门，清雪下了，他终于不再等我，已走得远了。羊圈里的羊儿们不再咀嚼，闭着嘴看我。我知道它们想去原野里寻他，哪怕他的气息，哪怕他丢落的野花败草。我看看仍在飘的清雪，知已寻他不着，仍拉开木栅门放了羊去田野里。它们郁郁地走，去他曾在的山丁子花树下、野大烟花丛里、菜园里、小河边，我看见羊儿们的步子急促起来，有时它们看到一点仿佛的影子，急急跑去，到了，不是，它们在越来越大的雪片间苍茫四顾。

雪铺得厚了，连足迹、连气息也终于消失得仿佛从不曾有过。

我怅望远山，鸟儿的背影碎成天际的雪花。我忆起他丰富智慧的眼眸，忆起他深厚博大的胸襟，忆起他洒脱不羁的旷放与豁达。他曾用最丰富的色彩表达对每个人的深情，用最醇香的馈赠让每个屋檐下的一家安心踏实地躲过冬天的风雪，我忆起他来时大人孩子的欢欣……

他走了，只在我家窖里堆满沾着黑土和阳光的土豆，在我家的窗上，留下素白的霜花。他走到千万朵雪花后，留给我三个季节的回忆。

又是寥落的秋季，冗杂事仍叠繁而至，然而似乎多年不见他了，我蓦地想起我和他永远的约定，他终会在寒冷到来前等我。

季节总在自然中，想着至少我应该去自然中、园子里，与那秋装竟成的人儿告别——只我识他，不然，他走时又该是怎样的寂寂戚戚。

穿越纵横的街道，踏遍一个个或古或新的园林，我终找不见那扇他伫立过的窗、那个小院儿，找不到那片田野，寻不到他的踪影。

然而我仍相信，在季节与季节的尽头，终会有他，黄衫褐履，等我。

土豆似娘

曾读《垂丝千尺，意在深潭》，讲林清玄的一个朋友拒绝吃番薯稀饭，原因是穷日子里吃伤了它，再不愿忆及。林清玄却说："贫困岁月中抚养我们长大的番薯是无罪的呀。"于是他自己去吃番薯稀饭，心里充满了感恩和幸福。我心里感动得涕泗滂沱——终是说到我的心坎上了。

记得一位小有成就的同乡也曾说："我恨死了老家那个地方，一辈子也不愿回去！"我大大地诧异，却起不了同样的怨怼——穷些而已，哪里就恨呢，当时不曾细想，现在大悟了。

对那些岁月的感恩，我却寄托在土豆上——家乡盛产土豆。在林清玄及其乡人喝着番薯稀饭的日子里，我们吃的是土豆窝头，更穷的人家，吃的是土豆炖白菜、玉米面粥。在很多地方吃不饱肚子的时候，我们却始终有充足的土豆。甚至家里养的猪，也饱饱地吃着野菜炖土豆。现在想想，真真营养丰富啊，怪道过年的猪肉，香得让人险些咽了舌头。

一次我去找伙伴玩，她家正吃饭，围着一个大盆，里面是刚蒸熟的暄腾腾的土豆丝和玉米面，热腾腾地和在一起，香气四溢。每人盛上一碗，再放些蒜泥在上面，埋头苦吃。伙伴和她的几个哥哥吃得嘴唇红润，鼻头浸汗。不一时一大盆玉米面土豆丝便被一碗碗盛没了，一碗蒜泥酱也最终被哥哥们用土豆丝擦净。我从未见过如此吃法，也没见过如此热烈迅速的吃饭场面，几乎看得呆了，更是从胃里伸出手来。

但我从没有在别人家吃饭的习惯,急忙回家告诉母亲,请她晚上也做来我们吃。母亲却叹了口气:"唉,她家又没粮食了,晚上我去给他们送些……"母亲始终没有做过那种玉米面焖土豆丝,她认为那是吃不起饭人家的无奈之举。然而我至今仍惦念着那淳朴的饭香,那勾人食欲的蒜泥的味道,同时也因母亲的忧虑,深慰土豆能始终延续着她家的炊烟。

母亲后来回忆,说那时全国粮食定量,男孩儿多的家里粮食常吃不到月底,年轻的母亲们却不知犯愁,常常叽叽嘎嘎地聊天到中午才想起:"呦,家里没粮食了,中午还不知吃什么呢!"依然叽叽嘎嘎地说笑着回家做饭。母亲慨叹说那时真是年轻,家里没吃的了居然还能开心地说笑。我却想,还不是家里有一窖土豆,没有粮食也不至挨饿,顶多单调些罢了。

是土豆呵护着家乡的人。在一年不足五个月生长期的大兴安岭,其他的蔬菜是不屑于落户我们菜园的。记得母亲曾种过一次黄瓜,精心侍弄,盼着开花、结果,终于生出了一个黄瓜纽儿了。我们惊喜地看它顶着美丽的黄花儿一点点长大,看得黄花儿蔫了,瓜也略长了些,只是长得极慢。眼看着土豆拱得黑土地裂缝儿了,眼看秋菊花儿已经开满了坡儿,眼看着桦树杨树的叶子在风雨后的晴夜里忽地灿红金黄,连孩子们早晚都要穿冬衣了,它还只有一个小指头大小,母亲用四周的叶子遮在它上面,怕它被夜来的风霜打到。然而大兴安岭的早霜是从不怜惜花花草草的年轻娇嫩的,我们胆战心惊地挨着日子盼它长大,却终于在九月的一天,它被第一场霜寒打死在宽敞的瓜架上——临终不及大人的一指长。

只有土豆朴朴实实的,从不挑剔。春天里大人孩子割栽子,不拘大小好坏,只要有芽眼,没个不成活的。随随便便丢开种子,随随便便蒙上土,再随随便便踩实了垄背,土豆便种好了,过些日子便齐刷刷地长出粗壮的芽儿。半尺许,再把两边的土培一培,就完事大吉,单等着收了。哪家的大人勤快些,把家里的粪肥担到园里,不得了了,不用看收获,单是那黑绿的秧儿就云头似的,一天一个样儿。

土豆的吃法多样。最喜烧烤的方式。收获的季节,大人忙着刨土豆,我们帮忙拔秧儿,使劲儿提起粗壮的秧儿,土豆就叽里咕噜白花花地滚了一地,然而最大的还埋在土里,因为大,是不容易提出的。拔得累了,我们开始烧土豆:扒一个土坑,里面埋些大小适中的土豆——大的是不行的,会外熟里生,然后在上面点起火来。田边有的是松树枝、艾草秆儿,如今想想,那也是如北京烤鸭专用的果木,颇能提味儿的。火苗儿跳起来了,先见得青白的烟儿起来,接着闻到烧艾草、松枝的香气,香气越来越浓郁,半边田地都不见蚊子、小咬儿了。看看只剩得青烟,继之丝丝缕缕的热气升腾,地面便剩下一堆红亮亮的炭火了,这时便能闻到土豆香了,甜丝丝的极浓郁醉人的香气。再闷一会儿,等不及了,扒开火,掘开土,土豆黄澄澄的,也有火大了或是土埋得薄了的土豆变成焦黑的颜色,上面还闪着火星儿,不影响味道的。捡出来,扔到土地上晾一晾,仍烫手,两只手倒着掰开,惊喜地叫着:"沙瓤的!黄瓤的……"顾不得烫,一连吃几个仍意犹未尽。连一向讲究吃法吃相的母亲也会笑吟吟地接过一块,坐在地头吃了,边吃边夸:"今年雨水这么大,土豆还这么沙,甜面甜面的。"

家家地里堆着土豆,院子里晾着土豆,地窖里最终也装满了土豆,大人们浑身是土,肩扛车拉,终日筋疲力尽,然而情绪却始终好。

年年都有新土豆丰收,年年都像吃不够似的,换着花样地烀了、烤了、蒸了、炒着吃,煲汤吃……每个收获的季节,恰似一个个节日。

暴雪纷飞的冬日，大锅烀出土豆，大的、面的人挑着吃了；小的捣成泥，热乎乎地提去喂猪，冻豁了耳朵的猪，却从不曾在冰天雪地里冻死。

土豆似娘，贫穷的日子，有了土豆，才没了饥荒的惶恐；有了土豆，才会在单调的日子里，调剂出欢乐；有了土豆，才在严冷的冬天里，让人畜有了温暖的偎依。

土豆似娘，白面大米固是贫穷日子里的向往，终是向往罢了，不曾朴朴实实地将我们喂养大，堆起我们的血肉和精神。

不管现代生活的烹饪怎样把土豆打扮得花枝招展，味趣无穷，我理解的，依然是白花花地滚在黑土地上、憨实实地堆满了地窖、热腾腾地装满了大锅的土豆。

土豆似娘，我们的生命，曾维系在土豆上，不管今天有怎样健旺的身体，卓越的成绩，终是吃着家乡的土豆，从家乡的土地上生长出来的，对那片土地，对养育我们长大的土豆，哪里会有恨呢？

和林清玄有一样的情愫：无论何时吃起土豆，想起家乡，心中都充满了感恩和幸福，恰似对娘的深情。

湿漉漉的清雪

有一个故事，它时时从遥远的记忆中走来，一次次让我的心浸在凄凉和感动中。

记得是在一次小雪后。

家乡很少下这样磨磨叽叽的小雪，不仅不能洗净鞋底，反而星星点点沾进屋里，化成黑水。那天清晨，母亲炖了有些冻了的大头菜，放了些辣椒面在里面，什么饭早忘记了。年轻的胃口，是不拒绝任何食物的，噼里啪啦依旧吃得香甜。

邻家的大娘来了，在门口跺去脚上的雪沫，便坐在炕沿儿上叹息了，说临近过年了，要好好防盗，说昨天一个邻居家失窃了，仓房的门被撬开，丢了一袋儿猪饲料。奇怪的是旁边的大米白面乃至鸡鸭鱼肉都没有动。

我们都停了筷子，莫名诧异：连猪饲料都偷了，没有看清楚吗？或是投石问路，今晚会有大手笔？

林区冬天冷，室外就是天然的冰箱，快过年了，家家的年货都存在仓房里，仓房是木板钉成的，临街隔着一层木板，实在是防君子不防小人的。

然而新消息很快来了：丢饲料的人家轻易破了案，顺着雪上清晰的脚印一路追去，就进了一家盲流的屋子（那时小镇上的人称没有户口盲目流动到这里的人为盲流。很多年我不能把他们和流氓区别开，只觉得他们是另类可怕的）。他看到这家人正在吃早餐，桌上摆着从他家偷来的饲料熬成的粥……

记忆在这里中断了，已是午饭时间，我举着筷子再次呆在了那里。故事的结局和大人们如何评价这事儿我也忆不起来了。

后来一次次忆起，却不知是自己设计的结局还是真的这样发生过：丢饲料的人家扭头回来就扛了大米白面给那家人送去；邻居们纷纷拿了自家过年的米面肉食也送了去……

到底是怎样的结局终是不能记忆得清楚了，那小雪后的清冷却黏答答地留在了记忆里，觉得人生有时真的很凄凉。这样的凄凉，不是感觉到屋外清雪的冷，不是在冬天没有新鲜的菜蔬可吃，也不是邻居大娘鞋底的雪水留在地面、记忆里，而是想着一家人围在炉火边，提心吊胆地等着父亲背回饲料下在早已开了几次的水里，是孩子们等了许久的一顿饭却没有米和面的味道，是父亲在雪地上留了一串脚印在人家仓房到自家屋门的路上，是喝着饲料做成的粥忽然听着有脚步声自远而近，是原本洁净无染的一颗心要面对人家忽然推门进来质问一碗粥的由来……

只是那以后我清晰地分出了盲流和流氓，盲流的目光是温暖、凄楚的，还有饥饿和眼泪。

那温暖，是在偷盗时没有贪婪和狡诈，而多了对略殷实些人家的理解、体谅乃至同情。

那样凄凉如水的偷盗，那样柔软良善的一颗心，让那场清雪永远湿漉漉在我的记忆中。

多年后，忆及此事，有朋友评曰：人性之善，形与水，归于土，空灵与世；人性之善，形与无，归于寞，空灵与凡；人性之善，形与心，归于心，空灵与心；人性之善，形与思，归于念，空灵与春……

站在前世今生的时空看，恰是这样的灵魂，修炼着自己，修缮着这个世界吧。

午夜梦回

无意中看到了家乡的一组图片，飘荡着熟悉的马头琴旋律，这是一种怎样幸福的伤感啊，是十年未曾谋面的甘河！当那一个个熟悉的画面在我的眼前展开，我真切地感受到了——人生如梦！

真像是茫茫一场人生梦啊，在这个夜阑人静的晚上，在辗转几个小时不能安睡的烦躁中，我起床在网上漫无目的地游荡。家乡的景致蓦然在眼前展开：那些熟悉的土路、熟悉的五公里大桥、熟悉的河流、熟悉的春夏秋冬的五彩斑斓、熟悉的种子园旁边的盲流人家的土屋和篱笆，熟悉的甘河一中、三八商店……

十年前，二十年前，我的脚曾日日在那土地上踩过！我曾呼吸着那里淳朴碧绿的空气，在河滩上细细找寻别致的石子儿，曾把洗过的衣衫晾在河畔的开着黄花的灌木丛上，等到晒干后抖去芬芳的花粉在光滑的河卵石上细细地叠平……一丝丝夏日午后的清风，就这样诗情画意地从我乌黑的头发旁吹过，一段段流光溢彩的岁月，从我年轻的、浸泡在溪水里的手指边流过。躺在小河边，我看到我家的羊群在绿树青草间隐现，小羊羔不安分地跳着，雪白的蹄子踩在青草上，小脑袋上软毛打着旋儿，身上或许会沾上一点绿色的液汁儿，也或许会顶着一片花瓣儿或一串草籽，贪玩落下了，小羊羔惶急地、奶声奶气地叫，它的母亲停下咀嚼，侧耳听听，然后沉稳地咩叫两声……

风从河岸溜过，吹去我脚上的水珠，吹干了向阳面已经发白的衣裳。河岸的柳树叶一起顺着风吹的方向翻转过来，露出清凉的银灰色，年轻的梦就像那滚在柳叶儿上的水珠儿，不安分地跳跃在叶片上，落下来，碎了，又变成更多更晶莹的水珠儿。天上的流云，聚了又散，变幻着美丽的图案，却总也抓不住我的心思，我的目光穿越群山，向往着长大的日子……

忘不了啊，忘不了漫山遍野的野花不计成本的怒放，忘不了每个迟来的春天带来染遍群山的慷慨绿色。忘不了夏天的清晨，赵大娘沾着一身的露珠拿着清晨刚刚绽放的倭瓜花给母亲种的倭瓜授粉、黄昏的夕阳中隔着板障子聊天儿的刘大娘、坐在木垛上有织不完的毛衣的红英……

寒冬腊月，人们会在过年前早早挂起火红的灯笼、用手指沾着染红的蜡油，做成一枝枝怒放的蜡梅去点缀白茫茫的冰雪和贫穷，小孩子穿上鼓鼓囊囊的新衣服、邻居忙着劈桦子的男人毛背心后面凝着霜雪冒着热气、家家的母亲忙着蒸出一锅又一锅馒头和包子——更忘不了年三十夜里十二点的钟声刚刚响过，伴着浓重的寒气，邻居的孩子一窝蜂地涌进我家，大声地拜年，之后一起看电视，吃瓜子……

午夜梦回！

然而，天亮了。

采雅格达

童年的记忆中，父亲是严厉的，甚至冷酷得有些可怕，却也有一两件事留在记忆中，让我感受到温馨。

父亲常常跑山，他极聪明，从不虚行。于是在那个物质极度匮乏的岁月里，我家的饭桌上却常能看到野兔肉、狍子肉、野猪肉。自然，蕨菜、蘑菇、黄花菜更是夏天吃鲜的，冬天吃干的。父亲也并不信邪，很多人都说怀孕时吃兔子肉孩子会长兔唇，母亲却坦然地吃着兔子肉孕育我们出生。

父亲不会如其他孩子的父亲般，给我们采野果回来，他没那闲情，然而从山里回来，却常常说起哪里哪里的嘟柿有多厚，哪里的稠李子黑压压地挂满了树枝，哪里的高粱果遍地都是……

终于有一次，父亲领着我去采雅格达了，雅格达是鄂伦春语，意思是红豆。很美的名字，果实更美：成熟的雅格达是鲜红的，或是透一点微微的紫色，一串串长在低矮的枝茎上，小叶子如孩子的指甲般大小，厚厚的、油亮油亮的，仿佛表面有一层蜡质。

我拿着安全帽（林场都是伐木工人，家家都有很多安全帽，结结实实的，磕打不坏，倒过来便可以当小篮子用），高兴地随着父亲进山了。我走在前面，并不敢离父亲太远，因为树林荫翳茂密，走出几米便互相看不到了。高大通直的树木直伸向蓝天，茂密的树枝遮挡着午后的太阳，只有星星点点的光斑漏下来，投在粗大的树干上，投在浓密的灌木丛中，跳跃在翠绿的叶片上，被照射的叶片如翡翠般莹绿透明，叶脉清晰得仿佛能看到绿色的浆液在流动。树林里到处是鸟鸣和蝈蝈肆无忌惮的叫声，却显得更加幽静。远处还有布谷鸟悠扬有致的叫声，不疾不徐，总是在远山的回声刚落再及时地叫上一音，那声音的清幽啊，让人觉得这鸟鸣是有形的、有颜色的，如水的流动，如这世上最明媚、最透亮的绿色……林子里几乎没有人走过，积年的苔藓和枯叶有尺把深，走在上面，暄暄软软的，枯叶和细小的树枝在脚底发出轻微的断裂声，林子里不染纤尘，空气是芬芳的、绿色的……

已是夏末了，还有些野花忘情地盛开着，因为难得见到阳光，空气又极湿润，土壤极肥沃，花儿长得特别高，花朵儿也肥硕，红的艳红、黄的耀眼、紫色的和粉色的娇嫩得好像吹一口气就能飘下枝头。然而花并不浓密，稀疏地点缀着林子里葱郁的绿色，远远看到一朵，就让人的心灿烂着一跳……

走到一面背阴的山坡，果然如父亲所说，满山坡都是雅格达，紫红紫红的，一串串隐现在油亮浓密的叶片间。果实已经熟透，用手在下面轻轻一托，就落了满把的雅格达在手里。悉数放进嘴里，合上嘴，无须咀嚼，已是满嘴芬芳甘甜的浆液——把安全帽丢在一边，我先尽情地吃了起来，一颗又一颗，一把又一把，我知道我的牙齿和舌头已被染得紫红，心里却得意着预备回去炫耀。林场的孩子，这个季节，经常是这种扮相，谁也不会笑话谁，反而会羡慕那个舌头最黑、吃得最多的……

不知过了多久，也不知是我踩了蜂窝还是碰翻了挂在树上的蜂窝，就见一股黄烟腾起，我看得瞠目结舌，还没回过神来，头上已剧烈地疼了两下。父亲在几米外，仿佛两步就跳跃了过来，边跑边脱下外衣，疾速地把我裹在衣服里，紧紧地抱着……不知过了多久，父亲放开我，笑着说没事了，然后轻松地用火柴点燃一把枯草，放在蜂窝下，把蜂窝烧了。

我只记得头上的两个包又痒又疼了很多天，也记得父亲回家后笑谈起这件事，却忘了父亲脱下外衣身上有没有被马蜂蜇到，觉得父亲有力如神，马蜂不会蜇他的……

迷　山

童年生活的林场叫库西，大兴安岭的一个小山沟。

走出大兴安岭的莽莽群山后回望库西，觉得库西就像一个巨人在群山中丢的一顶帽子，而我们就在帽子里生存了。童年生活，便在那个崇山峻岭中的小帽洼里烂漫恣肆着。

父母从不需要我们去打柴或割草，我的童年便比别的孩子更多了些悠游自在。然而看到小伙伴后背上驮着小山似的松枝或是青草回来，看到他们把背回来的枝丫剁开码放在柴棚里堆得越来越高、看到他们把越来越多的青草割回来晾晒在院子里等着冬天给猪絮窝，我的心里充满了羡慕。于是不管家里需要不需要，我也拿上一根绳子和镰刀，跟着小伙伴去割草了。

林场周围到处是深树茂草，我们却煞有介事地要走远些，认为越远的地方草会越好。于是我们向很少去的南山走去。山前有一条水流湍急的大河，我们找到一处较浅的地方，蹚河过去，到南山根去割草了。

割草的过程记不得了，只记得天很快就暗了下来，小伙伴们纷纷捆扎起自己割的草，再半躺在草捆上把胳膊伸进绳子里，另外的小伙伴在后面帮忙扶着草捆站起来。

我也很专业地捆起一捆草背在背上，跟着小伙伴回家了。

天更暗了，远近的山黑黢黢的，再往上是深蓝色的天和镶在深蓝色幕布上的硕大的星星，那一天没有月亮。

到处是树，到处是草，露水下来了，蹚得鞋和裤脚湿漉漉的。我们凭着感觉走到河边，河水在寂静的夜里哗哗地流着，声音大得让人心惊肉跳，河面在星光下跃动着，闪着白亮的光，神秘而美丽。然而我们却找不到最浅的能够蹚过去的地方了，也并不能顺着河岸去找，因为河岸上是黑森森的柳树、稠李子树等等，密密的几乎没有缝隙。地面高低不平，我们只好深一脚浅一脚地回来，重新去找来时的路。

转来转去，我们彻底迷失了，到处是哗哗的水声、到处是风从树林中穿过的轰鸣声，在黑暗的自然的强大和不可知中，我们从焦急到恐惧，东一头西一头地乱撞……

不知过了多久，远处传来很多人的喊声，声音被层层叠叠的山撞来撞去，荡出一遍又一遍的回声。我们只觉得四面八方都有人，更加分不清该往哪里走，只是赶紧答应着，也大声地喊着，觉得满山都是人，到处都是喊声。其间一个嘶哑的声音不断地喊着我的名字，我一边答应，一边难过地对小伙伴说："我妈的嗓子都喊哑了……"

我是被一个称作白大娘的女人背回家的，我很快就在她的背上睡着了，依然背着割来的草，不知还剩了几根，只记得白大娘不停地说："指望你去割草，还不够絮老鸹窝的呢……"其他的大人们也都在善意地奚落着我们……

那个沙哑的嗓音原来是白大娘的，她的嗓音本来就沙哑，因为喜欢吸烟和喝酒，很被林场的人们看不起的，可是她也找了我们大半夜，又背了我回家……后来才知道，凡是知道消息的大人都自发地去找我们了。

雪

　　清晨，格外凉，拉开窗帘，满眼的雪光合着清晨微曦的淡蓝色扑入记忆，亦梦亦幻、亦今亦昔……又下雪了，今年，北京的雪也格外多。

　　想起家乡无数个下雪的早晨，母亲永远是第一个起床，天很黑，隔着厚霜雪的窗玻璃，院子里淡蓝色的雪光冷冷地映进来。借着这点亮光，母亲摸索着穿衣、下地。

　　费力地推开被积雪拥塞的厚重的门，踩着咯吱咯吱的雪走到院子里。在雪后的月亮地里，母亲磕去桦子上的雪，抱起一抱桦子，又踩着咯吱咯吱的雪回来。于是，吱啦吱啦点燃桦树皮，再磕磕桦子上的霜雪，把它们一根一根地交叉着放进炉膛里的桦树皮上。不一会儿，就响起了"毕毕剥剥"的燃烧声。火光映在墙上，欢快地跳跃着。火墙里呼呼的，有风带动着火苗穿过的声音，屋子里渐渐暖了。这时，电灯才开始亮起来，林场的发电机突突地欢快地响着。或是在这唯一的发电机维修的日子里，母亲就只好点亮蜡烛，开始准备早餐了，烛光从厨房的门里映进来，母亲硕大的影子就在墙上、天棚上晃动起来。

　　看着母亲的影子，听着厨房里母亲和面、切菜的声音，我渐渐地又睡着了。

　　再醒来时，已是满屋蒸馒头的香气。母亲在弥漫的蒸气中一边忙碌，一边唤着我们的名字："起床了，再不起该迟到了……"一边又忙忙地走进来，嘴里依旧叫着，"快点，棉裤刚刚烤热，不穿又凉了……"整个童年都是雪，东北的春、夏、秋季短得就像掠过的影子，虽然美得惊人，也给童年留下了美好深刻的记忆，但更深地烙在生命中的，却是一个又一个被厚厚的雪封了天封了地的冬天。然而，那些酷寒的冬天的记忆，却永远是温暖的……

北京的冬天不是很冷，但是每个刮风下雪的日子，我还是畏惧钻出被窝、走出屋子，更不愿走在刮着冷风的、泥泞的街道上，会觉得心里很冷……

许是因为没有了映在屋子里的火光、没有了蒸馒头的香气，更远离了母亲，没有了烤得热乎乎的棉裤。

渴望寂寞

童年是在寂寞中长大的，寂寞地看澄净的天，寂寞地看环绕的山，寂寞地揪下蜘蛛的腿，看那"7"字形的腿离开了身体还在一伸一缩。还会一个人爬上木制的大门框，在上面很结实地拴上一根棕绳，下面垫块桦树皮，一个人在上面荡秋千，荡得厌了，就坐在上面转，直转到脚离开地了，绳子紧得透不过气了，再突然放开，于是绳子飞快地打开，我也飞快地转回来，常常头晕目眩很久动弹不得……西边小河哪块石头适合洗衣、哪块石头适合涮脚，我心里一清二楚。河边还有一墩墩、一簇簇的野花，我知道哪种黄色的小花花茎中的浆液蹭在衣服上洗不掉，也知道哪种粉紫色的小花的花蕊可以揪下来在裤缝上开火车，玩之前，小伙伴会采很多那样的小花，然后挑花蕊粗壮的去参赛，那样获胜的概率要高得多……有时我也会赢回满满一衣兜的花蕊，在小朋友的笑声散尽后尽数抖在河里，看着它们无声地顺水而去……

寂寞最尽情的是每个假期，还记得一个人在旷野中，在北国的风雪中郁郁地走，在深可没膝的雪中印下一个个"大"字，躺在雪窝里，看满天的雪花纷纷扬扬地飘落。自然真静啊，广袤的宇宙只我一个人，甚至连心跳声，也淹没在雪花里……

长大一点了，和父母搬到一个小镇，房子依然在小镇的最西边，房后就是杂树丛生的旷野，春天的山丁子花开时，清香扑鼻、花瓣纷飞。细细地欣赏每一棵树，觉得每一树枝都是精心雕琢的艺术品，清新蓬勃地张扬着春天的喜悦……于是常常在心中赞叹自然的鬼斧神工。

最值得一提的是顺着马路向西走的另一片野地，树茂草肥，野花野果铺排得满地。然而到了冬季叶落后，走在马路上，就能隐约看到林子中的一大片坟地。起初很害怕，走到那里就觉得脊背发凉，不由得加快了脚步，走过去，浑身都是冷汗。回来时，更是两腿发软，仿佛那片幽深的林子里有无数鬼怪张牙舞爪地要扑过来，很远了，还觉得背后有摆不脱的影子跟随。

然而一个午后，在极度的寂寞与心情抑郁后，我的心里坦澈明净，居然忘却了恐惧，于是寂寂地穿过神秘的林子，径直走向了那片坟墓。

夕阳中，墓地祥和宁静。东北的冬天，冰冻三尺，很多冬天死去的人，棺木无法被埋进土里，就那样搁在土地上。很久没有人来过了。棺木边，花草茂盛鲜嫩，沐在夕阳中，居然如家般温馨。我安静地走近每一个家，安静地阅读墓碑上的文字，我知道，那和我一板之隔的人就安静地躺在那里，他们安享着静谧。花香夕阳中，一定有灵魂在交流，只是我不能参与，于是看那浓缩了棺木中人的一生的文字，看他们的照片，心里想着他们活着的样子——有的还很年轻，有的是寿终正寝，有的应该是一位慈爱的母亲，有的还仅仅是孩子——他们给人世间留下了多少温暖、多少依恋啊。如今，人世的爱恨情仇都隔在意识外，他们的灵魂，安静地栖息在棺木中，栖息在这片美丽的林子中，栖息在这暖暖的夕阳中。

那个下午，我在月色清辉中离开了墓地，仿佛离开了一群安静的朋友，没有人和我道别。我走在幽静的林子里，看野花星星点点闪烁在夜色中。长长的野草上的露水打湿了我的衣裤，在脚下沙沙地响，我听见露水或是泪珠扑簌簌地落在草叶上。从那条湿湿的小路上回来，我的心又一次湿淋淋地长大。

寂寂地长大，寂寂地思考，寂寂地长成喜欢寂寞的我，如今，没有了冷清地唱歌的小溪，没有了零落着山丁子花雨的寂寞的小山坡，没有了沉在天籁中的深深的雪野，没有了静静地游荡着善良的亡魂的林中墓地，我的心在喧嚣的人群中沉如止水，因为，这里没有片刻的寂寞镂刻进我的生命。我，渴望寂寞。

又是秋风起

我，喜欢秋的寒凉，风卷叶落时，我浴在如水的风中，听归叶在枝梢话别，感受叶落的叹息和皈依泥土时的寂寥与无奈，也能够感受到风从遥远的家乡带来的清新与落寞……

风里有扫帚梅花的淡淡的清苦的味道，我知道，在清晨的微霜中，有扫帚梅花的花瓣如初绽般艳丽着凋零了，落在已被阳光暖湿的黑油油的土地上，落在未被阳光照射的一夜绽放的霜花上，弄一地的诗意、一地的怀念。

扫帚梅花长在每家的院落里，如林场的孩子般，自生自成，却生机勃勃。我喜欢扫帚梅花，就因为它在料峭的北国春风中朴实端庄地绽放，又在一夜奇寒的晚秋中抖落一生的妩媚。然而，花瓣落尽的扫帚梅花却并不老去，而是在北国层林尽染的妖娆中，守一株墨绿，以一种思考的沉静等待着花籽成熟，绽放，随风去寻找各自的归宿……

直到凋落，扫帚梅花不显一丝委顿，不事一丝张扬，却在整个夏天，把每个小院点染得清雅，蓬勃。

尤忘不了的是家乡的野菊，当寒风摇落最后一片秋叶，带走遍野华彩时，当缟素的霜花镶满大兴安岭的草草木木时，菊悄悄地、然而却是浓墨重彩地绽放了，仿佛一夜间，在遍野随风斡旋的枯叶间，菊在那个呵气如云的清晨静静地绽放。露浓花瘦，那份骨子里的清高与孤傲，却折服了天地。

一、故乡四季，草木有情

阳光微曦，当霜花融化的水滴颤动在秋菊花淡紫色的叶瓣上时，我知道，曾烂漫不可一世的北国的田野向野菊花缴械投降了。

晚秋绽放的菊花，它的素朴坚强的美令人忘我地折服。年年岁岁，野菊淡紫的花瓣和寒凉的香气浸染着我，让我在菊的世界里失却自我；岁岁年年，我在城市生活的迷失中又回到菊的世界，在飒飒的秋风中迷醉地捕捉着菊的气息。

用心聆听风中带来的家乡的秋意。我的心一如十几年前单纯洁净，我被意念中北国的秋深深感动着。十几年前的充实与荒凉让我变得成熟，变得缄默，变得深刻。

从那喧嚣又寂寥的群山中走出，我因成熟而热情，因热情而缄默。远离家乡的扫帚梅花和野菊花时，我始终在苦苦寻觅它们的味道、它们的影像，并深埋在生命中，祈望用心，酿成精神，孕成品质。

又是秋风起了，恍如隔世，家乡的一草一木竟像在眼前。我知道，漫长的岁月无法让我忘却那激情的战栗和温情脉脉的思念，越来越沉重的生活却能给我勇气，让我有勇气去挖掘那愈埋愈深的希望，还有很多秋风又起的夜晚让我不能充实地睡眠，让我在迢迢思念中，去遥想岁月、旧岁中的不老风烟。

我的情感无法承受失却绿色清辉的重荷。于是，岁月将我的心事沉淀成沉默的品质。在沉默中，我喜欢走进记忆中的莽莽群山，凭着信念，去寻找霜花中的扫帚梅花，去邀菊为友，细品岁月。

雪，落在记忆里

已过了立春，京城无雪。

今晨终于下了，立在窗前，看盼了一冬的薄雪，看哩哩啦啦似下非下的天空，才发现，纵是有雪的冬，我的天空依旧空荡，那里有北京的雪无法填充的空虚。

记忆中的冬是真正的冬天，悄然如约的第一场雪，与那片土地每个生物都有温柔的约定。

忽一夜，漫山满岭参天的绿松白桦戎装尽褪，万千华叶用金黄火红的色彩、纤巧袅娜的姿态，将温柔的等待，绚烂成大地最美的织锦，温柔尽藏。

花草敛了嫣红姹紫，将整个春夏的艳丽华彩神话般隐去。只有淡色的菊，吐气如兰，静听雪来。

小河轻行的脚步凝固了，蛙鸣虫吟渐浅淡成鹅卵石上春生夏长的记忆。鸟儿行军的路线更加高远，它们抿了嘴，庄严无声地在蓝空中穿过。

山羊鸭鹅、院儿里田里疯跑的狗，都悄悄在粗毛下又藏了一层脂肪、一层绒毛。脖颈粗了，腰身肥了，安静时，定睛细瞧，便觉各个雍容了，它们心底踏实，眼神淡定，款款地等着那场寒冷美丽的约会。

母亲为这约定，早将白花花的棉花，絮进孩子们的棉衣，一针针结结实实地缝圆了裤筒。父亲将整个春夏土地孕育生长的金黄苍绿结结实实地塞进土篮儿，装进麻袋。黑胶皮车轮一遍遍地碾过油滋滋的土地，家家的仓房地窖便满登登泛着泥土和菜蔬的香气了。

天冷了，短了。刚擦黑，孩子们已躺在热炕头上，夜半露在外面的膀子有些凉，醒来，觉得厚霜雪玻璃透进的光蓝瓦瓦，明晃晃的，心里就喜得一跳。翻个身，炕热烘烘的，裹裹被子，依然酣甜地睡了。

穿着新缝的棉衣，像肥跩跩的鸭子。终于在那个清晨，忽地推门不动，再几番用力推开，才发现房子已在雪窝窝里了。

眯了眼出去，站在屋门扫过的扇形雪地上，掸掸震落在头上、肩上的雪，再送一团在嘴里。

一场雪是一次来自天宇的统治，统一了世界的颜色，销匿了天地间的一切声响。

太阳像新擦拭的银器，天空瓦蓝高远，看天地间灿烂如新生的雪白，看院子里漫过膝盖的松软的雪，看鹅群从园子尽头的棚里飞扑出来，雪白的翅膀像飞起的雪，更显它们金黄的额头、乌溜溜的眼睛。它们引颈鸣叫，一小朵一小团的雾气吐在嘴边，叫声格外清亮。

房屋童话般矮小，屋顶立着蘑菇般的烟囱，青烟被风揉洗成浓淡的纱，片片缕缕融进天空的湛蓝。远山柔和净白，飞鸟尽藏。

纷飞的雪，忽一夜点燃了家家熊熊的火，那是冬日里最温暖踏实的体贴，满炉灶通红的火苗，欢快地舔舐着锅底炕面，一次次烧滚了水，烧烫了炕。

有了这火光热气，便不怕穿行寒冷中风雪的坚硬，便觉得这一次次封天锁地的暴雪反是暖暖的依傍和呵护。漆黑温暖的长夜，听得炉膛里"毕毕剥剥"的烧柴声，听得火苗舔着火墙的声音，最喜院里狗忽然叫得热闹，伴着熟悉的呵斥狗的声音，或是连狗叫声都没有，窗下忽然有"咯吱咯吱"的脚步声，就有邻人用力地拽开钉着厚毡子的门，边大声地招呼着："吃了吗……"小屋热闹了，热酒酽茶，家长里短，消磨着一个又一个漫长的冬夜。

忘不了生命之初与雪的约定，遥隔千里，每个落雪的夜晚，仍如约酣睡在雪光映照的蓝格子窗内，每次雪后初霁，仍在晨光微曦中站在红砖屋瓦下，站在新阳初起的那个金黄雪白的清晨。

在北京温暖无雪的冬天，我这样开始着一个又一个长长的、酷寒又温暖的冬季。

鸟飞过

小时候看男孩子捕鸟,其实更多只是听,因为那些在玩耍中铺张扬厉的男孩子并不屑于带着我们去捕鸟的,也许更因为捕鸟也和运气有关,并不是去了就有收获的。

邻家朴实讷言的男孩儿年长我一岁,许是受了大人们山东口音的影响吧,我们叫他王讽,其实他的名字叫王峰。王峰有的是捕鸟的智慧:用筛子扣啊、用马尾套套啊,还有无尽的寻鸟迹、掏鸟窝的规则和技巧——听着,神往着,却绝没有信心将那远在天上的生着翅膀的精灵握在手心里的。天空不时掠过一群飞鸟,煽动的翅羽勾勒成墨色翩飞的云霓,空气中流动着如水的鸟鸣。我的眼睛曾无数次追寻飞鸟的身影,看它们轻灵地穿过云霞,拂过阳光金色的丝线,直远成天际阑珊的淡纱,再隐到淡蓝的天幕后——儿时无数美丽的梦和向往便随着鸟的影子飞向遥远。

男孩子的牛皮吹得山响,连小我两岁的弟弟也有成套在理论上说得通的捕鸟经验,但他的手里至多曾有过一两只淡青色或褐色条纹的鸟蛋,有时已经开裂,溢着晶莹的蛋清。

也记得一次在一棵枯树洞里,我们一起找到一个鸟窝,里面四五只张大嘴的小鸟,王峰挡住我们的好奇,告诉我们小鸟还小,养不活的,如果我们碰了它们,大鸟闻到味儿不同,就会不理它们,小鸟就会饿死。

但王峰确曾捉到过鸟的,我亲见他皲裂的手里捉着一只羽毛蓬松的鸟。活的小鸟，羽毛是收缩贴紧的，只有那将死或已死的鸟儿才蓬松着一身羽毛，也因此格外惹人怜爱。但那时我来不及怜爱，只小心地接过小鸟，看它灰色的眼睑安静地闭着，漂亮的小脑袋软软地靠着我的手指，柔软的绒毛在空气中微微颤动，小爪子凉丝丝地舒展在我的掌心里。鸟的鼻子上横穿一根小小的羽毛，据王峰说这样能防止小鸟腐烂变味。但那时我心里疑惑：从不会有一只小鸟过夜再吃的，哪里会担心它变味儿呢？

然后王峰把小鸟裹上黄泥，扔在火炉或炕洞里，当然火不能太大，不然会烧煳。过些时候，烧熟了，扒出来，一个黑乎乎的泥块，把泥块剥掉，便把毛也尽数粘掉了，鸟小得人心里寒碜，但那香味诱人，至今仍能够清晰忆起。王峰做出已吃多了鸟肉的样子，把小鸟分给我们吃。

能吃到几丝儿鸟肉固然令人怀恋，然仿佛捉鸟更深刻的意义是在表达男孩子的智慧勇敢，也好给他们滔滔的猎鸟理论一点事实的支撑。这样的猎杀，既无伤天空中群鸟飞过的诗性，又给山里孩子朴实生动的成长阅历，童年，依然是在鸟声弥漫中远逝的。

今年回乡，是在大期待大感动中匆匆走过的，匆匆地看，匆匆地感受，匆匆地忆起，觉得释放了所有的感官去感受仍不能满足，仍觉得心里空落落地丢了一大块儿没能捕捉到。回来的路上，妹妹惘然若失：怎么没有了鸟叫？茂葱葱的林子里有熟悉的虫鸣、风声、水响，但是连一声鸟鸣、一只鸟飞过也不曾啊！

我想起家乡人描述的粘鸟的情形了：在林子里张几张大网，鸟儿看不见，一头撞过去，头便套在网上了。挣扎，鸣叫，引来更多的鸟，也撞在网上挣扎……

收网的时候，鸟儿多已死了，没死的便把脖子一扭，也扔在袋子里，鸟儿多的时候，一个黄昏便可以捕几百只，送到饭店里，会收拾鸟的人，只一拽，连皮带毛就撕下来了，腌了，丢在锅里炸得金黄。

雅克·贝汉导演的《鸟的迁徙》影片告诉我们，候鸟千年万年不曾止息的迁徙，不仅是为了生存，还是一种使命，如影片所言：候鸟的迁徙是一个关于承诺的故事，一种对于回归的承诺。鸟的承诺，应该是对故土天空的美丽的承诺，是对千万亩森林勃勃生机的承诺……

我的眼前出现天空中为了承诺归来的各色鸟类的群落、为了使命归来的庄严的雁阵，它们热切地寻找着熟悉的河流、熟悉的枝枝叶叶。

春寒渐去，冰雪将融，鸟群迢迢万里从南方飞回；春来大地，一片生机，初生的雀儿张着嘴等待食物，成年鸟儿啄去新枝上即将繁衍的虫豸，飞过郁郁葱葱的树丛花木……有鸟的世界，是唯美的世界，充满生命的气息。

曾听说在中苏边境的界河里，鱼群已形成无声的生存规则：靠近中国一侧的河流，不见一条鱼游过，而另一边却熙来攘往，泰然生存着各色鱼类。

会不会有一天，鸟儿为了生存繁衍，也不再信守世代的承诺，怅惘地飞向异国的天空？

"八千万年来，鸟类统治着天空、陆地、和海洋……"这是《鸟的迁徙》的开场白。

鸟类的统治是柔软的：它们在天空中织成水墨画卷；树林里，婉转的鸣叫仿佛摇曳的珠串儿，一声声一串串在绿叶繁花间隐现；小河边，洁净的鸟儿梳理着羽毛，忽而又从一个柳枝飞向另一个柳枝，无声地弹奏着绿色的琴键……

没有了鸟儿的统治，天空中只有飞机坚硬地飞过，轰鸣声震颤着大地，树林里山风空洞单调地呼啸，明亮的水面再没有鸟儿的影子轻灵地掠过……

不再有一只鸟为了信念飞回,不再有一只鸟对我们有回归的承诺。我们的群山森林,是否还能信守千年碧绿的承诺?我们的孩子,是否还能读懂天空的美丽?是否还能听懂自然的声音?是否还会生出柔软的飞翔的梦?

家乡的月

离开家乡十多年了,想家的时候,便怀念家乡的月。

家乡的月是最大最亮的,金黄的颜色,不要说满月,即便是一钩,也钩得粗壮,笃实。记忆里它总是笑盈盈的,和那满天硕大的星,闪闪烁烁、热热闹闹地积满了一天。小时看天,常想:它们就是我的,四周那层层叠叠、浓墨重彩、莽莽苍苍的山,将它们围了个严实!

家乡的月是香的。晚上,它笑盈盈地从山那边爬出来,轻轻盈盈地飘过一架架山梁、一片片山野。辉光抚摸着松林,抚摸着鞑子香的花瓣儿,抚摸着每一片肥肥嫩嫩的野草,抚摸着挂着晚露的亮晶晶的野果……于是,那松香、花香、草香、野果香,连着宿鸟的呢喃声和狍子夜间咀嚼的声音,都浸在月的辉光中,弥漫在山野里。

家乡的月是酷寒的,整个冬天,小镇像一个雪白的童话世界,白的山、白的地、白的屋顶,就连那细细的电线和板障子上都积着厚厚的雪。缩着脖子出去,踩着咯吱咯吱的雪,几乎不敢和月亮对视,月亮仿佛刚用雪擦过的锃亮,连那黑蓝的天幕和闪烁的星星都透着寒气,仿佛能浸入人的肌肤,砭人肌骨,西北风刮过僵硬的树梢,发出嘶嘶的锐叫声,远处烟囱里冒出的白烟,顷刻间被风撕得粉碎……月儿依旧是那样弯弯地或是圆圆地笑着。

中秋节的时候,吃西瓜,吃月饼,却很少赏月,因为家乡的阴历八月已是很冷。偶尔看一眼窗外,月却很殷勤,大得好像就挂在窗外，在那棵山丁子树的枝杈间徘徊，还把它和树的影子在墙上一寸一寸地挪。我就想，也许，它觉得寂寞了，冷清了？便觉得月儿也该有个伴儿，至少过节的时候。可探头看看，它还是笑盈盈的。

　　许多年不见了，从不认为北京的月就是家乡的那个。盼着，哪个中秋，再回老屋度过一回满月的夜晚，倚在窗前，看月儿和那棵老树的影子在墙上一寸一寸地挪……

思 乡

月圆或月缺时,梦中或梦醒时,我仿佛又闻到那掺着松香的雪的气息,仿佛又听到,风起时,那惊心动魄的松涛声。循着旧迹,我又回到那遥远的小镇,那个一年有一百八十天被皑皑白雪覆盖的小镇……落雪了,在强劲的西北风几天的推波助澜后,雪,终于铺天盖地地落了下来。风,息止了,原野上,只有大片的雪花寂无声息地掉落着,只半天或一夜,看去,在雪的覆盖下,山形柔和了,灌木丛变成了雪野中一个个不经意的起伏。小镇上的房屋,便像是落在雪窝中的一个个小窝棚。

雪停了,通向山林的雪野中伐木工人的乌拉鞋踩出的深浅不一的雪窝,一直延伸到视野的尽头。于是,雄壮的伐木号子,便又在山梁间响起……漫漫长冬后,迟来的春天格外明丽。仿佛一夜间,雪化了,山青了,山涧溪水欢快地跳跃着,旋转的浪花,调皮地撞碎岸边残存的冰凌,和它一路笑着,舞着,去参加春的盛典。达子香花开了,映红了一座座山梁,那酝酿了一冬的香气,便久久弥漫于山间、田野,弥漫于小镇的房间、院落,甚至人们的指颊间……夏的到来是猝不及防的,仿佛达子香的清新还没散尽,她便衣彩艳丽地来了。北国绝没有酷暑,但夏的热烈却让你透不过气来,原始森林中,那是怎样的绿呀!浓得如泼墨般;那是怎样的香呀!仿佛能浸入你的肌肤。古人说:"踏花归去马蹄香。"而凡是从北国的森林中走出的人,便有着一生也抖不去的刚强与正直。

还没说野花呢，那漫山遍野，铺天盖地，数也数不清的野花，是春姑娘陶醉于北国的雄浑与浩荡而散落了花篮吧？花也是北国的花呀，她也有北国人的烈性子，红的像火，像霞，白的如雪，如霜，浓艳得仿佛能滴下颜色。

不说秋了，那丰硕、那热烈，正如森林中秋叶的颜色，是我极尽笔墨也道不尽的……

又是冬天了，不只是自然的冬天。大雪盖不住那一片片荒秃的山梁，稀疏细瘦的枯树战栗在北风中。有些山脚、河床已露出了黑褐的土石。

是啊！过度地开采，无节制地垦荒，一次次的森林火灾，小镇人引以为荣的雄厚资本已耗尽了，将来的路该怎样走呢？

老伐木工人叼着旱烟杆儿，浑浊的老眼环顾着一架架山，那莽莽苍苍的森林呢？那如闪电般逃出人们视野的鹿群、狍子群呢？那雪地上小心翼翼的野兔留下的脚印呢？那在繁茂的枝叶间探头探脑的松鼠呢？

儿孙们的未来呢？

回库西

阳光透过田野芬芳的浓郁
金闪闪地洒落
太阳的影子翠绿
在白桦树干上跳跃
踩着花瓣儿的精致

我遇见一个采嘟柿的女孩儿
几个挂霜的嘟柿
披满阳光滚在篮子底
女孩儿的唇齿
染着淡蓝的嘟柿汁
还有水葡萄酸甜的浆液
她和她的小篮子在田野的歌声里
毛草草的小辫子绕着蝈蝈的歌儿
花格子的小衫染了刺梅果淡粉的清香……
她看着我
眸子里是蒙昧的清澈
她笑得羞涩
又隐没

我遍寻她

穿过白桦树清凉的苦涩

松树林低沉的叹息……

我无法穿越

三十年岁月的烟尘

回库西是我回乡的核心。几十年的酝酿、几千里的奔波，最渴望的便是库西——这个小得连地图上都找不到的林场。

昨天，弟弟对朋友说我要回库西，大家呵呵地笑："库西已经快黄了啊，你家的房子都没有了，库西只剩了几户人家，实在没什么好看的……"

要看什么呢？什么都想看——哪怕是一草一木一粒石子，又什么都不必看，只需站在我学会走路的一寸寸土地上，闻着从小闻惯了的山林的气息……

听弟弟的朋友安排着走山路的车、认路的司机，采买食物，甚至找做饭的人——林场领导不在，食堂没有人。但是这些于我都不重要，我的心在渴望中默默等待。

几十里颠簸的山路，吉普车欢快地飞驰，滚滚黄尘中，我们看不清后面的车子，车前依然是晴明的天。这里是辽阔的湛蓝天空、起伏的云朵、辽阔的苍翠的青山、莽莽苍苍的森林，路上的烟尘实在不会影响一点点空气质量，山风吹过，到处又清朗朗了。多么奢侈轻松的享受啊，家乡宽广的胸怀纵容着我们无拘无束的折腾！

路上，我们去"占山头"。回家的路上，途中没有服务区，坐得累了活动活动时，大家便四散在起伏茂密的山林里，回来称又占领一个山头。一下车，以黄瓜香为主的浓郁的芬芳让我和妹妹同时惊呼，我无法表达那种激动和喜悦，我觉得自己立即融化在这清新芬芳的气息里了，我真实地回到了这绿色的枝枝叶叶、回到这无拘无束绿色的呼吸间，这感觉如此喜悦！我听到蚂蚱和蝈蝈的叫声依然悠扬回环地荡漾在田野里，不知名的小虫嗡嗡嘤嘤的声音缭绕，小包袱一样的胖蜜蜂弯着它黑白格的肚子粘粘点点忙碌在黄色的野罂粟花心里，透明的椭圆翅膀闪着淡淡的金光。黄褐色斑点的蝴蝶和淡黄黑点的蝴蝶一点也不怕生地飞舞在我们眼前，落上我们的衣襟，不远处的草叶忽然沉下去又跳起来，一定是那种短翅膀大肚子的蚂蚱落在草叶上又飞走——大黄瓜香的叶子高高低低铺在草尖上或树干旁，小黄瓜香的种子已经成熟，在齐胸高的细茎上颤颤地，像无数紫色的小草莓摇摇摆摆在风里。白桦树和杨树的叶子经历了春风夏雨已有些沧桑，依然唰啦啦地响在风里，落叶松毛茸茸的细叶沉甸甸在枝头，梳理着山风飘忽的脚步，天宇的清风融着甜蜜的感情，云儿的脚步依然踩着我的心弦轻颤……

急急忙忙摘了黄瓜香的叶子，在手里轻拍几下，儿时的歌谣便齐集在喉咙间，匆促间只想起一句："黄瓜香、黄瓜臭……"我举着黄瓜香叶儿请大家闻，大家喜悦地赞美，妹妹惊喜得几乎跳起来，我想她和我一样找寻到了无数个弥漫在黄瓜香间的童年的片段和影像，我的眼神慌乱迷蒙，不知看向哪里，不知听向哪一处，记忆深处的情景如约而至，被记忆滑落的事物和声音更不期而遇……我恍惚着是否能遇见一个梳着蓬乱的小辫儿，提个小篮子采嘟柿的女孩。我想那被岁月远隔却能沿着记忆找回的女孩儿定然是我——依然羞涩不言，依然眼神清澈。我急迫地追寻着她的脚步，穿越林莽花丛，踩着柔软温热的夏草，一路野花芬芳地盛开，一路莽莽撞撞任花雨纷纷，她的肥短的蓝裤脚沾着花粉和不知名小草的种子……

我担心大家催促我上车赶路，又迫切地想站在我家的房子、园子和落满树影的小河边。

那个中午，我们到了库西，我去了父亲年轻时工作过的办公室，走廊里阴凉安静，曾写着父亲名字的先进工作者的镜框早已摘掉，窗户上依然跳跃着蝴蝶和瞎蠓……我们穿过林场的"中央大街"，几家还住着人的院门口晾着松塔，我们随意地捡来像吃着自家的东西，街边的木头上依然坐着曾给我做菜包饭的大娘，只是很久认不出我，只记得我的名字。

我们惊呼着蹚水走过南山下的大河，河水冰凉彻骨！四五米宽的河道我们几乎不能坚持到对岸，蹚过河去跌坐在石滩上，把脚晒在阳光里让凉水激起在骨髓里的痛一丝丝散尽。我们扔石头搭桥让父亲过河，仍像小时候一样前功尽弃——河水看起来清浅却远不是几十块石头就能搭起一座桥的。曾无数次蹚过家乡深深浅浅河流的父亲还是由弟弟背过河来……

午餐就在河中心的沙石滩上，啤酒镇在河水里，我们坐在热乎乎的石头上，全身曝进阳光里，耳畔是哗哗的河水和清风吹过树林的声响，河柳的叶子一次次被风翻转变得银白，我只记得自己喝酒，笑，把吃剩的骨头扔给蹲在身后的四眼狗赖皮……

采嘟柿的老哥哥从山里出来，互通了姓名，再定睛细看，一点熟悉的影子也没有，老哥哥仍把一个上午的收获放在我们的午餐里，盘腿坐着一起喝酒了，想着他的名字，回忆着儿时的一张张脸，终是对不上号，但依然感到心里的亲近。

有多久不曾这样畅意舒心地笑？有多久没有这样忘怀一切地欢乐？匆匆流去的河水带走了积年的苍凉和沉重，还我轻盈无羁的性格和开朗的心胸！父亲、儿子和我们在一起，但我忘了他们怎样吃饭，在玩些什么，我丢失了一切角色，陶醉在家乡的山山水水中……

酒后，先回林场，车子来接了，大家坐上车，我却跑得远远的，挥手示意车先走，酒喝得晕乎乎的，脚步踉跄，但我还清醒着，有很多地方要去亲眼看一看，亲手摸一摸。我脚步忙乱地跑着，跳跃在林子里、灌木间，让我在这个生命中最亲近的地方再多一会儿自由，多一会儿放纵，让我蹲下来，再摸一摸我生命的根须……

如果能够，我想在这里寻一间房，和些泥将漏洞补了，再伐些木头做点简单的桌椅，只需在桌上摆些喜爱的书，屋里盘个暖和的炕，厨房里砌个简单的灶就可以过日子了。

如果能够，给我四个季节去享受。春天，把镐头刨进肥沃的泥土，种下土豆卜留克的种子，等着嫩绿的芽儿在料峭的风里钻出；夏天，我也去跑山，采来松塔蘑菇晒在门前，割来小山一样的青草堆在羊圈旁；到了秋天，我把窗缝门缝细心地堵好，再在墙上院里晾起各色秋菜，炕头上缝好过冬的棉被棉衣；冬天的夜晚，火炉燃得毕毕剥剥，听屋外的风雪声，坐在炕头上读书……

如果能够，哪怕给我一个夜晚，让我感受夜色如水，看湛蓝的天幕辽阔深远，看夜空中繁密闪烁、晶莹硕大的星，看早晨的太阳从山头清凉凉地升起……让我盖一床厚厚的棉被，在真正黑暗的夜晚，听窗外山风走过，和沉雄起伏的群山一起，酣然地睡眠。

偶遇松涛

小时我勤劳,无须母亲吩咐,我会为了鹅们快乐的叫声,为了听到它们愉悦的沙沙吃食声,挎上篮子去采野菜。

南山根下的大河,因在南山根,很少阳光眷顾,所以极阴郁;也因那里少有人去,所以树林更茂密幽深;更因曾有一个孩子在涨水时过河溺亡而弥漫无尽阴森;还因为那里时有黑瞎子出没,更平添不可测的恐惧。但那天,我仍然一个人挎着土篮子去采水辣菜了,记不得为什么没有伙伴同去,也许是因为伙伴家的鹅有充足的食物,也许是因为我心情迫切,想着许久没有去了,惦记着那里的水辣菜会长得更旺相。

转过一片浓密的树林,便听到寂寞喧嚣的水声:"哗哗!哗哗!"也或者是"哈哈!哈哈!"声音含混激越,却不含感情。遥远的山里不知什么鸟儿大声孤寂地叫,仿佛被放逐的诗人悲苦的吟哦,我很担心仰头便能见他隐现在浓绿的树冠间的苍白瘦削的脸,看到他积年未梳理的乱发间疯狂阴郁的眼神。

好在河滩上还有阳光,午后的阳光谨慎地寻找着树林的空隙,照在一片白花花的鹅卵石上。我把蓝色塑料凉鞋脱在那里,看着小小的凉鞋袢儿的细细的影子落在石头上,我挽了裤脚,心里慌慌地下水了。水冷彻骨,寒气直透到心里,果然水辣菜已厚厚地铺了一河底,翠绿浓郁,在湍急的水里,肥厚的叶片树丛般倒向河流的方向。水辣菜上其实还生着让我发怵的一种水虫子,黑色的一小团一小团黏糊糊滑溜溜的小虫儿，在冰冷的水里蠕动着。但我既然来了，就必须毫不犹豫，于是踩着滑溜溜的水虫子和石头，开始采菜了。只三五把，篮子已经满了，但我贪婪，还想把菜压实，直撅到提梁上。

不知什么时候，太阳阴阴地躲到了不知哪里去了，旋即风起，水依然哗哗哗地流，只是声音更响。心慌意乱间，几团被我摘下的水辣菜在湍急的河水里瞬间便没了踪影，水声更大，"哈哈！哈哈！"河两岸柳树和杨树巨大的树枝没有摇晃，不怀好意地静默着，但我却听到远近的松涛声轰隆隆滚来，一阵紧似一阵。抬头看看，树冠浓密地围着我，一例仿佛更阴了脸，并缩小着包围圈，仿佛无数妖魔的大脸，没有表情地向我俯倾过来。

我终于不能坚持了，慌慌地拖着水淋淋的篮子上岸，慌慌地在水里涮了涮可能沾着黑色小虫子的脚，慌慌地踩着硌脚却依然温暖的石头走到凉鞋那里，看看来时路，陡然暗下来的树林里依稀还见人们踩出的不甚分明的草径，很担心那小路旋即就会消失，担心路两边的树会密密地合拢来，留我在这里左冲右突再走不出阴森森的重围……水辣菜筐哩哩啦啦的水定是湿了我的衣裤了，走出树林抬头定是看见树丛中小小菜园里种菜的邻人或是顶着炊烟的屋顶了，也定是回到家就掏了几团新鲜的水辣菜看到鹅们欢叫着飞来的样子了……但我都没了记忆，那天只是我无数个寂寞的日子中普通的一天，只不过那天的松涛声不是在自家土墙木篱的小院中听到，于是那份惊悚便清晰地藏在了生命深处。

如今想想，我曾经历怎样清新自然的成长，那时我对自然和生活的理解，是何等质朴、清新而又凡俗！

如今，我只能合上电脑，枕着松涛声的记忆，遥想连呼吸都令人沉醉的自然的生活，怅怅睡去。

天凉那个暖

喜欢秋风凌厉的日子，西北风撼动窗门，呼呼地打着哨子，一副摧枯拉朽、不依不饶的架势。

喜欢这样的日子恰逢周末，结束一周的工作回到家里，立即关紧门窗，一定要做些辣乎乎的、连汤带水的饭菜，一家人围着吃了，到处收拾得利利落落后，便早早钻进被窝。却一定不要入睡，最好是倚在床头，拥一床松软的被子，拧亮台灯，在一汪温馨宁谧的灯光下读书。这时再听窗外的风声，便觉得格外满足、幸福起来。

不忍读李清照的词："玉枕纱橱，半夜凉初透……"很想劝那把酒销魂、人比黄花瘦的李清照，犹在深秋帘卷西风的寒凉中，恰是要好好爱惜自己呀。薄酒轻衫，便是千年后，那凉意也浸在骨髓中。

偏偏古词多写离愁别绪："调宝瑟，拨金猊，那时同唱鹧鸪词。"多令人陶醉的温馨啊！偏偏是"那时"！"如今风雨西楼夜，不听清歌也垂泪。"哎，不由得把被子再裹裹紧，心里却不能遏止地凄恻了，不如扔了书，专心地听窗外的秋声吧……

这时候也格外惦记着漂泊在外的亲人朋友，想着他们是不是正在秋风呼啸的街头，裹紧了衣服匆匆地赶路，或是正走进小店，要了简陋的饭菜和一壶冷酒慢慢地吃，心头灰暗地想着今晚的着落和明天要办的事……心里便惦念起来，于是一定要打个电话，询问，叮咛，然后稍稍心安。

家乡的十月已是初冬，恰是母亲最忙的时候，不喜欢母亲忙着腌菜，用大缸的水洗各种腌作咸菜或是酸菜的萝卜白菜，洗得手臂通红，洗得屋里屋外湿淋淋的。这时候便觉得没处着落。看着院子里几只鹅的脚掌站在冻起冰碴儿的泥水里，看着它们边从地上衔起圆白菜的叶梗，边不满地高声叫着，就觉得心里格外悲凉，就盼着那几只缸快点被装满，快点湿淋淋地被母亲排到墙根去。然后点起哔剥作响的炉火，在幽微的桦树皮被点燃的清香里，摸着渐渐温热起来的火墙，心里也渐渐踏实、快乐起来。

　　最喜欢母亲买来泛着独特的棉花香味的花布，从箱底翻出积年的棉絮开始为我们准备棉衣，于是裁剪，絮棉，缝纫，钉扣子……每一环节都令人期待，手里攥着即将钉在自己棉袄上的扣子，盼着母亲一针一线地做好，盼着母亲钉完最后一个扣子，抖一抖让我们试穿的一刻……那窗外的西北风便成为这一室温馨的陪衬甚至是孩子心头的喜悦了。

　　如今再不用母亲轰轰烈烈地腌咸菜，做新棉衣，打起糨糊糊窗户缝，更不用给院子里的鸡窝也裹上几层塑料来预备过冬了，心里却空落落的，反而觉得清冷。于是喜欢早早把厚被子抱出来，喜欢跑出去给家人早早地备下绵软的冬衣，搭配着给孩子穿得舒服踏实……忙碌着，筹划着，便觉得，在料峭的秋风里，心也渐渐暖了起来。

东南地的坟

在我家东南向距山根不远的地方,父亲开了一块儿地,称为东南地。

那里古木参天,灌木茂草环绕遮蔽,幽深寂静。

一年有两次,我们随父母去地里——春天播种,秋天收获。其他时候,那里便是无边的寂静,一种来自远古及大地深层的寂静。

最记忆深刻的是去东南地的那条小路,其实并不是路,是父亲和采山的邻人踩倒了高低的草和灌木,远远看着仿佛有条路罢了。日子多了不去,倒下的草重又繁盛,父亲更多是凭着的感觉和印象在走。

路西相对疏朗的一片林子里,竟有三两座坟墓,背依着翠绿的白桦和青葱的古松,旁边一些被风雨剥蚀得苍白倾斜的花圈。为此,东南地在我眼中平添无尽阴森。每每走过,便紧张起来,盯着这些在树缝中隐现的白花花的影子,后背凉飕飕的,脚步踉跄地紧随着父母。愈走得快了,愈仿佛那里随时会飘出莫可知的怪异,仿佛一步没跟上,后背的衣服已被可怕的手抓住。在绿幽幽的静谧和掌心的汗湿里,那里给了我最初关于生命休止的理解。

我对父亲性格中颇富诗情的印象,就源于父亲选择在那里开垦了一片田地。田地面南一座不知尽头环绕绵延的山,自山上到山下再到我们脚下的田地,茂葱葱的林子野花迤逦而来,棕灰色粗壮参天的树干铜墙铁壁般矗立,树林间枝缠藤绕,满眼翠色。这样的绿荫浓蔽，让人只可望过去，却不能走进去。明晃晃的红黄蓝白一朵朵一串串肥嫩的野花绽放在浓绿闪烁的光影中，布谷鸟遥远清幽的叫声从密林深处传来……树林茂密，经年不见日光，有时临近中午，叶片上还滚动着硕大的露珠，露珠仿佛是林中神秘歌唱的鸟儿的高贵饮品，仿佛只有那些从未谋面的鸟儿的歌喉，才配啜起这清凉的露珠，让它在喉间润润滑过。

田地东面弥漫湍湍的水声，走下去，拨开灌木，才见几许鹅卵石，一条急匆匆的河流，跌跌撞撞地挤过林隙间窄窄的河床，再急慌慌地绕过伸向河中心的粗大树根，直冲向不可知的遥远的幽静处了。河水很深，漩涡密集，有时，我拽着树枝藤蔓，小心下去，在冰凉的河水中洗净胡萝卜或卜留克上的泥土，再赶忙爬上来。回过头，仍只听湍湍的水声，不见河流的影子。想起刘禹锡的《小石潭记》中的意境："凄神寒骨，悄怆幽邃。"那里也是其境过清，不可久居了。

但那幽邃的环境里却生长着最旺健的生命，无论地里的土豆大头菜，还是田边不知名的花草灌木、松树白桦，都云头般生长，在短短的夏秋季节里一次次饱满精彩地完成从幼芽到结实的轮回。一次次成熟、一回回惊喜。

年年落花飞雪，不变的只是那几座坟墓。在死亡的寂静与生命的蓬勃间，我以为花草将岁岁轮回，参天的古木当万年不息，只有坟墓及坟墓里的尸骨会永远沉寂在那里。

去年回乡，循着旧迹找去，一切都不是记忆里的样子，没有小路，没有田地，也没有了高大的松树白桦，它们在生的最后定经历了惊天动地的轰然倒塌，一个个粗壮的树墩，断面曾经历从雪白芬芳到灰黑腐朽，如今已了无痕迹。到处是新生的树木，一样繁密地生长着。

坟墓也成为不知处的平地，覆盖着花草树木。坟墓消失了，那坟墓中的灵魂也在这宇宙间找到了新的生命载体了吧?

只有河流依然,唱着歌流向遥远。河流没有变吗?记得古希腊哲学家说过:"人不能两次踏进同一条河流。"——一切皆流,无物常驻。这样说,河流也已无数次轮回了。

生命如寄,每一次轮回,在时间的长河里都如一瞬,这样想着,便觉在有生里无甚纠结,无甚计较了。

写到这里,另外的房间,儿子和他的老师正在练习萨克斯,《友谊地久天长》的旋律被演绎得荡气回肠,老师真是音乐人,每个拉长的音符、每个颤音的结尾都让人的心也颤起来,潮润润地感动着。

多些感动、多些美,才对得起生命这次短短的轮回吧。

河流不老

有一条河,十三岁前,它在我家西面,自北向南唱着清亮的歌儿;十三岁后,它在梦的深处,自过去向未来,唱着悠长惆怅的歌。不知十三岁前我去河边的次数多,还是十三岁后,梦回河边的时候多。

自记事起的每个夏天,沐朝霞,浴夕阳,甚至披着迷蒙的雨雾,我无数次跳跃着跑向小河,我的浅蓝色的塑料凉鞋无数次踩过小路上柔韧的猪牙草,无数次惊飞白桦木栅栏上歌唱着的蚂蚱;婆婆丁花和牛蹄子花上的露水,也无数次打湿我皱巴巴的裤脚;大白鹅和雁鹅们宽大的翅膀,扇得草叶上露珠飞溅……

扭着、跩着,鹅们没忘了东扭一口,西叼一嘴,长脖子伸过去,连栅栏里鲜灵翠绿的大白菜也被它们橘红的长嘴拽个豁口……

隔着很远,鹅们已连飞带跑,扑进浪花的柔软里,阳光下,一片白亮亮的翅膀,哗唧唧扑腾着,翅膀和水花飞溅,小河里腾起的雪白欢乐,在阳光里飞珠溅玉……良久,鹅们才收了兴奋和翅膀,或水上水下穿梭地忙着吃,或一叶叶小舟似的悠悠远逝。河面上,几片鹅翎和草叶打着旋儿,潺潺而去。

哗啦哗啦跑过一片白色的鹅卵石滩,哗啦哗啦蹚水到一处从大石上跌落的水帘前,冲去脚上的草叶、泥土,再甩掉挂满水珠的凉鞋,赤着脚,坐卧在鹅卵石上,看碧绿的水辣菜柔软如发地随波荡漾,看我濯足的"瀑布"亮闪闪地跌碎在浪花间,听小河永远没有重复、永远如诗人的情感般激荡跳跃的吟唱……

远处的山、近处的田野,弥漫着圣洁的静谧与寂寞,阳光、绿色、鹅们远远的影子和我的倾听与向往,都洁净如水,蓬勃如岁月。

日子老了,沉淀了多少无奈,碎了几多年少时花儿般的梦境;人也会老,脸上心里褶藏着岁月留下的尴尬,眼里心里混沌着说不清的世故伦理。

记忆却不曾老去。十三岁的我,如在河边遇见四十岁的我,应该不会相识,纵拂去岁月的烟尘,也已面目惨淡。而四十岁的我,如在河边遇见十三岁的我,当会相识,因那眼睛里的清澈与向往,依然清晰如昨,因那面对小河的亲切与惊喜,依然清晰如昨。

心也不曾老去,十三岁站在河边的心,与四十岁站在河边的心,是同一颗心。一样怀着对小河每朵浪花的眷恋,一样怀着对河岸边世代沉默的草花蝶虫的挚爱,一样珍惜着独守一隅的寂寞、珍惜着对未来晶莹的向往。

因心不老,故河流不老,永远在生命里,诗性地流淌。

捉蚂蚱

小时候，每到春天，在某个周一或周四小火车上山（因林场都在山上，所以从甘河镇到林场便称为上山）的时候，会有个男人挑着满笸箩的小鸡小鸭走下火车。

不必等他喊"小鸡喽，卖小鸡小鸭喽……"，叽叽喳喳热闹的笸箩已被女人孩子们围上，孩子们看着，央求着母亲买些小鸡或是小鸭，母亲们或提个小篮儿，或提起衣襟兜着开始挑小鸡。我最喜欢那些虎头虎脑或是身上不规则地长个黑点白点的小鸡，母亲们则很慎重，她们交流着经验：要挑那些小头尖屁股、肩膀窄窄的、摸起来在手里软软的小鸡，那多半会是母鸡，我无奈，但能买小鸡已狂喜不尽，若能把自己相中的漂亮小鸡偷偷放进自家的小笸并得母亲的默许就更是意外之得了！

弟弟对小鸡不感兴趣，姐姐从不和我们争东西，小鸡就属于我和妹妹了，这只是我的，那只是你的，争执完，分完后，小鸡便有了亲疏，自己争得的小鸡也各个有了名字，喂鸡时更偏爱有加。爬在椅子上，把窗上跳着的瞎虻都捉尽了，便想着去捉蚂蚱了。

田野里，翠绿的青草、各色的花丛，蝴蝶翩跹地飞，有时落在我的裤脚或衣襟上。红色蓝色的蜻蜓平展着亮闪闪的翅膀在池塘边飞飞停停，从不会让我靠近；刚长成的青蛙从草丛跳起来，像个泥点落在我脚上，我提着它长长的后腿细看它喉咙下白色的软皮呼哒呼哒地起伏，再拿细草棍敲它的脊背，念着：蛤蟆蛤蟆气鼓，气到八月十五,十五点灯,气得蛤蟆哇哇哭!小青蛙的肚子果然鼓了起来……

当然我是来捉蚂蚱的,田野里,蝈蝈和蚂蚱热闹的叫声,层叠错落一直铺到无尽的远处,草叶间高高低低飞着无数透明的翅膀或小小的翠绿或棕色的影子,那其中也有蝈蝈,但蝈蝈是不敢捉的,它嘴里好像有锋利的牙,并且很多蝈蝈屁股上带着一柄长长的刀。

循着蚂蚱的叫声,我分开草过去,有时它们落在地面上,便用一只手扣过去,有时落在草叶上,便两只手一起,把草和蚂蚱都捂在手里。蚂蚱并没有很强的防范心理,十有八九能捉到,尤其那种肚子又长又胖,翅膀短短的蚂蚱,本来就笨,又常常两个纠结在一起,便一起捉两个!倘若脱下小褂去扑,更是一扑一个准,只是翻开衣服找的时候常常不小心又让它飞了。

捉蚂蚱前带个罐头瓶或是酒瓶,一会儿就黑压压的半瓶子,若没找到合适的瓶子也没关系,田野里随便掐根长长的草梗,把叶子捋掉,草尖头上打个结,捉到蚂蚱了,把蚂蚱的头和身体向前弯,脖子后面有个硬硬的围脖似的壳,便把草梗从那里穿过去,撸到打着结的那一边,这样一个个穿起来,手上很快沾了些黏腥的绿汁儿,心里也有些恶心,尤其是看到穿在草上的蚂蚱无声地弹跳着两条长腿,一点一点往上蹿,身体里的黏汁儿一点点留在草梗上,心里便莫名地凄惶,有时默默看着,看一只勇敢的蚂蚱这样一点点从草梗上褪下来,然后跟跟跄跄破败地逃走,便不再把它抓回来,心情灰暗地提了剩下的蚂蚱回家了。

到家看到毛茸茸的小鸡,便不再心情灰暗,开心地把蚂蚱撸下来,多半还没有死,脚爪挠着我的手指,我便在它的胸部捏一下,感到它细弱的骨架碎裂的声音,它便不再挠也不会再飞了,扔在地上,小鸡张开翅膀飞跑来啄,叼在嘴里,头前后晃着往下吞,先看到蚂蚱的翅膀和腿还留在外面,转眼也吞进去了。心里颇有成就感,小鸡的快乐是我给的。

如今看到蚂蚱却躲得远远的,影响着孩子也惧怕一切虫豸。想想儿时的确无知,于是无惧,于是便可以一个人在田野里跳着、跑着捉蚂蚱,在其他蚂蚱的歌唱声里把一个个生命穿在草梗上。虽也有一个生命面对另一个更弱小的生命时本能的怜惜、模糊的疑惧,终是模糊着罢了,追逐与屠戮时,心情竟像田野里的阳光,跳跃着、欢乐着。

单纯的生命面对着单纯的自然,生命里便是单纯的快乐。

及至懂了蚂蚱也是生命、也有疼痛恐惧时,连回忆也变得疙疙瘩瘩,愈长大了,愈懂了少壮不努力老大徒伤悲后,玩儿时便不再轻松,懂了有些微笑也未必是因为快乐时,连看到笑脸也便没有了应有的快慰,懂了……

有时,无知才更快乐。如今,满眼世俗,更觉无知的可贵。

故乡不再

母亲的故乡在山东，在母亲诗性的描绘里，我向往着母亲的家乡：飘荡着芦花的东平湖，湖里的菱角、莲花。月光下，母亲的母亲会领着母亲的姐姐们搓麻线、纳鞋底，院子里几棵大树，晚上，树上落满了鸟，咕咕地梦呓，没有月光的晚上，母亲的母亲就领着母亲的姐姐们回到堂屋，点起煤油灯做活儿。母亲躺在没有点灯的西屋里，恐惧地睁着眼睛等姐姐们打着哈欠回来。

母亲家的大院里还有很多神异的事儿。晚上，母亲的奶奶吃了饭，挪着小脚走下台阶，预备在院子里纳凉，水般的月光洒满了大院，婆娑的树的影子落在地上，落在白亮亮的蒲团上，轻轻地摇移——母亲的父亲编了很多蒲团，散放在院子里，让小脚的奶奶走到哪里都能拉个蒲团坐下。于是母亲的奶奶便伸手去拉就近的蒲团，一拉，蒲团伸开了，是一条长虫！母亲的奶奶便无声地躺下，那条长虫被母亲的父亲铲成数节，沉沉地托在木锨上扔出去，一家人叫了半宿才把老太太唤醒。

许多年后，母亲的奶奶再次坐在院子里晕过去，嘴里嘟囔着："俺不跟你走，俺就不跟你走……"

三天后醒来，她说，坐在院子里乘凉，东院死了两年的大奶奶从南墙探出半个身子，白头发和银盆般的脸清晰地现在月光里，宛如生前，拿个绳子，远远地抛过来，套在母亲的奶奶脖子上，让她跟其走。母亲的奶奶说："我就不跟她走，最后她拉不动俺，就自己走了。"母亲的奶奶以为是刚刚发生的事情,她不知道自己昏睡了三天。这个故事,让我至今在晚上不敢看墙头。

还有很多很多童话般的故事。炸果子的本家爷爷总让母亲替他挠背,母亲嫌他脏,用粟黍芯穿在小棍儿上给他挠,粟黍芯上沾满了油泥,后背上挠过的地方是一道道的白……但他会给母亲炸活灵活现的小面人。母亲还无数次说起1958年的大水,发水时,水里有直滚到堤边的一望无际的西瓜、坐在自己的嫁妆箱子里拒绝救援的姑娘,还有发水后满沟满渠的白鲢鱼。母亲说,曾有一条大鱼跳出积肥坑,在院子里的地上蹦着,母亲的父亲用脚踩住鱼的头,鱼尾巴竟能打在他的后背上,后背被打出宽宽的红道子。

后来母亲随父亲到了内蒙古东北,那里成了母亲的第二故乡。

年轻的母亲,曾看露天电影到半夜回家,鞋子被冻在脚上脱不下;曾在简陋的屋子里听屋外的老牛吃筐子里的白菜而误以为是黑瞎子来到了窗外;曾领着林场里的妇女们轰轰烈烈地成立生产队……一个个生下我们,又一个个看着我们长大,在东北的土地上一年年播种,又一次次收回各色的菜蔬,母亲在无尽的乡愁中也深爱上了第二故乡,偶尔回次山东,总惦记着家里的孩子、园子,又匆匆地回来。

母亲抱怨着东北天气的酷寒、又夸赞着家里火墙火炕的舒适;怀念着小时候吃的地瓜、湖鱼,又欣喜地收获着东北的土豆白菜;念叨着家里的父亲母亲,又一丝不苟地拉扯着我们长大。

后来,母亲的故乡被繁忙的日子挤在劳作一天饭后的炕头上:一句话、一首歌,或是一种吃食常引来母亲对儿时的回忆,我们趴在母亲周围,听得如醉如痴,或恐或忧或欢喜或气愤,甚至不由分说地走进她的故事,干涉起那些事情——母亲的故乡缥缈在她的歌声里,洗衣、做饭,母亲常轻声唱着《东平湖》或是《黄水谣》,极美的音色极细致地流淌着情感……

一个个离开家，在外面奔走建设，我们有了自己的根据地，再回去接父母出来。父母在邻居的羡慕里欢天喜地离开了家。不用劈柴了，不用侍弄菜园了，当然也没有了坐在家里炕头上聊着家长里短的婶子大娘。在城市坚硬的马路上走着，在人工栽种的花草边小憩，在五光十色的商场里随心地选购自己喜欢的东西。母亲过上了曾和我们一起向往过的日子。这种知足，支撑着母亲始终喜欢着城市里的生活，更快慰着我们的孩子一天天长大，日子一天天过得舒适。

然而，在无忧无虑的日子里，母亲的眼睛却越来越深地积聚着寂寞和乡愁。

我们送她回山东。千里迢迢，车子却只在锁起的大院外稍稍停留，那里的青堂瓦舍让母亲欣喜，但又油然生出冷冰冰的陌生，高高的台阶上，再也看不到姥姥弯着腰、挪着小脚迎出来，更没有了姥爷爽朗的笑声，甚至没有了院子里溜达的母鸡和满院晾晒的玉米秋秸。舅舅们忙着他们的生意，已经很久没有回来……

陪着母亲去看姥爷姥姥的坟，母亲悲怆地落泪，呆呆地坐了很久，我想，那种深厚的悲哀，不仅仅是与父母的黄土相隔，更是因为——故乡，瘦成了眼前的两个土堆。

不久，我们又在母亲的念叨中陪着母亲去东北的老家。到家时，正下大雨，冒雨去看老宅，人家关着院门，在父亲夹起的板障的缝隙里，我们看到原来干净的院子里拴着陌生的骡马和车驾，父亲精心铺成的花格子砖的路面，满是骡马的粪便。在大雨滂沱里，我们悻悻地离开了曾经的家。

停留两天，母亲听到更多的是老友旧邻去世的消息，看着曾经健旺的朋友们衰老甚至瘫痪，母亲本想多住些日子的念头打消了。连续的大雨，母亲也只好打消了去好友的坟头祭奠的打算，带着湿漉漉的心情，郁郁地回来。

母亲的两个故乡，如今只在母亲的梦和回忆里了。城市里有我们，却终不是母亲的故乡。

在越来越舒适的楼房里，母亲的心像一只回归的鸟儿，常飞回故乡，却无枝可栖。

心　殇

十三岁的冬天，随父母搬到甘河，住在新区。因为是新区，又是最后一排房子，所以房子背后便是无尽的被厚厚的白雪覆盖的原野，眼睛纵情放牧，又在远远的地方被层叠的山诗意地圈回。只记得，因为那样的大雪、那样的酷寒，觉得自己很弱小，小到用尽气力的一声大喊也在风雪中不曾远播便迅速消失；自家的房子也渺小，烟囱里的烟竭尽全力涌出来，顷刻便被撕碎在风里。

那个深厚的冬天如何渐渐融成了春天，那样多的积雪如何在春日并不炽烈的阳光下一点点没入泥土？如今想想，仿佛遥远如童话。

更像童话的，是那片原野上突然绽放的花树。

也许地下的冻土还没有放弃对它们根系的束缚，也许夜晚的风依然会僵硬树干里的液汁，然而那一树树怒放的花儿，竟比冬天最繁密的雪花更来得恣肆汪洋，不可一世！白色的、淡粉的山丁子花儿，白色的、生着淡黄的花蕊的稠李子花儿，像满腔的情绪般泼天灌地。没有一片绿叶，所有的只是花儿，看不见枝条甚至看不见树干，生在树上的、被挤落在地上的、纷扬在风中的，就只见白花儿、粉花儿！阳光像是从花瓣上生出来，每一瓣花都闪着熠熠的光。那种明媚很难形容，那种欣喜很难形容，那种单纯的热烈也无法找到语言来表达！那时觉得，花树本身定是有自在的光明，那样的光明定是来自一个个渴求自由的心灵，来自一个漫长严冬束缚后的释放。

那样一种自由的、蓬勃热烈的美让人激动到无语，不想跑，不想说，只在一次次深呼吸后，再悄然叹出。

我贪婪地想跑马圈地，将这美丽的土地据为己有；我又对这片土地虔诚敬畏，哪怕是一片飘来的花瓣儿，我也要把它细心地捧回泥土。

然而，那一片美得令人叹息的树林渐渐在我的目光中稀疏了，消失了。

花树后有一个很美的池塘，池塘后面是一条清澈的河流。最初的日子，我家的一群鹅常常欢快地从花树下钻过，跳进那方池塘。我们则要费尽力气，小心地绕开花树最密集的地方，在一两个相对稀疏的树间穿过，还要弯腰拂枝，深恐被树枝扎伤。

不知哪一年，树间竟有了一条小径，蜿蜒地通向池塘，再蜿蜒地通向小河。那是一条惬意的小径，脚下是柔软的青草，两旁是密若铜墙的花树。小径自如地在树林中穿过，池塘和小河成了我们最美的乐园，一天总要跑上几趟。

不知从哪天起，隐隐地，也是在繁花盛开的春天或是枝繁叶浓的盛夏，从树林的这边，我们能看到池塘边碧绿的草地和草地间撒满的兰花了。于是，站在屋后就能眺望一下放牧在草坡上的羊群和在池塘里嬉戏的鹅群。

再后来，距离房子最近的一片树只剩了作为界桩的一些了，那些树冠肥大、根系深茂的树不知何时都没了踪影，取而代之的是土豆和青菜，各家大人站在黑油油的土地上，互夸着土地上可喜的长势。

新区的人更多了，多得没了树木的空间，它们更加稀疏，又默默地退到远远的山根下。春天里，纵是我心里一时一刻都在惦念着它们，却终连花香也很难闻到了。我需在开花的日子里，走过池塘，在小河里扔几块大石头，从石头上歪歪斜斜地走过，再跑很远的路，才能在山下邂逅几树山丁子花。在深秋稠李子成熟的时候，要跑很远才能在某棵树的树尖上，够到几粒稠李子。

我无法用几株花树慰安我的空虚，用几粒果实来填补我的失落。

然而，春天里终于再没了阻隔视线的繁花，那条花间的小径也成了田间的土路。路上，邻家老人用地排车从很远的地方拉回细小的树木，树枝上，已有知春的绿叶，老人的白发，飘在料峭的风里……冬天，家家烟囱里的烟依旧被撕碎在风中。烟里，满是花魂树魂的凄凉无告。在愈加空旷的土地上，在漫天风雪中，我们的房子则显得更孤立渺小。

如今，十几年后，花与树的影像却愈益清晰，那一片零落的田野也时时出现在眼前：枯干的池塘、坍塌的河床，还有用篱笆围起的一片片土地，土地上挣扎的生命，篱笆上新生的叶片……

不曾跑马圈地，那片土地仍令我魂牵梦绕。梦中一次次繁荣，现实中一次次衰败。心里，生出一片不能痊愈的伤。

老屋前的面果树

离开老屋有十几年了，十几年间，老屋无数次走进我的梦里，凭着记忆，我也无数次走回老屋，沿着雨天淤积着雨水的凸凹的土路，沿着挂满了倭瓜豆角的颓圮的篱墙……梦也依稀，连记忆也朦胧成了梦。衬着故乡的山清水秀，老屋渐渐淡成了记忆中一幅清新雅致的水墨：残旧的屋瓦、浅色的窗棂、倾斜了的木板障子，还有烟囱里变换着浓淡的炊烟……

老屋前，父亲从野地里移回一棵面果树。

老屋门前的面果树会在春天长出不起眼的小花……

繁花似锦的春天，我常去屋后的田野里采来肥硕的野花，带着露珠插在罐头瓶清凌凌的水中，拨弄赏玩，换来无数欢欣的喜悦，却从不会发现面果树也悄悄开着一树的繁花，小小的花儿隐在浓绿的叶片后，羞怯得无声无息。只在某天清晨扫院儿的时候才发现，它的细碎的、嫩白的花瓣松散地撒开在树下的红砖地上，环树一圈的落花，中心厚密，愈向边缘，愈浅淡稀疏，像一柄丝绒的伞盖、遮盖了被露水浸得鲜灵灵的红砖面和砖缝间翠绿的苔藓，又像静静读书的淡弱的女子，沉在馨香的书墨中，她的柔滑的裙裾无声地散落，流淌开了去。

面果树开花了，花儿已谢了。

面果花淡雅得如同不曾开过，以至我至今并不知它的花型，只记得在红砖地上，在扫帚秒拉过的细细的纹理间，它的小扇形的精致的花瓣儿，一片片不拘怎样布局，都清雅动人。

夏天的面果树下是我们清凉的去处，无论烈日还是朗月下，我们习惯于在面果树下摆一面桌子，环桌坐着，吃一吃饭、喝一喝茶，或是兄弟姐妹三两个坐下聊聊天儿，在炎热的夏里，收获无数清凉的情绪。

悠闲的夜晚，并不急于去睡，和姐姐妹妹有一句没一句地聊着，看着桌上斑驳的月影，曾无数次搜肠刮肚地想把那迷幻的美表达一二，却无奈总只想起那句不能尽兴的句子："疏梅筛月影……"

也曾为弟弟的淘气，有几日不敢在那面果树下坐。

那天晚上，很好的月光，我一边把脚泡在水里，看那水里的树枝的影子荡来漾去，一边和弟弟不觉地聊起了商姨——商姨待我们极好，不久前去世了。忆到深处，弟弟忽然模仿着商姨的口吻说："待会儿我给你们烙饼吃——"我悚然抬头，月光下，面果树的影子迷迷幻幻，铺满我的意识，恍惚中，不知新殁的商姨正沉默地走进院子，还是已经立在了我的背侧，不觉惊叫着蹬翻了盆子，三两步从纱门跳进屋子，跳进明亮的灯光里。树下，是弟弟朗朗的坏笑声。

那以后，面果树下又多了几分神秘伤感的忧惧。

重又在夏夜坐回那里，总要把眼前姐弟们的脸，在月光树影下辨认了又辨认，生怕一霎间，有一张脸忽然从记忆里映出，附在这朦胧中。

秋天的面果树会在某个清晨着实给我们一惊，密密的红透的果实仿佛一夜生出，沉甸甸地坠在每个枝干的始末。尽管知道每个秋天，它都会生出这一树的火红，我们依然要吃惊于它那不知不觉的神奇的酝酿，隔着板障子，邻居们啧啧地叹着：今年的面果比每年结的都厚实呦……

每到这个季节，我家也会反复地接待一批神异的客人——一些模样奇丽的小鸟，身上是怎样的羽毛不记得了，只记得头上长着宝石蓝的翎毛,翎毛高高地翘起,像是戴着华贵的博士帽。一向崇尚学问的母亲认为这是大吉的象征,她满怀欣喜地用满树的面果招待这些戴着博士帽的小鸟,仿佛那博士帽有朝一日也能戴在我们的头上……

尽管这些吉祥的客人反复光顾我家的面果树,一次次唱着歌儿坦然地吃起高高的胸脯,不厌其烦地飞走又回来,面果树依然会在整个秋末炫目地火红着,引每个走进我家院子的客人一致的惊叹。

一个又一个春天,面果花满怀着热烈的情怀,没有因为卑微和被人漠视而逃避了春天。也正是因了这份在春天里虔诚的绽放,夏天里含蓄的酝酿、沉静的等待,在繁花落尽的秋天,火红的面果树换来一院的惊叹,引来满树的"博士"。

面果树一袭素衣迎接春天,我因此无数次忽略它的美丽,只是在扫帚尖触到的精致间为那小小花瓣儿的气韵心儿轻颤,却也不曾因此抬头去赏那躲在叶间的小花儿——在春天这个张扬的季节里,太多炫目的花儿分散了我的注意力,我无暇去审视面果花含蓄精致的美。如今忆起,它融在日子里的点点滴滴,却比田野上任何一株炫目的花儿都令我怀恋,它使我不惮于寂寞,即便在心情最为寥落的时候,善待每个平凡的日子。

想起老屋,想起面果花无声开落的一个个春天、果实酣畅恣肆的一个个晚秋……难释缱绻的情怀。

他乡遇你

那日,在邻居老人买菜的小车里,我看到一束达子香,先喜后惊,仿佛在遥远的异乡,忽见了流落的孩子。

老太太慈祥地告诉我:"早市买的,很便宜,十元一把,说是栽在水里,就能开出清香的小粉花……"

我怎会不知呢,家乡的达子香,它会在沃雪未融时盛开,它的艳丽和香气会垄断了整个春天啊。

达子香是开在我心底的花儿,它的盛开在冰雪中的洁净素寒,它的缥缈难寻、令人心旌摇动的香气,它怒放时的不计成本,它的不与百花争艳的超逸不群,无不让它成为我心中最圣洁的花儿。

每个冬天,熬过白雪皑皑的寒冬,在房上地上积雪坍塌融化的料峭春寒里,我一次次望向四面起伏的群山,一次次耸起鼻子找寻雪气里花儿的讯息。我希望在不经意的回眸间,雪山生起一片红霞;我希望在某个推门而出的清晨,与达子香的香气撞个满怀……

有时会等不及了,便踏雪上山。哈气如云的清晨,我快乐地循着野兔或松鼠的脚印上山。那如暗花织锦般落在白雪上的脚印,透着小家伙儿的欢快。它们也去检视花园了:有没有花瓣儿可采?有没有新蕊可食?

我还知道天空中有种叫作飞龙的鸟儿,长得如山鸡一般漂亮,又如小鹿一般温顺胆小。它们罕于露面,却也在僻静处悄悄等达子香花开,它们喜食达子香的花蕾、嫩芽,连叫声都格外芬芳……

山腰上，浓密丛生的达子香高可及人，绿叶还没有生，灰黑的枝干还没有绿，它的枝干有梅花的清癯瘦硬，又隐隐有一种暗绿的生机，不可遏止地勃发！花苞鼓鼓的，青绿的蒂，褐色的皮，深粉的蕾尖。达子香有点像北京的玉兰，花蕾似乎早早就等在枝上了。经历暮春炎夏，经历寒风，经历暴雪。它反复酝酿：一缕香魂从整个春天的百花髓中凝聚，有点点感伤；一瓯墨粉从盛夏天空的晚霞中萃取，张扬又沉静；一片片花瓣儿要反复揣摩秋叶的绚烂、冬雪的轻盈，还要忆起盛夏里蝴蝶的翩跹、池塘里蜻蜓掠过水波的翅影儿……

翘首等待那渗着雪的寒意的香气。其实达子香的香气不必非要花开就已酿就，只要你从达子香丛穿过，达子香的枝枝梗梗足以浸染你的衣履，明媚你的眼神你的笑靥……

一次次踏雪寻香，有时松树返青了，达子香还没有开，于是折一只松枝，摘了新生的松芽儿送到嘴里，酸酸甜甜地吃了，再拧松松枝的皮，从松杆儿上褪下一节韧嫩的松皮筒儿，做成一只"叫叫"，长长短短高高低低地吹着下山。

有时等不及了，就折了满是花苞儿的达子香枝回家。也只有小镇的孩子这般豪奢，漫山的达子香纵容我们的渴盼和贪婪。盈怀抱了回家，找来大小的瓶子，洗得干干净净，灌上山泉水，达子香就舒枝展叶，预备着盛开了。也许第二天，最多三五天，达子香粉嫩嫩绽开，和孩子们的小脸竞相映衬，一起遥望着山上的达子香，等待着真正春天的到来。半壁绯红，满室寒香，夜晚的梦都是达子香的粉色了。

还记得一次神异的经历。那个春天，我看得房上的积雪已融成冰溜挂成一排水晶帘，看到新生的小羊唇上已染了青嫩的草汁儿，鹅鸭在已半河冰雪半河春水的小溪里欢腾……可是，达子香粉色的云还没有飘上山腰。

我绕过南山最陡的直坡，在稍缓一点的西面上山，山坡依然陡峭，但树木茂密，一路攀松登石，还不算难。沿途参天的松树桦树，树下都是达子香，还没有开。便绕到向阳的山坡，果然这里的花悄然早开，漫坡灿粉，有的刚刚绽开，有的如一只只振翅待飞的粉蛾儿藏在花萼里。我跑过去，在一片芬芳的海洋里，一边摘了甜香的花朵吃着，一边采些放在兜里。

"吃了不咳嗽，好吃吧孩子……"忽然听到花丛里苍老的声音。我向花丛深处看去，隐约看到穿着深蓝色粗布大襟衣服的老太太。林场没有老人，孩子们的父母都是三十岁上下的年轻人。我所以认为她是老太太，是因为她和书上的老太太一样，梳着松松的发髻，扎着腿的裤脚下，是尖尖的小脚。她正摘了一朵朵花揣在大襟衣服的斜兜里……花丛邂逅，亲切又惊异。后来反复向母亲求证，母亲说应该是谁家的老母亲来探亲了。可是，那双小脚怎么爬到那么高的山上的？后来的记忆也恍惚了，我和她谁先下了山？她长得什么样儿？都不记得了，她的脸仿佛始终隐在花丛后，只留下很慈祥很美好的印象。

北京九台早市上，我果然见了达子香。在农人的货车上，在北京早春热烘烘油渍渍的空气里，在喧嚣的叫卖声里，在城市人陌生的审视中……

我从未见这般枯瘦羸弱的枝，从未见这般干瘪不思盛开的花苞，也从未见一出场，不能用香气给人震慑的一株株达子香。它全部的魅力，尽在小贩一遍遍的承诺："泡在水里一个星期就能开花……"

只有我知道，那将是怎样苍白的盛开。城市里没人懂达子香的美。我的心充满惆怅。

传说古代有一种鸟叫重明鸟，它很勇敢，为人们驱狼逐虎，降妖除魔，人们感激它。重明鸟喜欢琼玉的膏液，所以人们经常在庭院里摆上琼玉膏液来让重明鸟前来栖息，但这鸟十分眷恋自己的家乡，人们不忍心它离乡忧戚，便同意它自由往来。

达子香在鄂伦春人的心目中也是圣洁勇敢的花儿。据说康熙年间，在兴安岭居住的居民主要是鄂伦春族，俄国人犯境，洗劫村庄。勇敢的鄂伦春姑娘达子香跨马提枪把敌人引进了埋伏圈。

枪弹齐发，猎马驮着美丽的达子香继续驰骋，她的鲜血洒在了兴安岭的山野……第二年，山野处处开满了火红的鲜花。

重明鸟有双翅，有人们对它的感恩理解，它自由来去在故乡和责任间；达子香也有如蝶般最美的翅羽，却不能飞翔，它没有来去的自由。为着人们微薄的利益追求，年年春天，它枯萎在异乡，在陌生人挑剔的眼光里，在此生最苍白的绽放后。

据说，年年春来，达子香被大批贩卖。花开祸来，想起黄巢的诗句："他年我若为青帝，报与桃花一处开。"他怜惜菊花的孤寂清寒，想让它与桃李共艳。我的达子香从不惧春寒，如今却无可逃遁沦落异乡的命运。黄巢的诗句应改为"他年我若为青帝，报与花儿不再开"了。

他乡遇你，没有山，没有雪，没有熟悉的青松白桦，没有家乡人对春的期待对你的热望怜惜……

手中的达子香，终在异乡零落成尘。"唯有春风最相惜，殷勤更向手中吹。"愿春风解我，将这一缕香魂，送还青松雪岭的故乡。

夜宿寒星下

父亲经营的家买不回来了,便请朋友在家乡老房子不远处选了另一新居。在这里,我漂泊的心稍觉安稳。

初进新家,整齐、洁净,难为弟弟短短一月把家新装得这样完满。

入门中间小厅兼厨房,两台砖炉新成,外面包着亮白的铁皮,火墙刷得雪白,其他房间也洁净无尘。空气中犹有淡淡的灰漆味道,反而觉得更加质朴清新。

院子里新砌的地面、花墙,花墙外一方碧绿的菜园,靠西墙码放整齐的样子……绕过山墙,屋后一片菜园更加葱郁。

抱柈子,烧炕,烧火墙,把车里的东西搬进来,先生儿子兴致盎然地忙了起来,我则喜滋滋地把从北京新置的被褥床单铺设到各个房间,预备早早睡进期盼的新居。

不觉已暮色四起,看看表,居然九点多了,儿子从院里回来,开心地叫着:"太冷了!太冷了!这是夏天吗!"然而屋子里渐渐暖了起来,让人有种强烈的依赖和幸福感。

许是地面墙面新漆不久,火又烧得急,烧得热,油漆味渐渐重了,竟有些刺鼻了,打开门窗,让冷热对流,想着一会儿就散了。挨至半夜十二点多,并无削弱的迹象。儿子提议,去车里凑合一夜。

几番犹豫,终于抱着被子去了。

站在院里,夜凉如水,眼前是辽阔的星空,硕大的星莹莹烁烁,如水如钻，仿佛再凝一滴露，就会寒冷地滴落。

这世间太多奇妙的色彩搭配，而这如水如银，既有点透明，又隐着金色的星，点缀在深蓝如思的天幕里，该是最美的色彩了吧！

幸亏甘河的夜晚没有蚊子，我们把车窗打开一半，睡进车里。儿子把后座放平，连起后备厢，给我铺了一个小小的床，虽不能伸直腿，却也能裹着被子舒舒服服躺下了。他俩只能把座椅放平，半倚着睡了。

后半夜，觉得冷了，把被子再裹裹严，听得儿子也说冷，又听他忽然惊奇地喊起来："还不到三点，已经天亮了！"我爬起来看天，惊见红霞满天。太阳还没有出，却已在山那边发出万道金光，天上云朵如絮，均被染上奇妙的粉红。西天、中天的云，大朵的下面粉红，上面洁白，小朵的全是一种半透的粉红；东部的云却透粉透红，像是从云心儿里烧出的色彩……哦哦！是怎样神异的色彩，从东天喷薄而出！

我裹着被子，站在天地寒凉间，静静地看满天红霞如飞，内心莫名感动：心心念念想回故土，费尽周折想买回老屋，终找不出一个理由表达自己，说服家人，或解释明白给人听。如今想来，这顷空的繁星，这泼天的红云，这日日从深山老林中漫涌而出的夜寒，可不就是一个明明白白的理由？

窗前看雨

我没想到水仙茶是这样芬芳好喝的茶，想起弟弟嘱我："这款水仙要选上好的泉水……"甘河因水甘甜得名，哪里还有比这里的水更适于以一种天然的甘洌，唤醒任一茎茶的灵性呢？

昨夜今晨，下着我到家后的第一场雨。我沏了漳州水仙坐在窗边，雨就在眼前，不大，却已下了一夜。窗外，是雨的世界：一领愈清朗的院儿、一方愈葱翠的园、一痕愈苍茫的远山、一空愈迷蒙的雨丝。

几十年没有这样静静地看一场甘河的雨了。

临秋的雨，下得格外清、格外静，恰适我今天的心境。在这座魂牵梦萦的小镇里，我是熟悉的客，陌生的主人。走在曾经的田野上、小河边，走进似是而非的胡同里、市场间，我不曾看到一张熟悉的脸，不曾听得一声亲切的召唤。

我在陌生的店铺里买一块儿桌布，临行，却听得精明的老板娘犹疑地问着："你是不是在一中读过高中，你的名字好像是×××，我就是叫作×××的，还记得吗？"记忆的碎片堆叠组合，初中或高中时，班里墙角边确乎坐着那样一个文弱的女生的，一样的爱笑，一样的矮小，一样的好像有这样一个时代感很强的名字，只是那时没有这样的话多，这般的生意脸和这般世故的笑……我知我的脸上也长了她看着陌生的痕迹和不能亲近的神情，我的话语里也不曾讲出当年的熟悉与无芥蒂，甚至其时的记忆中也给予了无共同经历的人或事物，而是一种更陌生的存在。

似乎看到了一件器物破损已无法修复，草草交谈了几句便匆匆告辞了，反觉心里更凉了些——还不如不认出的好。

多年前这样闲暇的日子，总会在雨停的间歇里，忽听得狗吠门响，或听得轻轻地唤着狗儿的声音，接着就有娉婷的身影，穿过院儿里倭瓜秧儿的绿影儿走来，便听得轻轻悄悄地和爸妈打着招呼的声音，或听得爸妈欢欣地叫着我的名字告诉我谁谁来了。

便开心地迎出去，接进来，之后不管雨停雨落，叽叽呱呱，过得一段悠长的消闲时光……

昔人犹在耶？昔日既不来，昔物自在昔，过去的都留在过去了，便是我迢迢千里地找了来，也是物非人非。纵是远山，也不是那些古老的林木了，何况短寿的禽鸟走兽呢。

其实，变化的又何尝是家乡的一人一物呢，"情怀渐觉成衰晚，鸾镜朱颜惊暗换"，梵志说"吾似昔人，非昔人也"，从内而外，我也只是珍惜着往昔岁月的另一个我罢了。

今物何所往？这山，这云，这承载着我记忆的小院和漫空的雨，都笑看一个惝恍在过去今天的我，笑我试图弥合过去和现在。

"野马飘鼓而不动，日月历天而不周"，是啊，今物无所往，它们和现在的我都留在了今天。

从回忆中走出，在甘河无边的雨里，守一杯家乡的水沏的清香的水仙，感受着岁月中淡淡的感伤和淡淡的喜悦，体味到恬静的幸福。

买一盆老太太的栀子花儿

据说,甘河的早市很早,尤其夏季,清晨两点就开始了,这时光,天已亮了。

我努力早起,也已五点多了,冷得瑟缩。再早一定更加透心儿凉,实在没勇气吃这个苦。

人很多,车只能停在早市中心街外,我便和先生去找想买的东西了。

几斤当地土豆,几捆新摘的青菜,几斤本地猪肉,还要买一块儿尚温的新鲜羊肉……

我喜欢买某位老人的菜,只三两样儿,一小堆儿,却鲜灵灵的,土豆上沾着湿漉漉的黑土渣儿,香菜叶儿白菜叶儿上滚着凉森森的露珠儿,红绳儿蓝线儿地系着,常常也不称重,随口说个价儿,比如一把两元,两把三元,或者这一堆五元……听家乡朋友说,他们的菜香,老人们不舍得花钱施肥,用的多是农家肥。

甘河的土真肥,熟悉的海棠花儿,在这里长成了花儿王,居然像月季或玫瑰一样大朵大朵地盛开,华美绚烂。

不是为了买花儿而来,但我始终关注着每一个卖花儿的小小摊位,那里往往是一位干净的老太太,安详慈和,晒得黑黑的脸儿,带着谦和的笑,眼前守着几盆自己养的小花儿,盆儿简陋,花儿却肥实苗壮,有的开得正艳,有的含苞欲放,有的则是刚生根的小花儿,常有一些如今已不太时兴却着实能勾起我的童年回忆的小花儿——比如紫色灯笼花,我便会不犹豫地买下来。

先生催着买必要的东西,不容我多问恋战,我便到处看一眼有没有那种紫萼白瓣儿的灯笼花,没有,便匆匆去了。

马路对面,有很大的一盆花儿,稀疏地缀着几朵白花儿,竟拳头般大小,格外惹眼。我心里赞叹惊奇了一下,便走远了,始终疑惑着:什么花儿,开得这般喧嚣?

回来时大包小包已提了两手,刚好路过那盆花儿,很远闻到沁人心脾的甜香,竟是栀子,便不想走了。想起在北京买的栀子花儿小如拇指,新买一盆花,花蕾满缀,却总是没有开完就慢慢黄叶儿死去,所以这么喜欢的花儿却始终没能养活一盆。

问了价,还了价,老太太慢悠悠地说:"你再给我添点儿,老太太种花不容易……这花儿,我养了十几年了,天儿冷了,又要上楼住,岁数大了,搬不动了……"这才仔细看种出这么美的栀子花儿的老太太:笑微微的,一样的被这个夏天晒得黧黑的脸,一样的微微发福结实的身体,一样的让人记不住花色花型的合体的花衣,别致的是她戴顶鹅黄的小檐儿编织帽,帽上缀朵粉色的小花儿。喜欢花儿,喜欢着老人家,便依了她的价,请她推着小车帮忙送去我们车边了。先生无奈地问我,这么大的花儿,怎么运回北京?我心想,你总会有办法的……

老人推着花儿走,一路上见者都问:"什么花儿啊,牡丹吗?这么大朵儿?卖了多少钱?"老太太笑着,不紧不慢地走着,一路答着众人的问话。有个小贩调侃:"老太太,卖一百五,便宜了!"先生替老太太答:"您喜欢,不然加点钱留下?"小贩便笑了笑,不作声了。老太太和先生会心一笑,竟是很开心感激的样子。

看着先生把花儿搬到车上,老太太把绑着花盆的带子绕在小推车儿上,很满足的样子:"我没去过北京,可是我的花儿去了,老太太得谢谢你们……"老人叨叨着,推着小车回家了,圆圆宽宽的背影儿很体面，也很可爱，我极想叫住她，请她在她也喜爱的花儿旁边拍张照片，又觉太刻意了，便偷偷在她背后照了两张。

老太太笑微微地去了，始终没有回头，这个早市，她很开心卖掉了她用心养了十几年的花儿。她还告诉我，不用给花儿施肥，花儿开得这样大，只是她把洗鱼的水和鱼肠子埋在了花儿土里……精致的生活常常是用朴实的方法获得的，老太太真是智慧。

把花儿搬回，放在小院儿的花台上，第二天的晨露中，又开了三四朵，小院儿朗朗芬芳，外甥女儿坐在敞开窗子的屋里画画，不时惊喜地叫着："我又闻到栀子花儿香了！"

我想起一次在北京某医院付款，忽然一股异样难闻的气味，才明白是太多人对着窗口说话，窗口凝滞了大家口气的综合气味。至此，在每个窗口办事，我总保持着戒备的距离。其实在人群拥挤的城市里，我们始终被包围在这样或浓或淡的气味里，无可逃遁。

在甘河的早市里，邂逅这样一位朴实温厚的老者，邂逅这样一盆卓然不群的栀子花儿，此后一院儿花香、一路花香——迢迢千里，载着家乡芬芳的花香回到北京，何其奢侈啊！

如今在北京的家里，栀子花儿已落尽，我却守着越来越葱郁的花丛，期待着明年春天愈芬芳的绽放，这是怎样可爱的缘？

我且珍惜这将心爱的栀子花卖与我的老太太、这远来的栀子花儿，这洋溢着浓郁的乡土气的家乡的早市的记忆罢。

浮生若寄心若痴

落地甘河，早有弟弟的好友和他周到的安排，他的诚恳亲切的笑和丰盛的午餐不能安顿我的心。母亲儿子在酒店休息，我穿过小镇午后的寂静，先自回家了。

打开院门，满园绿色。园里院中，尽是齐胸的艾草，推开艾草，踩出一条小路至堂前，想起柳宗元的《小石潭记》的"伐竹取道，下见小潭"，我则终于见了家的屋门。

屋檐下，离家时那个拳头大的巢儿已叠成硕大的燕窝，层层累累：聚子成族，那对小燕儿，如今已子孙满堂了。

四年未落一个脚印的家，如今是艾草的森林、燕子的家。五七燕子盘旋小院儿上空，叽叽喳喳讲论着我这个生客，或有一二叽叽地飞掠我的肩上耳侧，好奇我为何无端闯入。我无言浅笑："孩子，问你的曾祖去。"

推开屋门，居然和离家前无异，家乡空气洁净，竟使桌几无尘。只是处处森凉寂静，到底让人觉烟火久隔。

炉边柴薪整齐，是上次离家时先生儿子预备的，他们担心再回时遇个阴雨天湿了柴薪潮了屋宇，却不想今日亮晴爽透，一如我回家的心情。

暗红的松木柴有种干久了的灰白，拿起一块儿，依旧闻得淡淡的清香。撕一片桦树皮，点燃，淡淡的蓝色烟缕里熟悉的幽微香气。炉火熊熊地燃，火墙和炕渐渐热了。

去附近的小卖部买些用品，胖乎乎的老板娘换了另一个和善的女人，一样坐在宽宽的桌子后。她的满脸皱纹的母亲坐一个矮凳在她旁边，面前一只小篮儿装满石竹花儿。石竹是我小时最喜欢的花儿，它们在家乡的繁花里那么不显眼却生得漫谷漫坡，我常常在采回的满怀芍药、野百合、野罂粟或是秋菊花中点缀些石竹花儿，就像城里花店的玫瑰百合等常以满天星为底色。

可是她的小篮儿里却只有石竹花儿，我问她做什么用，满脸皱纹的老母亲笑起来依然好看，她说这是药材啊，如今十分难得，她说这是她走了很远才采来的一筐儿，预备晒干了卖钱……

那些我爱极了的花儿如今都成了昂贵的药材，就连从春到秋开不败采不尽的野罂粟也鲜能遇见了，那一丛丛墙垛儿般世代丛生的刺玫果花儿竟也消失殆尽，我怀念它们不计成本的绚烂，怀念那溢满了花香的原野……那非凡的美或许此生难寻了。

我岔开话题，问她们可有蔬菜卖我，她们一下子笑逐颜开，说她家园里的头茬豆角可以摘了，估计能摘两三斤呢……

母亲儿子来时，我已收拾了舒适的床儿晚饭，一如他们下班或放学回家。

至夜，母亲累了，早早躺下，睡在松软的被子里。儿子到底年轻，铲了半日草，仍兴致勃勃地站在院里，要看午夜的银河。儿子说妈妈家乡的天空那么小，仅仅是群山环绕中的一片天空，如果有云，可以看到它在山巅凝聚，生成，变幻，再聚集，再变幻……然后被一阵风吹乱或被另一朵云撞散，连天扯絮的一阵雨，就湿了不远的一片屋顶，或迷蒙了远近的一座山头；儿子说妈妈家乡的天空小到可以看一朵云的一生；儿子又说妈妈家乡的天空很大，大得装得下整条的银河还有银河外愈望愈深的星空……

夜色寒凉，我们熄了院里的灯，大小的飞蛾暂时歇了，夜晚愈静。这让我想起上次回家两只小小流浪猫不邀而至，白日在院儿里吃喝嬉戏，夜晚在灯影儿里捕蛾捉虫。不知它们能否度过家乡一个又一个严冬，如今又身在何处。

儿子伸手拉我也站上院中花台，这里能跳过所有屋顶的遮挡，看到黑黝黝起伏的远山和山上无尽的星空。夜凉如水，倚在儿子温暖的肩臂里，看他所指的天空和天空的星。今夜无月，天空那样阔，星儿那样密，我不能确认我看的是不是他指尖上的星。

我在星空下长大，每一颗星都熟悉亲切却不能相识；儿子在楼宇书本里长大，心里装着对星空的想象和向往，如今竟如故知相遇："中间那颗星应该是天蝎座，它最亮……中国古代叫它'龙星'，用它来确定季节：五月黄昏在正南方，位置最高；七月黄昏逐渐西降，由它知'暑渐退而秋将至'……还有那个应该是织女星……"一向少言的儿子絮絮地说着他在书本上认识的星空，声音依旧和缓低沉却能感到其中的兴奋喜悦。

我什么都不知道，也不知看的是不是儿子所指的星，但我的心沉静幸福：因了这蓝天、丽日、院里的艾草、松木的香气、夜晚的静谧、满天的星斗……儿子由衷地爱了妈妈的家乡。

千里奔波，片时相守，短短一周，我没有会亲访友，故人俱已星散，问起老人，多被委婉告知："看南山去了……"心中仅余淡淡的伤感，见闻得多了，便从心里认可了这是人生自然的归宿。

家乡的八月，青山环翠，云气氤氲，松风时时推岚，片云常常成雨。清晨傍晚，我和儿子流连郊野，或望夕阳一寸一寸落下西山，晚霞如泼如灌燃遍西天；或叹一朵疯跑的云拉起雨幔迷蒙了一座一座山头，然后蓦然风雨已到眼前……物是人非，所幸二十年山河无改，星月依旧。

"人归落雁后，思发在花前。"思念总长于相聚。儿子不放心我这个老人独自出行，不顾刚从成都归来劳顿，依自己的时间，安排了我们短短一周的往返。

离家几小时，飞机已在帝都的上空，舷窗外，整饬的街道楼宇亲切熟悉，这里是我生活了二十多年的第二故乡。

进得家门，猫儿欢叫着跑来，窗外丝瓜秧儿爬上海棠，生了一树黄色的"海棠花儿"，映着阳光明晃晃地炫着狡黠得意。苦瓜秧儿也爬了半窗，藤色入帘青，阳台绿幽幽格外清凉，三两小小苦瓜花儿，试探着爬上窗纱，细嫩的须儿小心翼翼地伸进网眼儿。流浪的小白猫儿听见我的声儿，跳上窗台，一遍遍翻倒再起来，表达着它的欢欣激动。

何处故乡何处家呢？在京城忙得累了，念着家乡的一山一水；刚刚离了这繁华的城市，便反而念着这城市的整饬、方便，念着在这里经营的舒适的家，家里那张舒适的床，床上那卷催眠的书……

每个人都有他的故乡他的家，都有念乡念家的理由，其实人生短短，浮生如寄，何处是家？终或来于尘去于尘才是归倚罢了，却是始终心有念系，痴痴愁煞这不长不短的几十年。

二、岁月深处,故人常来

八栋房的男人（一）

20世纪70年代中期的一天，母亲去甘河领库西林场生产队这年的工资。工作人员闻言抬起头：听说库西林场有个八栋房，家家男人都没了……母亲不悦："我就是八栋房的，家人好好儿的。"但母亲心里知道，除了父亲，八栋房其他的男人确已都早逝了，年轻轻地。

那年，我家搬离了八栋房。

——写在前面

我知道，那片倒而又生的松林桦木记得他们，那片疏而又密的原始森林永远接纳了他们，而他们及那厚重的松木棺椁，连同那抔层积了千年落叶的黑土，都已夷为花海草岭，无从寻起。

我总溯逆岁月的流，试图找寻他们，忆起他们的故事。我愿我笨拙的语言，不至轻慢了他们；也愿我虔敬的心，能稍稍懂得他们，聊慰他们近半个世纪的凄寂。

他们是父亲的战友、朋友和邻居，父亲曾用年轻的悲怆与豁达，送走他们。他们走时，都不及我如今年长。

从耀新说起吧，他是我家右邻，他走后的故事，无数次惊悚了我的童年。

那一年，他最小的孩子刚出生，上面还有台阶般的三个孩子，孩子的妈妈很年轻，粗粗拉拉的一个人。生前的耀新也这样，笑呵呵没个正经。

"老鬼昨天又回来了，"大年三十早晨，耀新的媳妇高姨坐在我家炕沿上哭，"昨天晚上，孩子都睡了，我一个人剁馅子、蒸馒头，炸丸子……半夜了我也躺下，睡不着，趴在炕沿儿上闭了会儿眼。一抬头，就看老鬼站在门后儿！门后有个洗衣板，我把围裙搭在洗衣板上，他就把围裙顶在头上，一直站着……死了也和我闹，吓唬我……"

耀新和媳妇的关系很好，吵吵闹闹过日子，笑着骂着，却是亲着热着。年轻轻地，高姨称耀新为"老鬼"，东北人，俩人不避人地亲热。

母亲也悚然诧异，想起昨晚的事儿。父亲也不在家，和其他男人一样，参加冬季木材会战。毕竟年二十九了，一个人，母亲也忙了半夜。末了，泔水桶满了，母亲便叫上六岁的姐姐，用一根扁担穿了桶梁儿，母亲抬短的这头，让姐姐在前面，把长的那头的扁担搭在她肩上借个支撑，预备把泔水倒在门外的雪堆上。

没有月亮，刚下过雪，地上房上，就连墙头栅栏都盖着蘑菇头般厚厚的雪，映着深蓝天幕中莹莹烁烁的一空星斗，晶莹雪亮。地面也铺了雪，白天院儿里扫出一条小路，早又绵厚地铺上……有人家已在高杆儿上挂了大红灯笼，驮了雪的房子栅栏木垛映在灯下，愈显得矮了。

年关了，家家煎炸洗涮，林场便没走电，远远小修厂的发电机突突响着，令人心安。远近高低的一栋栋房子安静在这深的冬夜，窗里橘黄的光被霜雪寒冷滤过，愈加暖暖地透着喜悦。烟囱里淡白的烟轻快地飞扬，无声散入夜空……林场的冬夜，童话般美。

母亲和姐姐踩着雪，咯吱咯吱走过长长的院子，抬头看到敞开的大门——林场人家夜晚也无须关门，愈是夜晚，愈是安宁。

靠着前面人家的后墙，清楚地站着一个人，一身劳动布衣服，戴顶绿色军帽，帽檐压得很低。除却没有看清脸，那身量姿态，着实就是邻居耀新。渐渐走近了，却一晃儿不见了。母亲所受是坚定的唯物教育，不信自己的眼睛，回来问姐姐，刚才看见谁了？姐姐肯定地答：耀新叔叔。

然而耀新确是已经死了，就在这年入冬木材会战开始不久。

他是拖拉机手，负责把山上的圆条拉到山下。圆条太沉，一根就有几千斤，只有冬天土地冻实了，不陷车，才能把积了一年的木材拉下来。所以愈是兴安岭酷寒的冬季——无论穿了多厚的皮袄毡鞋也瞬间就能冻透的严冬，愈就到了工人们"会战"的紧张时刻。拖拉机手更是早晨上车，天黑才下来。

拖拉机承载力很强，一次能拉十几根圆条，一路下山上坡，车碾木压，硬是在盖着一米多深冰雪的山上趟出一条条路来。从天蒙蒙亮，到寒星满天，拖拉机喘吁来往，飞冰溅雪，山山岭岭都在这震撼中静默。

那天，拖拉机出了故障，耀新便把承载圆条的大铁板摇起来撑住，一个人钻进铁板下检修。没有熄火，零下四十多摄氏度的寒冬，拖拉机熄火就要用火烤才能重新启动。于是拖拉机惊天动地突突突地震动着。

我不懂那硕大的运材拖拉机的巨大的铁板是什么原理支撑起来的，或是天冷地冻，穿着笨重，手脚麻木，耀新根本没有支好？总之那个年代的机械设备的安全保障性是很弱的，也没有厂家负责之类的法规，拖拉机手大约也没有太严格的安全技术训练，或是太冷，实在无法精细作业……然而几千斤的大铁板就那样重重实实拍了下来，并不怜惜下面有个爱家爱孩子的青壮汉子——红活圆实的耀新，他的头脸胸背俱被砸在铁板下，成了扁扁的一片，血，瞬间就流尽了，冻结了……

爱说爱笑爱开玩笑的耀新走得近似玩笑，就那样粗粗拉拉地连遗容都让人不忍告别。

高姨连哭带骂也没能留住耀新,工人们给他穿一套新工作服,躺进厚厚的松木棺材,他永远睡在了山里。

高姨总以为,这个嘻嘻哈哈的人又在开玩笑,周末,他还会满身木屑油渍地回来。手里攥着一把高粱果或羊奶子分给孩子们;笑呵呵地一路和邻居们打着招呼把水缸里的水担满;哼着歌儿把院子边上一摞摞木材劈成小桦子整齐码好再用桦树皮扣上防雨,这样,她做饭时总有现成的干柴。

是啊,他终是惦念着家,惦念着孩子媳妇。

第二年年三十早晨,高姨抱着已经一岁多的小女儿,坐在我家炕沿儿上骂:"老鬼昨天又回来了,我头疼了一个晚上……"母亲安慰着她,却听得她另几个孩子都在哭,隔着板障子看看,八岁的大儿子站在屋门口,闭着眼睛哭。死冷寒天,屋门没关,里面两个孩子也在哭。

母亲以为孩子们找不到妈所以哭,便隔着障子喊他们过来,告诉他们妈妈在这里。外面的男孩子不理,仍是闭着眼睛哭,屋里的另两个孩子也不出来。高姨便又哭起来,说这年没法儿过了。母亲赶紧出了大门,过去领孩子们来。

进了我家,孩子们渐渐不哭了,大冷的天,个个满头汗。问他们为啥不过来,站在那里哭什么?一齐说:"爸爸就站在仓房门口看着我们,我们害怕……"他家的仓房正对着屋门,几步之遥。

儿时的惊悚成了如今回忆中的温暖和寄托:许是,耀新常常回来,静静地在那个小家小院里看着孩子,看着辛苦的媳妇。是眷恋难舍,疼惜着孩子媳妇儿却帮不上忙,还是已有了另一个世界的豁达,看淡伤痛?

只是,怎样的机缘,让媳妇和孩子竟也能看到他?那个世界的人们,要付出怎样的努力,让这不知距离的阴阳两界,偶尔也能沟通？

想起一个故事：恒河岸边，释迦牟尼曾问弟子们一个问题，是四大海的海水多，还是无始死生以来，为爱人所流的眼泪多？弟子们都答：当然是无始生死以来，为爱人所流的眼泪多。

我是"槛外人"，没有慧觉，只能偶于佛家言论中拣那乐于相信的零星字言，呆呆地玄想一二：人在"无始死生"中，无论怎样撕心裂肺的离别，都是另一种相遇的开始，未来也还有无尽的相遇相守……比四大海还多的眼泪，都是今生的修行……

但我终不能"放下"，我愿这元气淋漓竟猝然逝去的生命，来生获得补偿：仍在这逶迤山岭中，安宁地走过一轮轮春花冬雪夏郁秋华的丰盈岁月，走完凡俗的一生，尽享凡俗的幸福。

八栋房的男人（二）

那时他们安家不久，一栋房，七家，都是年轻的两口人。

商姨住西边房头，她搬来略早，又读过书，工作过，并且聪明外向，所以爽朗、慷慨，不像这些关内各省来的年轻家属们，羞答答地，不肯主动和人说话。

左邻右舍新安小家，少不了需要帮忙，缺东少西的。商姨在胡同见了新邻居，或隔着不高的木板障子总会问问：缺啥少啥不？需要帮忙吱声啊……她教给关里人糊窗户缝，在门上订棉门帘，教给他们烧炉子烧炕不冒烟的方法……一栋房的家属很快和她熟悉了，她又联络得大家也彼此熟了。

林场男人们进山伐木，一走就是十天半月，留下家属在家。毕竟是年轻人，久了，忍不住串个门，开开心心地聊聊各自的家乡，叽叽嘎嘎一起做个针线，或互相学着织个毛衣打个扑克。商姨是大家的核心，商姨和母亲又最要好——只有她俩读过书，更能说到一起去。

一天商姨又来我家，送来她刚蒸的两个馒头——商姨家的赵叔是铁路工人，收入高，她家便常常吃白面。赵叔不在家，她蒸四个馒头，总要送两个给母亲，即便炒一盘鸡蛋，也拨一半端来。

商姨一边催母亲趁热吃，一边自己笑了。母亲问她笑啥，她忍着笑对母亲说："明槐回来了。"又正色说，"明槐的媳妇小青给明槐做了四个菜。"母亲诧异：家家供应的那点油，过年吃都不宽绰，没人没客的，干吗做四个菜？再说拿什么做呢？要知道，男人们不在家，这些节俭的家属有时在酱油里熬一点儿猪油拌饭蘸窝头就是好的了。

母亲便问做的什么菜？商姨一根根扳下指头：土豆丝、土豆条、土豆块儿、土豆蛋儿，哈哈哈哈……商姨已忍俊不禁，母亲也指着商姨笑得说不出话来。

明槐是住在商姨家东边的邻居。他和小青都是南方人，明槐像个北方汉子高高大大，小青纤纤巧巧典型南方人样子。

大兴安岭有多少野花儿啊，没有名儿，却连颜色都数不过来。小青在山坡上跑着，采来满怀抱的鲜花。她说她怕死了这里的冬天，出去抱一趟桦子就冻僵了；又爱死了这里的夏天，就因为这漫山遍野的野花。明槐便每次从山上回来都采一捧给她，看她喜滋滋地一朵朵欣赏，一支支插在窗台上的罐头瓶里。

小屋淡淡的阳光里，奇妙的香气弥漫，小青坐在那一方四块玻璃的蓝色窗棂的小窗下，看一会儿花儿，再低头做她的活儿。明槐觉得那香气是从小青的发丝指尖流溢出的。

即使冬天，明槐也会采来含苞的达子香，或折一把红柳枝。她更加开心，插在水里等达子香在冰天雪地的季节里开出甜香粉紫的花，等红柳枝长出银白色光滑棉茸的"毛毛狗"，长出雀舌般翠绿的叶子……

路远活儿重，可明槐下班回家，满身的力气仍像没处使：桦子劈了，水打满了，院子里角角落落扫得连块儿松树皮儿都没有……他又坐在炉子前替小青填柴。天早黑下来了，小厨房里点个煤油灯，炉盖上火光一圈圈透过蒸气在墙上、棚顶欢快跳跃。小青忙碌着，巨大的影子也在墙上晃动。炉子里，松木桦子噼啪响着，熊熊火苗舔着锅底，又窜进火墙，轰轰响着。他们的小屋在漫天冰雪里暖暖的，静静的，仿佛一个童话般的故事，刚刚讲了个开头……

工队大锅饭单调，小青在明槐回家时想法儿给他换着样儿改改口味。无奈条件有限,这些年轻人初到大兴安岭时,天寒生长期短,又因交通不便,即便在夏季,也没有充足的青菜可吃。只有土豆是自家种的,什么时候都充足,猪都吃到犯愁。

于是那天,小青为明槐做了炝拌土豆丝,炒了土豆片,又用土豆炖了个白菜,再从给猪煮的一大锅热腾腾的土豆里挑两个大的、面得开花的红土豆盛在盘里,让明槐蘸酱吃。谁知恰好被商姨撞见……

自此,爱开玩笑的商姨常善意地揶揄明槐和小青,明槐总憨厚地搔搔头,疼爱地看一眼媳妇儿。小青腼腆地笑,也不分辩,低下头继续缝她的小衣服。很快,库西林场家属们也常在闲聊里提起小青的家宴,学着商姨的口气说着土豆丝、土豆条、土豆块儿、土豆蛋儿……对明槐夫妻情深的羡慕也溢于言表。

小青有了孩子,年底就要出生了,这是八栋房第一个孩子。她把从南方带来的碎花布缝了小衣服,软底小鞋子,摆在炕头枕上,小小的屋子都亮堂了。年轻的家属们又新鲜又喜爱,她们用指头轻轻拈了,托在手里,看着那细软的花布上可爱的图案,夸着那精致的针脚,再看那明净窗下浅紫淡粉的达子香开得细碎热闹,心里着实羡慕着小青。

木材会战就要结束了,春节快到了,孩子出生的日子看看近了。明槐不计路远,日日下班都回来。有时跟着恰巧下山的拖拉机,突突突地在路上晃一个多小时,冻得脸色青紫;有时没车,插着没膝的雪,独自在天黑的森林里走上两三个小时,到家已是满身霜雪,第二天天没亮还要赶紧回山。

商姨笑他:"别不放心,有我们呢!"他憨憨地笑:"在工队也没事儿,喝酒扯皮……"

还有一天木材会战就结束了,明天中午工队放假。

在山上,工人打了野兔狍子,晚上聚餐喝庆功酒,明槐依然回家了。他很开心,吃过热乎乎的晚饭,冻僵的身体也缓过来了,他和小青叫着母亲一起去商姨家打牌。吊主升级,四个年轻人玩得热闹。大概因明天只有半天班,明槐心里放松,一直要再玩一圈。小青几次催他回家,说人家小商也要休息了,他才笑着,仔细扶小青回家,天冷路滑,他怕她摔了。

第二天近中午,还有最后一车木材。装车,拉走,这一年的工作就全部完成了。尽管满身霜雪,脸都冻木了,工人们不忘互相打趣,大声说笑,吆喝着一起完成手头的活儿回家喝酒。明槐更高兴,除了新发的工资、猪肉,他还比别人多了一篮鸡蛋,这是工队给他孩子的福利。

他提前两分钟下班,预备跟着最后一班运材车下山。他兴冲冲地提着东西走出工棚,打算绕过拖拉机头坐到副驾驶的位置——今天可以早到家,守着小青好好过个年了,这是他们在这里过的第一个新年……明槐没留意头上那捆圆条正被高高吊起——今年最后一捆圆条。装好,拉走,明槐就跟着这辆拖拉机下山。

就在明槐走到那一捆漂亮的千年樟松下的时候,手腕粗的钢索突然脱扣了,解锁了,明丽的蓝天被散开的松木严严遮住,就像忽然搭起一座巨大的木刻楞房子。明槐也许没来得及看到天空这亘古未见的奇观,一阵惊天动地的巨响,整捆松木轰然散落,在冻僵的大地上弹起,又四散飞滚!木头相互撞击的声音,翻滚出去压倒树木的咔嚓声,远近群山惊异忠实的回响,宛如惊雷阵阵!天地间断木残枝横飞,冰雪弥漫……

许久,许久,一群群鸟儿在附近的山头盘旋落下,惊叫声如雨点迸溅。工人们从瞠目结舌中回过神来,忽然想起正走过吊车下的明槐!远远地,就见那篮鸡蛋成了橙黄的一片,在横七竖八褐色的松木间,在冰雪纷落后重新澄明的蓝天丽日下,在无边的银白世界里,格外惹眼……

小青忽然惊人的力气大，她一次次挣脱母亲和商姨的阻拦，一定要掀开被子看看明槐。她不信工人们吞吞吐吐的叙述，她相信明槐被大家藏在被子下骗她，他就会坐起来给她看手里的达子香，他的脸冻得笑起来有些僵，他会憨厚地说："这一把比上次的骨朵多，也大，你闻闻，清香……"

母亲和商姨两个人抱不住她，她们又怕伤了她的孩子……

被子被小青忽地掀开了！簇新的工作服扁扁的，高大结实的明槐，头和身体连四个指头那么厚都没有，五官侧在一边……

天地黑了，静了，小青一声都没有出，大睁着眼睛没了意识。

醒过来，小青没有呼天抢地，她安静地听着人们的劝慰，安静地听任工人们安排明槐的后事，又坚持着，收拾好明槐的衣物，执意把明槐送到山上……

天寒地冻，明槐的棺木无法掩埋，就摆在那片向阳的山坡上，在苍松沃雪间。

下山回望，松木棺像一个温暖的木屋，仿佛明槐就要推开门，明媚地笑着，送他们下山。

所有人都劝着小青，告诉她单位会给她安排工作，邻居朋友会照顾她和孩子……她脸色苍白，眼睛空洞无泪，始终没有说话。她安静地把自己和孩子的衣物收拾好一个小包，谢过大家，决然坐上小火车，走了……那个年代，能接班当工人是每个人梦寐以求的机会，没了明槐，什么也留不住她。

多年后，长大了，有了自己的孩子，我一次次问母亲，明槐的父母来了吗？小青的父母有没有来接她？

母亲说，那时候，一封信来去要半个月甚至一个月，他们的家都在农村，谁的父母也没有来过……

是谁的儿子，谁家女儿？美丽神秘的大兴安岭，埋葬了他们绚烂短暂的青春。

那时，圆木横空飞落，遥远的南方，一定有一对父母，悚然心惊，莫名战栗。那在南方温热的阳光里砭骨奇寒的原因，也许，很多天后，才在一页薄薄的信纸中惊闻。

八栋房的男人（三）

隔壁桂儿比我年长三岁，那时八九岁。

她长得憨厚可爱，大脑袋，宽脑门儿，黑红脸蛋儿。大嘴，嘴唇有点厚。她的头发细软黑亮，平时编俩小辫子，周末小辫子会窝回来垂在脸蛋儿两侧，顶上多两个透粉的蝴蝶结，像古代丫鬟的小抓髻，配上她的红格子上衣，真是太好看了。周末的桂儿，是她爸爸打扮的。

桂儿一点也没有她外表那么可爱。

邻居都说，天生的，这孩子贼咕咕的。她走路很轻，猫一样没声儿。她总是低着头向两边看，两手插在格子上衣两侧的小兜里，好像刚得了什么东西怕人问起。

林场人家不关大门，夏天连屋门都敞着，有事出去，就把大门拉上，在门鼻上别一个榙子渣儿，省得来人进去白绕一遭儿。于是大人小孩儿抬腿就能串门，还没进屋就聊上了：吃了吗？干啥呢……小孩子在家玩腻了，随便去个邻居家，尤其有同龄孩子的家里，就像在自家一样，吃点喝点都正常。

可大家不喜桂儿来。

桂儿三岁多时，她家东边惠姨家的大孩子才出生不久，洗洗涮涮的活儿比较多。那天惠姨把衣服泡在院儿里的洗衣盆里，又把一块新肥皂拿出来放在旁边小凳上准备洗衣服。孩子哭了，她回屋坐炕沿儿上给孩子喂奶，隔着窗子就看桂儿来了，小小的身影，东瞧瞧,西瞧瞧,然后在洗衣盆旁边弯了一下腰就走了。惠姨放下孩子出去肥皂已不见了,赶紧追桂儿。桂儿穿着小呼哒襟儿的椭圆小兜里,半块儿肥皂露在外面。林场一家一年才供应两块儿肥皂,没了就连衣服都没法儿洗了。何况孩子小,该洗的东西总有。于是惠姨悄悄说:"桂儿,这个不能吃,你拿走也没用,把它还给惠姨吧。"桂儿倒不以为意,任惠姨拿回肥皂,便嘻嘻笑着走了。

桂儿渐渐长大,大小孩子都嫌弃她,训斥她。比如秋天,谁家院里都有一麻袋一麻袋的土豆、胡萝卜、卜留克等,胡萝卜和卜留克可以生吃,很甜,但孩子们也都吃够了。桂儿家也很多,可她却喜欢溜着边儿走进邻居家院子,飞快抓起一根胡萝卜或煮好了晾着的卜留克干儿。任人家孩子呵斥着,边跑边用手撸一撸,就啃在嘴里了,好像别人家的东西更好吃。

这样的情形被她妈妈知道了一定会骂她甚至打她。被她爸爸见了,会带着她把东西还了,然后领着桂儿去附近的树林里玩。回来,桂儿的手里就多了半茶缸子嘟柿、水葡萄、高粱果……她幸福地笑着,炫耀地吃着。一路上,桂儿爸爸教她把这些野果分给熟悉的孩子,这个三五粒儿,那个一小把。桂儿大方地笑,我们也都觉得这时桂儿也挺可爱的。

一次青岛的舅舅给我家邮来两袋儿银鱼干,这实在是稀罕东西,我们都没吃过。母亲便拆开一袋儿,分一些给我们姐弟四个,又把剩下的送去给左邻右舍的孩子。别的孩子吃过就罢了,桂儿吃了悄悄问我:"你家还有吗?"我说:"还有,妈说留着来人时做菜用。"桂儿就来了,恰好爸妈不在家。她在我和弟弟的推搡拉扯下,一边嘻嘻笑着躲着,一边掀开锅碗瓢盆翻找,终于在碗橱里找到了,便撕开口蹲在橱边吃。弟弟年幼,使劲儿推她走,说妈不让吃,等来人了做菜用。她索性坐进碗橱里,关上门吃。记得我和姐姐坐在碗橱旁的门槛上,心里很愁,也很生气。桂儿吃饱了,把剩下的尽数装在衣兜里，捂着兜儿跑了。

母亲回来，我和弟弟争着告状，母亲嘱咐我们别嚷嚷，不然桂儿又该挨打了。

然后我们很快就听到桂儿妈妈真在打她，她哭的声音很小，打她的时候就忽然大声一些。母亲很为难，不知该不该去劝一劝。一会儿她的妈妈美芬拿着半布袋儿干枣来我家了，说是春节时孩子姥姥从辽宁邮来的，本来打算蒸了枣窝窝分给大家，快被孩子们零吃完了……

美芬姨很漂亮，也有点黑。桂儿长得像她妈妈，可她妈妈实在是个正直的人，很要面子，也很爱孩子，只是脾气不太好。桂儿有三个弟弟妹妹，都像父母老实本分，只有桂儿是个天生不一样的孩子。

桂儿的父亲叫天胜，瘦高瘦高的，很老实，很听美芬姨的话。

后来母亲说，天胜是下放知识青年，成分不好，找不到媳妇。美芬不介意，说他人好，有文化，便嫁他了。结婚时，天胜三十多岁了。他格外珍惜美芬，美芬又漂亮正直，这更让他觉得美芬处处都好，事事言听计从。

有次美芬和母亲聊天，说起天胜的老实，哭笑不得。美芬说她从不愿打桂儿的，只是每次桂儿惹她生气，她就嚷嚷："你改不改？看我不拿桦子打你！"然后一转身，天胜已从厨房拿了一根桦子递在她手里了，又在气头上，她只好拿桦子真打桂儿。

美芬说，其实天胜更疼孩子，每次她打完了，天胜就小心翼翼地从她手里抽走桦子，劝她："歇会儿，别累着了，孩子知道错了……"然后背背脸儿，装着给孩子拍身上的土，撩起衣服看打得怎样了，一边又小声劝着："别惹你妈生气，把她气病了，谁管咱们……"

天胜是南方人，母亲说他很有文化，至于多高的文化我不懂。他家的炕上，常摊开着很旧很厚的书。有时天胜坐在炕边小凳上安静地看书,最小的孩子在他怀里,摇着,已经睡了,却忘了放在炕上。

有次春节放假,他借了商姨的两大本关于裁剪的书,一边看一边学,一边给孩子们裁剪衣服。那年春节,他家四个孩子的衣服都是书上的样子,新颖别致。

我们的衣服都是母亲买了花布做的,大多孩子是一样的花色,最简单的样式。我常因此自卑,羡慕桂儿。桂儿从不用穿俗气的花衣服,她穿各种小格子上衣,裙子一般的样式,领口飞着浅色小花边,袖口兜边还压着本色牙子。

天胜还学会了织毛衣,他去甘河选了桃粉色毛线,给美芬织了一件拧着花儿的毛衣,又用剩下的毛线,给桂儿织了一个围巾,桂儿围上,像胸前飞着一片朝霞。

后来听母亲说,天胜在工队挺孤独的,干活儿时大家都不愿和他一组,他太瘦,个子又高,摇摇晃晃没有力气,抬木头与大家都合不来。父亲是队长,安排他轮流在每个组里,也就干些清林的活儿——把大木头上的树头和粗枝砍下来,堆在一处。为努力多干些活儿,天胜经常最后一个回帐篷。冬天帐篷冷,晚上起来添火烧炉子,天胜也都默默做了。

可孩子们有多喜欢他呢!每个周末,连我都盼他回来:或是几根野鸡毛、草笼儿里两只蝈蝈,或是一安全帽嘟柿、雅各达,或是一篮子油蘑菇、桦树蘑……他总带回孩子们盼着的礼物。即使冬天,也会提半口袋松塔儿或干在枝上的浆果之类回来。他常让桂儿或她弟弟送来分我们一些,那时桂儿欢欢喜喜来我家,友好大方,从不旁睨斜视。我们便比平时都友好。

大家不喜欢和桂儿玩。可桂儿有一副嘎拉哈,比我的羊嘎拉哈大些,比猪嘎拉哈小些,总之很独特。原来工队的工人经常打狍子吃肉,天胜便悄悄攒了狍子的嘎拉哈给桂儿带回来,他还替桂儿染了红色。玩儿得久了，那四只嘎拉哈红亮红亮的，实在让人爱不释手。我们常因此主动找桂儿玩儿了。

一次在桂儿家玩她的嘎拉哈，她爸爸回来了，居然用手帕包了十几只鸟蛋，实在太漂亮了：有淡青的、淡粉的、白色半透明的，还有象牙白带些褐色斑点的……桂儿熟练地拿一个大茶缸子，把鸟蛋放进去，又冲进开水，片刻，鸟蛋便熟了，天胜便笑呵呵地让桂儿每人分几只给我们。那鸟蛋实在太精致太好看，我小心翼翼地放在衣兜里，直到壳碎了才舍得吃。

后来天胜病了，据说是肝癌，需到齐齐哈尔去住院治疗。没人能陪他，他就自己背着行李去——那时住院要自己带行李的。那段时间我常看不到他，便没什么记忆。后来听母亲说他瘦得厉害，隔一段时间就回来，说是很想孩子。

美芬心疼他，经常哭得眼睛红肿，却没办法照顾他，家里四个孩子呢。他每次回来都说好多了，让美芬别担心。他还尽力劈些样子，帮美芬去打水，他家离水井很近，可他只能挑半桶水了，中间还要歇几歇。

最后一次去住院，他穿着绿色上衣，背着不大的行李包。已深冬了，美芬执意给他换个厚被子。他说背不动，下车要走很长的路才到医院。临行，他还用纸糊了一个漂亮的灯笼给桂儿，让她元旦和小伙伴儿一块儿玩，我们很羡慕，桂儿骄傲地说："爸爸什么都会做，让我想要什么等他回来……"

这次天胜走的时间比较长，也联系不上。看看快过年了，美芬眼泪汪汪和母亲唠叨："昨天梦到天胜回来了，还穿那件绿上衣，背着行李，高高瘦瘦地站在门口。我背对着门洗衣服，就看到对面镜子里天胜左边脸上少了很多肉，右手也露着骨头。问他怎么了，他笑，说是老鼠咬的……"

母亲安慰她："是你太惦记了，估计他这一两天该回了……过年了,再不舒服也会回家。他一定是想把病治好,回来踏踏实实过年。"

那天下午,林场派人用摩托接了天胜还有他的行李卷儿回来了——天胜回家时,死在了火车上。

是半夜,电话打不通。路过一个小站,司机和乘务员把他临时停放在一个扳道房里。

这个晚上,天胜冻僵的尸体被老鼠咬了,左脸和右手。

他单薄的行李里,有桂儿和妹妹扎头的两条红绫子、一包牛奶糖,剩了两毛钱的钱包。

商　姨

　　我出生那年，商姨和母亲商量：若还是个女孩儿，就给她。我上面已有了姐姐，商姨没有孩子，她们关系又极好，母亲默许了。

　　孩子出生，哪里还舍得送人，父母便不提此事。商姨天天去看，终于自己说了："就知道你们舍不得！"母亲含笑无语，一向爽朗、言出必行的父亲第一次说了短理的话："又不是养不起，哪能把孩子送人……"

　　商姨还是把我当作了她的孩子。自记事起，我玩累了，困了，不去找母亲，而是牵起商姨的手回家。

　　我出生在大兴安岭甘河镇库西林场，林场二百多户人家，都是年轻人，有转业军人，有和父亲一样从干校毕业分来这里的，也有闯关东来的。不管怎样，多是农村出身，只有商姨是小城人，读过书。母亲也是读书人，性格儒雅，她们便极谈得来。

　　母亲常说起一件事。那时还没有我们，母亲和商姨孩子般商量着去锯一个菜墩，她们选了一棵两人才能合抱的古树，就坐在雪地上面对面锯了起来，不知锯了多久，母亲边聊边锯得专心，却猛地被推进旁边一个沟里，母亲没回过神来，正要笑骂商姨，就听到轰然巨响，那参天大树正倒在母亲刚刚坐着的雪窝里，附近大小的树被砸倒了一片，飞起的树枝雪沫竟落了很久……母亲说起这件事，总慨叹商姨的机警敏捷，更感动于商姨推开母亲时根本没考虑自己的生死……母亲笑着说："不然，哪里还有你们……"

这件事,商姨从未提过。

商姨自小没有父母,经人介绍嫁给了赵叔,赵叔是皮鞋商的儿子,家境很好,只是憨厚得近乎愚。听母亲说,一次商姨买了条颜色素雅的纱巾围上,羡煞了林场其他女人,也自然成了男人们的谈资。工余坐在一起,他们调侃赵叔:"小商新买了纱巾,咋没给你戴?"赵叔说,"女人的纱巾,我围它做什么?"工人们说,"那么素的颜色,你当然能围,小商不给你,是想围着它给别的男人看呢,你得小心了……"赵叔便扔了工作回家,踢开门找斧子,要劈了商姨……

那件事后,商姨和赵叔却甚少龃龉了,赵叔总笑呵呵的,很听话,被商姨照顾得舒服体面,也认真完成商姨给他的所有家务。然而,赵叔毕竟憨愚无趣。这个家,实在是靠商姨经营的。

商姨在20世纪七八十年代中国普遍贫穷的大环境中,在大兴安岭偏僻酷寒的库西林场,守着一个憨愚的男人,经营着一种雅致的生活。

那时我们住的都是公家统一盖的成排的房屋,是林区特有的板夹泥房,家家前面一个小小的院落。很多人家还像在农村一样,土墙土地,炕上铺一领麦黄色花席,地上一个矮脚小方桌,三五个小木凳……母亲好干净,她和父亲把小屋的四壁刷得粉白,再用报纸把顶棚糊得平整洁净,地面铺砖,炕上铺胶合板,漆着淡蓝的调和漆,无论冬夏,小炕暖烘烘的。这就比别人家干净整洁,也亮堂舒适了许多。

商姨的创意可不仅如此,她颇懂就地取材,居然在小小的房间铺了厚重的松木地板,地板没有刷漆,刨得光溜溜的,松木花纹清晰如画,颇有些俄罗斯风情呢。一样用报纸糊棚,她居然想到用大头针别上几只蝴蝶,大兴安岭的蝴蝶,团扇一样大,金黄、孔雀蓝,或是黑黄相间,美得惊人。走进屋一抬头,就见蝴蝶好像刚刚落下,又振翅欲飞的样子，实在漂亮极了！

　　商姨家永远有一股淡淡的香草味，那是她上山选采的一种香草，装在枕套里，染得被褥都有一种自然的香气。我始终想跟着她上山看看是什么草有这么持久醉人的香气，终于没能成行，也终于再闻不到那香味了。

　　商姨会吹笛子、吹口琴，还写一手漂亮的毛笔字，从那洁净简陋的小屋里，那两扇敞开的明亮小窗里，常常飞出悠扬的笛声或口琴声。

　　她家的窗台上，盛开着月季、灯笼花或其他从山里移栽回来的不知名野花。窗下一台缝纫机，有时商姨坐在缝纫机前，给孩子多、母亲又不聪敏的人家做些小衣服小裤子。裁剪完了，缝纫完了，又于领口小兜上再绣几朵花、几只蝶，或三两茎小草。那小花衣，便有商店里也买不来的精致、漂亮。

　　园里种菜，院里栽花，就连鸡窝也一个个方方正正用砖垒在墙根的暖阳里，里面铺着软软的干草，母鸡们踩着一级级方砖上去，再红着脸大叫着从窝里出来，商姨便喊我捡蛋了，"芦花鸡下蛋了，在第二个窝里""凤头鸡在第四个窝里"……我跑去看，果然商姨如未卜先知一样。我捡来热乎乎的鸡蛋交给商姨，她总自夸："咱家鸡吃得好，蛋就比别人家的大……"的确，商姨喂鸡也和喂孩子一样，把青菜细细剁碎，掺上玉米面或高粱米，鸡长得水灵灵的，一天一个蛋。母亲还说，因为大兴安岭冷，猪在室外很遭罪。商姨也曾喂过一只猪，冬天里，不仅给猪窝铺了厚厚的草，窝门上吊着厚厚的门帘，还给猪做了一个小棉袄，又让做皮鞋的公公给猪做了四只皮鞋！这在今天宠物喂养中司空见惯，可在当年很多人都穿不上皮鞋的日子里却被传为笑谈。如今想来，唯叹商姨的善良美好。

　　商姨还在南山根儿开了一块儿菜园，那里少有人去，商姨领着我，蔓草荒径走去。一路虫鸣蝶舞，四野山花漫如音符。小园被稠李子树团团堆簇，弥漫清苦的香气。我和她蹲在园里，土豆秧儿淡紫的小花儿，高过我的头顶。绿蚂蚱跳上我的膝盖又惶惶逃走。商姨把姑鸟儿等稀奇果蔬的小小果实从叶丛中托出来给我看，朴微的花儿，青小的果儿，还有那染在手指上的香气，我觉得生命和自然分外神奇、美好……

归去已近黄昏，又走过高低两根倒木为桥的小河，水急石冷，河水的清凉漫透两岸，商姨踩着半露水面的石头，把胡萝卜洗得鲜灵灵儿的，又掬一捧河水给我喝。远处山谷传来声声布谷鸟的叫声，悠远宁静。日落霞飞，群山染晕，风景优美如画……我和商姨的长长的影子在这川野中娓娓滑过。

商姨总是忙，手上做不完的小衣服，花撑儿上绣不完的图样，鱼戏莲叶、牡丹戏蝶、富贵花开……商姨的脑子里有无穷无尽的图画。逢年过节，东家求着写对联，西家求着剪窗花，又是冻冰灯，又是捏蜡花，又是做点心……商姨是所有孩子的商姨，所有人家想把节日过得有点情趣或有自家人做不好的事情，都找商姨帮忙。

尽管忙得如此，等我和弟弟妹妹年夜里拥进商姨家拜年时，或是小小的玻璃花灯，或是粘着芝麻的点心，或是火红透粉的绸绫子，或是别的孩子没有的玻璃球花炮，已替我们预备好了。有了商姨，不要说节日，所有的日子都一团喜气。

商姨不仅有生活情趣，更有生活智谋，那时林区生活富足，山里资源更丰富，山珍野果，熊兔虎豹，只要想要，有能力要，尽可以搬回家。家家仓房里都有一摞摞的兔子皮。放得久了，也就扔了。商姨不知在哪里学了熟皮子的方法，把干硬的狼皮兔皮熟好了，做成狼皮褥子、兔皮帽子，又软和又暖乎又可爱。

妇女们闲在家里没事做，商姨又和母亲商量着成立生产队。她们迅速把二百多家属都组织起来了，就连林场孙家妈妈（是个哑巴）也进了生产队。大家全票选取确定商姨当队长，母亲做会计。于是商姨领着大家春天里扣大棚种蔬菜,夏天里脱坯子烧砖窑,秋天筛沙子拉土帮助工人建新房,年底再和母亲一起算工分做账发工资。有时下班了,她们还要调解工作中妇女间大大小小的矛盾。

商姨这个队长并不好当,她操了很多心,也为坚持原则而得罪了一些只关心自己利益的人。她们怪她不讲情面,甚至怨毒地在背后讲究商姨没有孩子。其实,那些年,林场的生活更加富足、快乐,妇女们的收入几乎顶起了半边天,而商姨是最不指望着这些收入的,她却辛苦最多。

现在想想,这么多事情,从不会到会,再一点点教给这些没有文化的妇女们,再轰轰烈烈干出规模,还要负责把蔬菜销售出去,与其他单位联系用砖用土运沙等,商姨都做得仿佛风轻云淡。无论多忙,她的日子不曾乱了分寸。合体的蓝色毛料西装或灰色的列宁装、雪白的衬衫、熨得笔挺的裤子,还有风格独特的手工皮鞋——那是她公公每年年底寄给他们的,永远是精干的短发,永远三言两语表达清楚自己的意见或把事情安排妥当……现在想想,商姨真真是个奇女子啊。

年过五十,商姨的身体渐不如昔。母亲心疼她,说别看她风风火火,帮这个忙那个的,其实心里一直很苦:没有孩子,赵叔没有能力与她分担任何事情,哪怕说句体己话……她早早地有了暮年的凄凉。有天母亲和商姨聊天晚了,就住在了她家。商姨整夜睡不着觉,一直披着衣服坐在床上,看到母亲醒了,就跟母亲唠叨着,担心自己身体不好,哪天不在了,没人照顾赵叔……又和母亲商量着把老屋修好,说要是自己没了赵叔自己住着旧房子不放心。

挣命似的,商姨花光所有的积蓄,用尽精力修好了老屋。

商姨到底死在了没有孩子在身边,到底死在了赵叔的憨愚里。那天,她觉得心脏不舒服,我弟弟带着她去了甘河所有的医院,都没能查出问题,便送她回家了。晚上,果然心脏病犯了,折腾得吐在了床上，赵叔只知道商姨爱干净，却不懂心脏病多么可怕，忙着把商姨从这边挪到那边，擦洗干净了，觉得不对，才去叫人，邻居们来了，商姨已经没了意识……

埋了商姨，赵叔催着大家给他找老伴儿，因为他自己没有生活能力，害怕。

新老伴儿年轻，健康，有工作。赵叔仿佛走进了人生第二个春天，逢人便说自己有福气，说原来的工资都让商姨吃药了，现在是两个人的工资，日子过得好开心……珍惜着自己的新生活，居然带着新老伴儿，到商姨的坟上给她送了一个没底的花篮，告诉商姨去采花，不要回来打扰他们……

但那时我不相信人死后还有另一个世界的，即使有，我当然认为智慧灵秀的商姨不会真的傻乎乎地去采花。更知道假如商姨真的去了另一个世界，她绝不会回来打扰谁的，她不屑计较，尤其对一个背情忘义的人。

多年后，母亲说，商姨没有孩子，是因为赵叔家的遗传病，赵叔需做个小小的手术，他的弟弟做了，便生了两个孩子，但赵叔始终没有做。

这个商姨深爱着的，倾一生热情去经营的世界，实在辜负商姨太多啊！

商姨走后，我始终不曾梦见过她，直到去世后第七个年头。那年孩子出生后，我身体一直虚弱。那些日子我觉得商姨时时就在我身边，仿佛猝然回首就会看到她！那样清晰，那样持久。我终于听朋友们的劝说，生平第一次去烧纸，先生和我一起念叨着，希望商姨在那个世界里安宁，幸福。如果真的有什么需要一定要托梦给我……说来奇怪，回来就不觉得商姨时时跟着我了。此后几年，我总能在某一天梦见她，清晨起来给姐姐打电话："昨天又梦见商姨了，特别清晰……"姐姐说："今天清明……"那时我才有了"清明"意识，才认真地每逢清明都记着给商姨烧些纸钱，对着冥冥中的她念叨念叨，嘱咐嘱咐，祝祷祝祷。

我知道商姨是最不愿麻烦人的，她一生帮助身边的人，却从不向任何人开口求助。母亲最了解她："为人最磊落、自尊、刚强，饿死不出声，冻死迎风站……这一辈子，花了多少力气，帮了多少人，连水都不会喝人家的一口……"是啊，商姨这一生，还忍了多少孤独和委屈，受了多少难与人言的凄凉啊！

但我知道商姨是始终把我当作她的亲人的，在那个世界里久了，想起这个世界，偶尔在清明回来看看，也愿有个亲人真诚地惦念着她哦。

岁末里，我又想起商姨，若商姨还在，这个年节，又增多少雅趣！商姨已走了二十四个年头了，那年，她五十三岁。

如果今生为了修行，短短五十三年，商姨当然已修成真德，脱离人间的苦了。

今年回家，问起商姨的坟，朋友说，已找不到了。心下反欣慰：找不到了，掩埋在荒草花丛中了，淹没在岁月的永生中了。筋脉血肉与青松翠柏、白桦青杨的根系相连；气息融入季节的湍流：是春来的花香夏草的微醺，是秋阳的煦暖冬来的雪气……这般洁净美好的商姨，生息在这片泛着松香的土地上，终于与这芬芳的土地融为一体了。只有她，才真正能与大兴安岭的花神鸟仙，与这里千年幽古的山精树魂，与这里厚朴的山神地母有真正的交流吧！

赵大娘

17岁，赵大娘被叔叔从河南老家带到内蒙古，终于居有安，食能继了。

那年，她对着别人的一面小圆镜第一次见了自己，吃惊地问："我怎么这么丑！"又惊呼，"你们的眼睛都能转，我的眼睛咋不转！"伙伴们笑："你的眼睛也会转，现在看镜子呢怎么转？"

赵大娘今年80岁了，她住在通州运河边一个小区里，平日里打打太极会会老姐妹，日子悠闲惬意。她更爱的是在哪片空地里种棵瓜，栽根葱的。再闲了，她把多年穿旧的衣服做成各种包儿，大大小小的，送给邻里朋友："可结实了，去个超市买个菜拎个东西，比塑料袋好……"她说一辈子忙惯了，待着啥也不做觉着没意思。

她穿得素旧，儿女们买的衣服放着很多，她说穿不着，旧衣服穿着方便，干点活儿出点汗的，不心疼。有时从外面回来，看到瓶子啊纸箱啊也会捡回来，送给收废品的老人。"我不捡废品，怕孩子看了难受，有时又觉得扔着怪可惜的……"小区人看她的样子，常把自家的旧衣服送她，她也笑着感谢，"人家好心好意，不要让人家难为情。我就接着，回头看谁需要就给谁……都是好人，其实他们日子都不如我……"赵大娘笑了，她说得实在：她自己幼儿园退休，退休金够用了。女儿在北京某大学教书，儿子是知名企业家，还曾被评为通州区十大杰出青年。他们都很孝顺。只有大儿子让她惦记：大儿子原来经营工厂，后来病了，妻子提出离婚，遂连房子带工厂都给了她,自己只留了辆车和几十万现金。外人听了都不平,赵大娘却很宽和:"儿媳妇能干,这么多年也多亏了她;儿子病了,留着厂也管不了……儿媳妇现在对我也好,打电话还是妈长妈短的。"

她很瘦,越老了越眼窝深深地,衬着白皙的皮肤,有点卷儿的花白头发,竟有些知识分子的儒雅。我们夸她是漂亮的老太太,她咯咯笑,也认真地说:"真是的,打小人都说我丑,老了老了又有人说我长得好看了,你说怪不?"我们也笑:"哪里丑,本来就漂亮!"其实我想,这便是相由心生,赵大娘一辈子朴实善良,老了自然让人看着舒服。

赵大娘祖籍河南。三岁多,娘就去世了,父亲是村里农会的会长,常开会到很晚,冬天里,一件大衣把她揣在怀里,睡了就放在人家灶火前,盖上大衣。早晨醒了,她自己抱着大衣回家,十有九次,锅冷灶冷,父亲也并不在家。后来大了点,父亲去了内蒙古,偌大的房子院子,只剩了这个孩子……

她说早就不记得妈的样子,爸离开后,晚上家里黑黢黢的,她一个人不敢在家里住,赶在谁家就睡到谁家了,人家管饭就吃,不管饭就去另外的人家。她带着惋惜的神情说:"那时也不懂感谢,不知吃了多少家的饭。"

她说有一次特别奇怪,夏天傍晚,村头老槐树下坐了好些人,不知谁家的席子铺在树下,她就在那席上睡着了,半夜下了露水,冷醒了,睁开眼,人都走了,四周一点儿亮儿也没有……"你说那些人都哪儿去了?我到现在也想不明白……"80岁了的赵大娘摊开手笑着,像个孩子似的问我,像是在讲别人的故事。我心里酸楚:人家聊天儿晚了各自走了,不是自家的孩子,谁抱了回家啊……那时赵大娘已记事儿了,只是片片段段的,连不起来。那个晚上又冷又黑,她哭了吗?坐起来,她去哪儿了?她说不记得了。

那张被露水打湿了的席子，如何能慰藉一个孩子的孤独和恐惧，如何安稳一个孩子的梦呢。

我说："那些年小孩子长大真不易，你们这代人吃苦了。"她侧着耳朵听清了，微微敛了脸上的笑意，郑重地说："不苦，我没觉着苦，小时候的事儿都忘了，就记得东家吃一顿西家吃一顿，有饭吃有地方睡就高兴，害怕的事儿都忘了；来这里更高兴，一来我就喜欢：有吃有喝，还给工资……""你没见过，刚来时候多好，咱坐的这里还是树林子，到处是花，那花儿开的……冬天下得大厚雪……就林业公司那里盖了些房子，家属房也没几家。正建学校和医院呢——职工来了，孩子能上学，生了病有地方看，你看国家想得多周到！"赵大娘的语气里满是知足和感激。

她说刚来大兴安岭在食堂帮忙做饭，做了几年，可开心了——吃饱了就高兴。后来招工，让她选单位，她去了幼儿园，先做饭后来看孩子——林业局职工的孩子陆续出生了，她自己的孩子也一个接一个地出生了。回到家，她却没时间管孩子，冬天拉桦子，夏天种园子，一会儿也没闲着，就这么干了一辈子。说起孩子，她语气里透着心疼，"那时候孩子多懂事儿，大的看着小的，做饭洗衣服，自己就学会了，一点儿没让操心，长大了又自己考学走了……"她说忙忙乎乎的真没觉得累也没觉着苦，啥时候都觉得有意思。

我还记得她说的一些"有意思"：她做饭的时候，幼儿园有孩子不听话，哭得没完，阿姨们就说"大疯子"来了！孩子多不哭了，如果还哭，就真的让赵大娘来，赵大娘说她穿着丈夫的黄绿的军用棉袄棉裤，又大又肥，头发乱糟糟的，拿着一把大扫帚在门口一站，孩子一见，果然不哭了，脸上挂着泪珠，睁大眼睛惊恐地看她。"哈哈哈哈……"听的人大笑，赵大娘也大笑，她不以为意，反而觉得那时自己挺有用。赵大娘的嗓音细而不尖，笑起来仍像小姑娘，恬静喜悦，纯净无杂。

后来食堂人多了，看孩子的人不够，她又去看孩子。她说她在小班，孩子年龄差距比较大，小的几个月，在大炕上躺着睡觉；大点儿的两三岁了，在炕上跑着玩儿。阿姨们没事儿，就坐在炕上聊天，暖烘烘的，很清闲也很开心。她说起那年月家长不易：有个双胞胎家长，大冬天，一个棉被包两个孩子背在背上骑自行车儿送到幼儿园，不知是家里灯暗没看清还是太着急了，到幼儿园打开被子，才发现一个孩子是倒着的，几乎被棉被捂得没气了……还有的家长早晨急着出门，把孩子的腿穿在棉裤和单裤之间了，孩子就坐在爸爸或妈妈的自行车后座上被送来幼儿园。"零下四十摄氏度死冷的早晨，你说那时大人多粗心，孩子的脸都冻青了……"赵大娘啧啧地叹，她实在心疼那些孩子。

赵大娘的婚姻很不如意，丈夫早年在公安局工作，长得高大英俊。许是赵大娘丑，又土气，丈夫始终看不上她，从不给她和孩子们一分钱，还经常喝了酒打她们。赵大娘在家里小心翼翼提心吊胆，可是出了门她又开开心心的，从没对外人说起丈夫的不是，我们也一直觉得他们家挺和睦的。那时她丈夫还很年轻，40岁上下的样子，经常起得很早，上班前先浇花，扫院子。自家门外扫干净，直把我们家门外也扫了。我们去上学，他停了扫帚站着笑呵呵地招呼……

可是，有次母亲去他家串门，赶上一家人正吃饭。彼此相熟，母亲便坐在旁边聊天，她发现桌上三个菜，一个炖豆角一家人吃，有个拌豆腐和一点儿熟食却放在爸爸面前。他喝着酒，独自吃着。母亲不客气地问他："为啥好菜你一个人吃？"他说："他们不吃，不信你问他们。"然后他问最小的孩子，"你吃吗？"孩子们低着头吃饭，都不说话。母亲回家说起，那是我们第一次觉得赵大娘和她的孩子们有种隐忍的苦。

多年后赵大娘极偶尔会说起这个男人。她说一次孩子的爷爷来了，她依然做了家常的饭给老人吃——她不懂什么礼儿，就和平时一样。丈夫回来却大发雷霆，说怎么能给他父亲吃窝头。赵大娘说当时自己觉得的确不对，现在想想即使窝头也是自己的工资买的呀，他的父亲来了他也没给家里买一口吃的。可是老人没有向着儿子，反而问起他的工资问起家里的收支安排，大概老人觉得两个人工作的家不至于那么拮据吧。于是弄明白了，责令儿子每月给家里35元钱。赵大娘很满意，说那35元钱起作用了，日子宽绰了好些。后来大儿子上班了，丈夫给家里的钱又少了10元，可是依然觉25元也好。"那些年也亏了有他给的那点钱……"赵大娘的语气里满是感激，是对老人的感激，也对丈夫……她的丈夫后来死在监狱里，据说入狱前的确做了一些坏事的。如今阴阳两隔，转眼近半个世纪了，赵大娘的口里心里，似乎只剩了这个人的好儿。毕竟，他们的四个孩子这么优秀。

今年夏天，我们回乡，又和赵大娘聚在一起。她说咱们就是有缘：前后院儿住了20多年，又一起在北京生活20多年，回老家也想一块儿去了……母亲和她一样，单纯地快乐，半世情义，这份默契，格外珍贵。

内蒙古老家的房子早在20多年前随儿子进京时卖了，后来她又悄悄回去另买了一套，房子很小很简陋，就为了每个夏天回去住上两个月，一来躲躲北京的暑热，更是为解思乡情。她说："17岁我就来到这里，有吃有喝的一辈子，总觉得这里是家，住着踏实，走在街上心里也仗义……"是啊，这里虽然寒冷，却给了赵大娘最初的温饱和一定意义上的家。

赵大娘是回来卖房子的，她说80岁了，以后可能也不能回来了，出远门让儿女们惦记，她不想给他们添麻烦……

赵大娘的耳朵有点聋了，别人说话她听不清，所以要我陪她到银行给远在西沙群岛疗养的大儿子寄钱。前面排队的人不多，可是窗口办业务很慢，我们便坐着聊天。"……老大说病好多了，不缺钱。可是就他一个人在那么远的地方，我心里还是惦记……他怕我担心，就说让我转吧，反正钱放在那也是存着……"赵大娘自己并不大声说话，她知道别人能听到。我不说话，任她顺着自己的思路说着。

担心疫情影响上班，我和母亲很快回北京了。赵大娘还打算再住些日子。为着清晨买上一块儿甘河水做的豆腐，本地产的一把豆角、一棵白菜……80岁了，她快乐孤独地来去在家乡的小镇上。

人都说赵大娘是有福气的人，我却知道她一生的清苦：那个河南小山村里吃着百家饭长大的小女孩儿，那个花季年华惊见自己"这么丑！"的傻乎乎的姑娘，那个被孩子们称为"大疯子"的青年少妇，那个上班蓬着头下班穿着破胶鞋种菜的四个孩子的母亲……她何尝享过"福"呢？她却一生都发自内心知足地笑着。

春天的雨后，她满身湿漉漉的，鞋上沾着泥，兴冲冲地提着一篮儿菜秧儿进门来："看今年这菜籽儿多好，全出苗儿了，剔下来这么多，不舍得吃，看看你家缺苗儿不？"夏天的清晨，天刚刚亮，她一身露水，举一把浸在水雾里的黄花站在我家面果树下："快点，一宿开了这么多花儿，看看你家倭瓜要不要'对花'？"满院都是她的笑和倭瓜花儿明黄色的清香；也是夏天的傍晚，她的脚步有点跌跌撞撞："老二也考上大学了，和他姐一个学校……"西天的火烧云仍在燃，烈烈炽炽，天上的星子却早排了座，预备着又一个晶莹璀璨的夜晚。

每个暑假寒假，孩子们回来，带着大城市的新鲜信息和男朋友女朋友回来，赵大娘从不避自家的寒酸，朴朴实实地招待，就像自己的孩子。她探着身子听他们说着新鲜的话题，懂了，只会拍着腿说："哎呀，咋那么好呢。"

有年有个白须黑衣的老道到赵大娘家找水喝，指着我说："这个孩子将来不是医生就是教师，是坐硬椅子的。"又对着满脸汗水满身泥土正在园子里拔草的赵大娘说，"你将来是有大福气的……"是命运使然还是性格使然？我们的未来都被他说中了。

日子好了，赵大娘依然喜欢穿简素的衣，吃家乡泥土里生出的作物。她轻易不麻烦儿女，自己活成最勤俭的样子，甚至让邻居以为她孤苦贫穷。

她的福气，来自以苦为乐的不计较，来自内心的知足，来自一生的感恩和付出。

紫菀花开

一夜劲风,路边的水洼儿结了冰,漫山叶子灿金亮红,纷扬在风里。只待一场沃雪,大兴安岭的冬天便开始了。

太阳还没有出,天空瓦蓝,天地间有种洁净的明亮。田野里的草、树被浓霜雕成毛茸茸的各种姿态。万千的野花逃逸了,万千的虫鸣沉寂了,空气里哈气成云。只有紫菀花盛开,好像撕了一片蓝天揉碎,又惹了云絮的绒,如涛如浪,凌凌然装扮一川原野。

韩婶儿在园里忙。早霜未融,她已把大头菜砍下了,结实的大头菜,黑黝黝地滚了满地。园外走过的邻居停下来夸赞,韩婶儿手里的活儿没停,一一笑着招呼:"嗯,今年没旱着。""今年种得多,你抱回去几棵!""能干啥,就种几棵菜!"……韩婶儿的个子不高,瘦瘦小小的。

太阳升起的时候,大头菜已排在仓房里。小镇家家都这样,下了霜收大头菜,趁新鲜吃着,等上了冻,再把剩下的放到菜窖里——放早了,大头菜和土豆各自生热,反会烂呢。

姐姐去上班,看到韩婶儿正从家里出来,推一辆小平板车,车上一套被褥、一包衣服、不多的杂物,还有两棵刚从地里砍下的大头菜,一团红毛线显眼地放在衣服上。

韩叔跟着奔出来,抢了车上的毛线往回走,边走边嚷:"凭什么是你的,哪儿写着是你的!"

韩婶儿放下车把,回身抓住毛线:"是我的!是青藜刚上班那年给我买的……"

听韩婶儿说到自己,姐下了自行车:"韩婶儿,咋的了?"韩婶儿回过头来满脸是泪:"正好青藜来了,青藜你说,这是不是你上班那年给我买的毛线?"

姐说:"是啊,这是怎么了?"

韩叔不看姐姐,悻悻地松了手进屋。

韩婶儿一边整理被拉乱的毛线,一边用袖子擦泪,放下袖子,依旧满腮泪。她告诉姐姐她离婚了,现在就走。姐姐惊骇不已:20世纪90年代,哪里见过离婚呢,何况韩婶儿没有工作没有经济来源啊!姐姐劝她别赌气,她抹了泪推起车:"青藜你不用劝我,离婚证早就领了,就等着今年老二也上班了,地里的菜替他们收了,我该走了……"

韩婶儿离婚了,住在离原来的家不远的一个小房子里,靠着给人家看孩子挣点生活费,剩余的时间再种点菜补贴日子。日子依旧苦,可渐渐地她反而高兴些了,甚至偶尔有一两件新衣服穿起来。

韩婶儿命苦,从小儿没了爹妈,在姐姐家长大,姐姐家不富裕。冯婶儿早早学会了看人脸色,小心翼翼地。她怕姐夫不满意,总是少吃多干;书读得很好,却没上完小学就回来替姐姐看孩子了。

长大后嫁给韩叔,韩叔是个老实人,在贮木场当工人,工资也高。按说日子该好了,谁知韩叔极吝啬,人狠话少,他的钱从不给韩婶儿,也不给孩子,即使逢年过节,他也只给韩婶儿买粮买盐的钱。每个月韩婶儿买完粮食他都要在外面问明了价格,回家一一清点,把剩下几毛几分都要回去,从不会有一丝纵容。

韩婶儿性子刚强,她不能改变什么,也从不抱怨。买东西回来即使剩下一分钱也还给韩叔,自己却尽心尽力做饭洗衣操持家,尽其所能替两个孩子争取好一点的生活。可在韩叔眼里,即使韩婶儿和孩子一天只吃三顿饭他也亏了。韩婶儿也倔强,面对这样一个男人，她从不要求什么，所有的努力就是自己拼命多干些，争取不欠他什么。

　　结婚后离姐姐家远，坐火车要大半天儿，韩婶儿再没能回过姐姐家。她感念姐姐把她养大，也想姐姐，只是没钱回不去。一次姐姐来信说孩子结婚，盼着小姨回去见一见。韩婶儿自知争取不到能"回去一趟"这么大的福利，便跟韩叔商量给外甥寄五元钱，结果韩叔大骂起来："吃我的喝我的，一分钱不挣还胳膊肘子向外拐！……"可是韩叔一个月的工资有一百三十多元啊。

　　韩婶儿一言未发，姐姐的信也没回，任凭姐姐失望灰心再不联系她……韩婶儿任凭姐姐误会自己恨自己却一句也不解释，她说姐姐知道她过着这种日子会难过，还不如让她恨自己……这期间韩婶儿隐忍了多少悲苦她没说过。一次偶尔和母亲说起她姐姐，说她因此再没见过姐姐，也只无声苦笑，低了头继续替韩叔补一条磨得漏洞的裤子。

　　两个人住在一个屋檐下，心里脸上都冷冷的。韩婶儿不曾和任何人说起自己的委屈，只精打细算地挨着日子。

　　邻里免不了来往，她不能给人些什么，便不吝力气，想办法帮邻居们做点事。我们两家住前后院，相处一向极好，姐姐刚工作发了工资，给大家都买了礼物，也给韩婶买了毛线让她给自己织个毛衣，她珍爱不已，放了很多年都没舍得用。她感激姐姐，只要我们一家人有毛衣要织，她就抢着拿过去起早贪黑地织，织得又快又好。

　　有次她拿了活计在我家边做边和母亲聊天儿，母亲发现她的顶针儿有很多眼儿已经穿透了，要挑拣着地方来顶针，问起，居然是她出嫁时姐姐陪送给她的。韩婶儿节俭到这地步让母亲惊讶，她却笑着说，自己这二十多年来连一根针也没丢过，哪怕结婚时姐姐给她的做鞋面子的布剩下的小边角，她也没扔。顶针儿有些地方还能用，所以不买新的，也没那闲钱。许是为了节俭，许是珍惜姐姐给的一针一线。一次次拈针搭线戴起顶针，真不知韩婶儿心里有多苦。

为了给自己和孩子挣一点零花钱，她拼命种菜种土豆。那时土豆才二分钱一斤，白菜大头菜稍稍贵一点，韩婶儿累上一年也卖不了几个钱，可好歹到了秋天手里能稍稍有点钱，这时她才能盘算着给两个孩子买些穿的用的，孩子长得快，衣服早就短了，亏得韩婶儿勤快，缝补得熨帖，也洗得干净，孩子始终体体面面。

紫菀花在凝霜的日子盛开，没有一朵两朵的试探，没有矜持的含苞欲放，就那样一夜绚了原野，流光溢彩。田野辽阔，蓝紫色铺陈得恣肆欢喜。染了清霜的紫菀花的香气在原野上飘荡，似薄雾缭绕，如轻歌徐飞。

最初，韩婶儿去人家帮着看孩子，她的朴实能干实心实意很快获得孩子家长的充分信赖，相处得像一家人。为着韩婶儿方便些，孩子父母便让她把孩子接回自家看着。韩婶儿是东北农村人，自小就有吸烟的习惯，为着感激人家信任，担心自己的小房子里有烟味儿熏到孩子，她便果断戒了烟。那个年代能有不在孩子面前抽烟的意识已属可贵，她竟为此戛然而止了半辈子的习惯。可见她的自律，更可见疼爱孩子视同己出。

在自家看孩子自由些了，有次她抱着孩子来我家玩儿。孩子很胖，不机灵，两岁多了还没有冒话儿。邻居们言谈里便有些参差褒贬，韩婶儿听不得人家说不好，赶着一遍遍说"贵人语迟"，真比自家孩子还疼。

韩婶儿的两个儿子很像父亲，自我意识极强，从小就吝啬，哥哥弟弟谁穿了谁的衣服，用了谁的东西，都要理论个青红皂白。工作后更是把自己挣的一分一厘钱都看得死死的，绝不给任何人用，包括他们的母亲。韩婶儿替他们攒钱，账目清晰，不动用一分，结婚时俱各还给他们。可是她自己离婚后有了些微收入，还要省吃俭用补贴些给儿子们，她说两个孩子投胎不长眼，从小跟着她受苦了。

紫菀花没有凌霜的傲然，也没有经寒的沧桑。每个寒凉的夜晚，她捻霜为玉，第二天的阳光里，便唱出一曲淡蓝浅紫的歌。

不知谁给韩婶儿介绍了对象，那年韩婶儿五十出头，老头子却七十多了，大家都觉荒唐，说老头子和她父亲一般年纪。韩婶儿却答应了，理由坦率简单：他是林区老工人，有退休工资；见过一次，是个好人。

我们心里都酸楚，韩婶儿却欢欢喜喜开始了新日子。她不再给人看孩子，只侍弄一片菜园，精心侍奉老伴儿。她说，人家没嫌咱穷，咱就得实心实意。她的一片真诚不仅感动了老伴儿，也感动了他的儿女，老伴儿把退休工资交给韩婶儿支配，孩子们也如对待自己的母亲一样敬重这个比他们大不了多少的继母。韩婶儿说起，就是知足，说自己遇见了好人家。她不知道是她自己更好。

去年暑假，我回家短暂停留，未及去看韩婶儿。听老邻居说，昨天还看到她坐在自家门前的树下和邻居打牌，戴着金耳环金镯子（这是她向往了一生的首饰），韩婶儿过得很好，老两口儿你敬我爱。老伴儿已经九十多岁了，依然健朗，是所剩无几的林区老工人了。儿女们感激韩婶儿，说老父亲亏她照顾才有了长寿幸福的晚年，父亲百年后他们也不会丢了韩婶儿不管。

紫菀花多生在极寒地区，却耐寒也耐热。据说这天诞生的人，公正无私，非常可爱，并深深吸引所爱的人。

韩婶儿的一生用尽她所有的热情和努力，忍了太多艰难委屈，晚年终于有了平凡幸福的日子。她很知足。

深秋，紫菀花又开了，美得惊艳，只是稀稀落落的，据说这种花儿有很高的药用价值，已被采摘殆尽。竟至如此，令人惋惜。

美好的，能赓续繁荣始终，多好。

哑　巴

"东南地"是父亲随口对他开垦的那块儿土地的称呼。

虽土地肥沃，厚积着千年的腐殖土，泛着醉人的松香，但荒远冷僻久无田邻，只有满山谷的鸟鸣、无际的原始森林、森林里不知名的花海，还有田塍下湍湍的溪流。这里是父亲的乐园，也是我最美的花园。

不知哪一年，哑巴也在附近开了一片田，于是在去往东南地的野径里，便时常也看到那蓝色阴丹士林的中式上衣的瘦削的影子，荷一把锄或担一副担，隐现在茂林长草间。

大兴安岭遍地是肥沃的土地，随处都可耕种，哑巴却也择了这僻远的林间隙地，定也领略了这幽静独到的美。为着"东南地"，一向可怕的哑巴似乎亲切些了。

季夏一过，便是大兴安岭的早秋了。草树还没有黄，鲜花依然肥润。田里的土豆卜留克却长足了个儿，可趁鲜吃了。我们便时时去园里收获些。

秋阳暖暖的，鸟儿的叫声悠远深邃，疏密任意，有时一管鸟音统治，天地都静了，风的脚步也不踩响叶子。

我和母亲在田野里走，茂草花海间，蝴蝶和蚂蚱翻飞，翅羽在午后的阳光里灼灼华艳。

哑巴迎面走来，我躲在母亲身后，不敢离她太近，更不敢看她哑巴特有的笑——有点瘆人。不知为什么，在林场所有孩子的眼睛里,哑巴一家都像怪物般,有种莫名的可怕可厌。哑巴却热情,弯腰对着母亲身后的我笑,再直起身体在耳朵边比两只小辫子,对母亲竖起拇指:"你的女儿很可爱!"母亲也笑,指着她肩上的锄头,也竖起拇指夸她能干,又用手向头背后捋一捋,指指哑巴身后。问她:"你家男人呢?怎么没和你一起来?"向后捋头发意思是"梳着大背头"的人,也就是家里的男人。这是哑巴的创造,母亲学会了。

哑巴却敛了笑换了嫌弃的脸色,比画着说:自己虽然肚子经常吃不饱,但是头和脸都洗得干净。又抻一抻蓝阴丹士林的中式褂子让母亲看:虽是旧了,仍然干净。可是,她用手再捋一捋头发:"大背头"他脸也脏,衣服都是土,洗了又脏了,一个大人,整天流着鼻涕……她弯腰做呕吐状,最后正色地伸出两根指头并列又分开,使劲儿摇头:"我俩不该是一家人。"

这时我看到哑巴的美:修眉细目、白皙的皮肤,黑亮的软发垂在颈间。母亲笑,拍拍她的胳膊,点着头认可她的看法。她又笑了。很有点知音赏的愉悦。

我和母亲别了哑巴依旧走,母亲宽慰我:不用怕,哑巴听不到声音,不知道自己笑声怪,也不知道自己笑起来有点怕人。但她是好人。又感叹:哑巴聪明又勤快,只是不会说话,大憨又脏又傻,的确不像一家人。

林场二百多户,哑巴家是独特的存在:哑巴不会说话,连姓什么都没人知道;丈夫憨愚邋遢,姓沈,人们便称沈大憨;孩子们说话晚,而且表情木讷,说话都有些直腔儿,既有点像母亲着急时的"啊啊"声儿,也有点像父亲不管不顾的大嗓门。人们索性叫他们小哑巴。

有时大人们在街上闲话,哑巴偶尔参与,聊得久了,孩子来找她,拽一拽她的衣角,两只手比画着团一块面,拍扁,再用力贴在锅上——这是贴大饼子的过程,意思是他们饿了。或天晚了,他们拽一拽她的衣角，把两只手合起来贴在头的一侧，再把头向这一侧弯下去，闭上眼睛，意思是他们困了。

他们一走，大人们的话题自然就转到哑巴的日子里。一家的辛酸难免成了小小林场的谈资。听得多了，连我也知道了一些。

哑巴毕竟残疾，大憨又傻，公公便从河南老家过来帮忙。那是个清癯的老人，留一缕山羊须，背有些驼，眼睛黑亮亮的，蓄满愁苦和良善。若不是常年黑棉袄肥棉裤腰里系根草绳，竟有点像书里描绘的隐居山林的老人。他用棍子挑个土篮，整日捡柴背草地忙着。人们顺着对他儿子的称呼，叫他老憨头。

他刚来时，哑巴还年轻，第一个孩子出生不久。

有天哑巴竟跑到林场找主任告状，比画着说下巴上一缕胡须的公公，在满天繁星的夜晚，踹开她的门，抱走她的孩子，还用手推她。哑巴很愤怒，要求领导把老头儿送走。

领导们找老憨头了解情况。老人满脸是泪，抱着头蹲在地上，说："这日子可咋过？"

原来，大憨去工队上班了，哑巴带孩子睡一个房间，老憨头睡隔壁。半夜里，孩子撕心裂肺地哭，哑巴听不见。老憨头急得在门外转，他担心孩子被哑巴压到了。可是推推门，里面插着；敲门，孩子哭得声音都嘶哑了，哑巴还是没动静。无奈老人只好撞开门，把孩子抱起来，再推醒哑巴，告诉她孩子哭呢。哑巴却吃惊地跳起来，抢过孩子，把老人连推带揉轰了出去……

领导替老人解释清楚，哑巴羞赧地笑，和老人和解如初了。

尽管人们一遍遍说起这事时总是凭着想象添些细节以增娱乐，却终慨叹老人不易，赞叹哑巴自爱。

林场向西，一条横亘南北的河流，河上一座木桥，过了桥便是生产队的砖窑。人们就地取材，在砖窑四周挖土取沙脱砖坯：掘起地面的草皮，下面是厚厚的黑土，黑土下是黄土，黄土下好像是一层鹅卵石，然后是厚厚的渗着水的细沙。人们挖出黄土、细沙，分别用筛子筛匀，再就近取了河里的水来和泥。泥、沙、水的比例掌握好了，搅拌均匀，就可以用木框脱坯了。

原料现成，时间也自由，个人脱好的坯整齐码放在自家木棚下，等着生产队的记分员数数后统一搬进砖窑。多劳便能多得，人们的参与热情很高，起早贪黑的。

哑巴更是常常在晚上伺候孩子老人睡了后，一个人再去窑厂。

她走过月光下的草径，走过汤汤河流上的木桥，来到她的已经摞了很多砖坯的窑棚，哑巴的心情是愉悦的。明净的月光下，远山黝黑起伏，棚子里有砖坯独有的香气，还有田野里弥漫的花香、呢哝的虫鸣、山雀的呓语……一块块儿和泥，脱坯，哑巴忘了时间，忘了劳累忘了饥饿，黑暗的田野里，氤氲着越来越浓的山岚雾气，酝酿着哑巴安宁甜美的憧憬。

母亲那时是生产队的会计，有天清晨刚上班，哑巴便"啊啊"地叫着走来。她很激动，对母亲和其他刚要上工的女人们比画着：满天都是星斗，大月亮圆圆的，人们都睡了，时钟铿铿地走着，大概半夜了，她还在趁着月光脱坯。忽然又来一个人，她左看右看，没有发现哑巴，便赶紧弯下腰，一摞一摞从生产队已数好的砖摞里往她自家的砖棚里搬……又趁着黑夜走了。

哑巴模拟脱坯：短促有力地摔泥，倒坯；哑巴模仿偷坯，弯着腰，轻手轻脚地搬砖，又在脸前把两手的手指伸直翻过来调过去，一十、二十告诉大家她搬了多少趟……人们认真看，又好笑又好奇：有人偷砖，可是谁呢？这时哑巴直起身子，张开嘴指着嘴里的牙，狠狠竖起两根指头！大家怔了一下，旋即笑起来：是孟家的女人，只有她长着两层牙齿。

是的，这事儿孟家女人能干出来：她日子过得仔细，偶尔贪心，算计点集体的财产确是意料中的。人们既笑孟家女人半夜偷砖，更笑哑巴的正直可爱。

哑巴正直，疾恶如仇，但哑巴一家很受歧视，常受人欺负。有次孩子们在路灯下玩儿，女孩子们跳绳跳皮筋，男孩子分帮结伙玩着捉人的游戏，不知哪个淘气孩子看到哑巴家女孩儿，就起哄地喊着"小哑巴，小哑巴！"更多的孩子跟着喊起来。我看到哑巴家孩子收起正玩的皮筋，把它折成称手的鞭子，追着抽打那些喊叫的男孩儿，男孩子们一边骂，一边用石头砖块儿砸她，她不退缩，迎着跑过去，疯了一般见人就抽。所有孩子四散奔逃，我也赶紧跑回家，关上门犹自喘着。尽管我没有喊她，但也有种犯了错被追杀的恐惧。第二天上课，我看到她额角的伤痕血迹，和着泥道道已经干了。然而自此却很少人肆意欺负她了，连她的弟弟妹妹也拖着鼻涕在林场走得雄赳赳气昂昂。艰难地长大，他们却越来越表现出和哑巴一样的做人刚烈。

然而哑巴家的日子终究难，许是孩子多，许是大憨没有能力撑起一个家。有天母亲从河西回来晚些，恰好碰见哑巴往河对岸去，手里提着绳子，满脸泪水。母亲诧异，拉住她比画：干什么去？怎么哭了？

哑巴放声大哭，悲凉异常。在夕阳西沉的林子边，母亲觉得全身发冷。终于等得稍稍平静，哑巴比画着告诉母亲，这个月粮站发的粮食早就吃光了，家里只有土豆，孩子大人都吃得拉肚子。自己拉得脱坯都没有力气，可是还能坚持；孩子们饿，又肚子疼，都在家里哭。她看了心疼，觉得日子过不下去了，去林子里吊死算了，还能省些粮食给孩子们吃……她用绳子比画着在脖子上一勒，舌头吐出来。母亲吓得头皮发麻，严肃地比画着告诉她，这么点事就去死，是没出息的小人。母亲伸出小手指说她：死是没出息的，有了事情要说，大家一起想办法。

哑巴点点头，擦干了泪跟着母亲回来了。母亲攥着她的手过河，生怕她跳下去，又把她送回家，嘱咐她等着，不能做傻事，然后一径去了粮站。正好站长还没下班，母亲说："我帮不了哑巴，你们能，我把哑巴的困难告诉你们了，哑巴出了事儿你们有责任的。"

站长二话没说，扛起一袋玉米面就去了哑巴家。

年底，生产队发工资了，母亲说，哑巴的工分最多，一年挣的钱比工人还多。

几天后哑巴径直走进我家院子，穿着阴丹士林的蓝棉袄，新的。

她开心地比画着数票子，告诉母亲，她挣了钱，做了新衣服，台阶似的孩子们也都有了新棉袄，不冷了……她抻着新棉袄让母亲捏一捏厚度。她又不好意思地比着上吊的样子，摇摇手：不再上吊了，那样是小人。大火车来了，要领着孩子们回老家，去看穿着大襟衣服、梳着髻的老母亲。母亲竖起大拇指赞她能干孝顺。她懂了，又急切地将着耳后的头发意思是梳着小辫子的女孩儿，然后抻着衣襟问母亲：过年了，要不要给孩子买做衣服的花布？母亲摇手：已经买了。她又将着头发向后，手指比了个圆扣在腕上：梳着大背头的男人要不要买表？母亲忍住笑，学她的样子数票子，又比了个小指：挣的钱没她多，今年不买。哑巴大笑，安慰地拍拍母亲的手，转身走了。

后来母亲说，找什么人捎东西也不会找哑巴的，她办点事多难啊。但是母亲明白哑巴想为我家做点事的心思，就因为她始终感激母亲在她最难的时候帮了她。

许多年了，母亲想起林场的日子，想起她，总会说：哑巴不是一般人，虽然不会说话，她是上等人。

若哑巴活着，今年也有八十岁了。

我依然记着东南地的林子里，不知名的鸟儿如绿色精灵，讲述着一个个旷古悠远的故事，忽喜忽愁，忽歌忽怨，林子里只有露珠晶莹，仿佛故事里的悲欣。

哑巴瘦削挺拔，穿着蓝色阴丹士林的中式上衣，扛着锄头，走向秋阳斑驳、松香弥漫的田野。

在贫瘠的岁月里，在那片荒寒的土地上，一个纯洁的灵魂嵌入残疾的躯体，走进一个贫苦的家。松风花海里，暴雪苦寒中，不知她度着前世怎样的劫，又将修成来生怎样的缘。

兰老师

夏天的清晨，太阳起了，露水正盛。

大门外，山羊把下巴搭在松木栅上，咩咩地叫。拉开矮木门，羊们欢实了，高低地叫着跳着，跟了大公羊走进露珠闪烁的青草地，走进清香沁脾的松树林。它们预备着蹚过西边的小河，去到更远的林子。雪白的一团，柔柔荡荡没入青翠。

兰老师回来了，松林还很暗，斑驳的日影在她脸上身上跳跃。她穿着水靴，歪着身子挎个土篮，篮里满满的水辣菜，鲜嫩葱翠，犹自滴着水。兰老师的半边身子都是湿的，她去河里捞水辣菜了，家里的鹅，要赶在上班前喂了。

我回到院儿里，阳光从东边的松木板障缝隙照过来，一格一格落了满院儿金红，障子那边，兰老师的身影匆促地进出，忙着早饭。她家的炉子不好烧，每次点火，烟先从门窗里冒出来。兰老师出出进进咳嗽着。

母亲说，可能是火墙烟囱里的烟灰满了，炉子倒烟，也可能是因为她家的桦子湿——她家总没有余存的桦子晾干了再烧。

清理火墙、拉桦子这些活儿是男人的，可她家总是兰老师到山上砍了树拖回来，锯了就赶着烧，一两天，赶紧再去砍。若遇上下雨阴天，几乎做多长时间的饭，就冒多长时间的烟，兰老师的咳嗽声里，间杂着丈夫惜魁不满的咒骂声。

兰老师是我的自然老师，也是我家的邻居。大概因为她是我的老师，一壁之隔，我总能注意到她在做什么。

有次我搬一把大松木椅子，再端一个小凳儿坐在院里写作业，听到兰老师在教她的小女儿说话：

"孙姨啊，这是我妈包的饺子，我妈让我送来……"

"孙姨啊，这是饺子送来……"

"孙姨啊，这是我妈包的饺子，我妈让我送来给你们吃。"

"孙姨啊，我妈送来……"

过了很久，兰老师的小女儿果然绕过长长的院子，端着一个小碗来了："孙姨啊，这是我妈包的饺子，我妈让我送来给你们吃。"大着舌头说不清，但显然把妈妈教她的话儿说全了。母亲赶紧接过碗，倒出饺子，再把碗洗干净还给小女孩儿，夸着她："丫蛋儿真能干，谢谢你妈妈。"丫蛋儿长得像兰老师，白白的端端正正的脸儿，五官大气又精致，尤其一双大眼睛，长而密的睫毛像小排刷一样忽闪着。她穿一件小裙一样的花上衣，粉紫色的方格裤子上边瘦瘦的，裤腿却是翘翘的喇叭型，那时孩子很少有穿这么新颖的。丫蛋儿说，都是爸爸做的。

那年丫蛋儿七八岁了，比我小一点，可从说话神情上，却好像才两三岁的样子。她回去了，我跟着母亲去厨房，小声儿问母亲，她是不是有点儿傻？母亲赶紧制止我，说可能养得有点娇。我又指着她送的饺子：为什么才四个？因为母亲要给人送些吃的，必要找个小盆装满了，至少让人全家吃一顿。母亲示意我小声，她说兰老师家困难，过日子仔细，包一次饺子，兰老师都未必吃得上的。我很奇怪，自家包饺子，还可能吃不饱吗？我们家只有爸爸上班，他们家却是爸爸妈妈都上班的。

兰老师一家人是从别处搬来我们林场的，三个孩子，都漂亮，两个大的男孩儿，文文静静的，穿得也整齐洁净，即便有个补丁，也补得熨帖。

兰老师高而瘦,脸色疲劳憔悴。隔着障子隙,影影绰绰总见她忙碌的影子。

她的丈夫叫惜魁,不很常见,回来后家里更加安静,感觉兰老师和孩子们都怕他。兰老师会讨好着问他:"你回来了?""我给你炒菜,你喝点酒……"极少听到他高高兴兴的回话,偶尔会听他逗着丫蛋儿玩,丫蛋儿不说话或说不好,兰老师赶紧教着她顺着父亲的意思说,比如"你就说谢谢爸爸了""你说等我长大就伺候爸爸"之类,却常常听到惜魁短促的呵斥。转过头,依然换了好一点的态度逗丫蛋儿玩,听丫蛋儿萌憨的话,也偶尔呵呵笑几声的。

惜魁长得精干,个子不高,五官清秀,见了我们也还和善的。他自己的两个儿子却像避猫鼠一样躲着他,兰老师对他的怕更是溢于言表。

有次兰老师一周没来上课,说是病了,可我仍看到障子那边她进出的影子,仍然听到她做饭时被烟呛得咳嗽。有天惜魁下班,居然在劈柈子,兰老师蹲在一边,他劈一块儿,兰老师赶紧捡一块儿码好。一边夸着:"真厉害!老爷们儿就是有劲儿!"障子缝儿细小,我看不到他们的表情,那年我才八九岁,却也在樟子这边心里别别扭扭地,很为兰老师笨拙的讨好觉得尴尬。果然惜魁不买账,骂了几句粗话。兰老师嘻嘻地笑,自我解嘲地兀自说着什么,含含混混地。

第二天放学,我和住在我家房后的同学回家,她进家门后我就沿着墙根玩玩转转地往家走,到兰老师家后窗,蓝色窗棂的玻璃窗擦得亮晶晶的。我不经意向里看一眼,看到兰老师正坐在小炕上缝被子,大概感到窗外有人,也抬起头来,我们正好对视,我看到兰老师半边脸都是青的,两只眼睛更是乌黑一片,眼睛在这乌黑里一闪一闪,十分恐怖。我倒吸一口冷气,跑回家才觉得腿都软了,将所见告诉母亲,母亲叹息:"惜魁又打她了。"

兰老师来上课了,她的脸上还有斑驳深浅的淤青。

那天她讲人体的内部结构,讲内脏的位置,问我们明白了吗,调皮的男生喊:"不明白!"其实我知道他们并不想明白,只是为了欺负老师。兰老师又讲了一遍,班里乱糟糟的,根本没人听,再问明白了吗,依然喊没明白。为了讲清楚心肝肺在什么部位,她索性掀起上衣,把心肝肺脾胃的位置一一告诉我们,还用圆珠笔在肚皮上画出大致的形状,这下班里更乱了,男孩子起哄地叫着或掀起彼此的衣服胡乱地指⋯⋯

班里孩子越来越不尊重兰老师,并敢当面叫她"兰毛"——这大致是一部电影里某个特务的名字。

那时孩子对老师的尊重基本立足"怕"的基础上。比如我们的语文兼班主任老师,她教我们读李白的《赠汪伦》:"李白 chèng 舟 jiǎng 欲行,忽闻岸上 tǎ 歌声⋯⋯"一首诗,念两遍我们都会背了,可是要读好几节课——背着手,扯着脖子读着。

自习课她不来看班,把教鞭给班长,自己回办公室聊天。那把教鞭是班长孝敬她的——一根柳木棍儿,表皮剥了,染了红墨水。

那天,姜老师授了鞭刚走,班长坏笑着径直走向好欺负的王强,他猛地抽出背后的教鞭抽王强,王强躲着,为着男孩子的那点自尊,假装不在乎地嬉皮笑脸。班长气急败坏追着打,教鞭落在王强的头上、背上,又不小心打在椅背上,教鞭折了,班长高声叫骂。老师推门看谁在吵嚷,班长立即泪花闪闪地指着王强:"他说话,我管他,他就把教鞭撅折了!"老师飞起一脚踢王强,王强一躲,高跟鞋踢飞到黑板后面,她红了脸,叫着王强:"给我捡回来!"穿上,让他走过来,认真再踢,这次王强不敢跑了,只是脚落到屁股或腰上时扭一下身子⋯⋯然后王强被罚重新做一把更好的教鞭。

这样的老师,所有的学生都尊重她,听她的话,当面背后都叫她"姜老师"⋯⋯

小学学了什么都忘了，却一生都记得李白的诗句"李白 chéng 舟 jiāng 欲行"，还有兰老师教我们的心肝肺脾胃的位置。

　　后来母亲说，学校的老师一般只是因为有工人指标，林场没有其他合适的岗位，就到学校当老师了，文化不高，不过上过几年学，识得几个字罢了。只是兰老师认真，又有耐心范儿。

　　这我是有些印象的，那年妹妹四岁，已经认识很多字，且会做百以内的加减法了。兰老师就反复劝着我母亲送妹妹上学，并说新一年级的班主任是她，她可以照顾妹妹的。母亲没有同意，她说妹妹太小。兰老师却自此格外关心起妹妹来，九月开学第一天，放了学，她从障子缝里递过来两本书——语文和算术，又递过来几个方格本和铅笔，她说妹妹是聪明的孩子，可别耽误了。自此又从障子缝里不断塞过来她出的卷子：写拼音的、算算术的，让妹妹做了她判。妹妹从小听话，安安静静地做了，从来都全对，她真诚地开心着，赞不绝口。

　　我知道她那么喜欢妹妹是因为丫蛋儿学什么都不会，我常常听到她在那院儿里用细木棍儿教丫蛋儿数数儿："这个手里几根？那只手里几根？放在一起呢？"……

　　丫蛋儿是早产儿，因为惜魁打兰老师。孩子活下来了，可是智力却发育得慢。大概惜魁也觉得愧对这个孩子，也可能他也喜欢这个漂亮单纯的女孩儿，反而比两个儿子更疼爱些。

　　惜魁很聪明，会做衣服，他喜欢打扮丫蛋儿。丫蛋儿是她家最幸福的孩子，不挨打，还穿漂亮的衣服。有时惜魁带回好吃的，也只给丫蛋儿一个人吃。

　　后来兰老师家搬走了。很突然，隔壁就空了。我们都不知为什么搬走，也不知去了哪里。

　　不知搬了家远离是非的兰老师的日子是不是好过些？但愿惜魁一个转身，能珍惜兰老师的好儿。

松木障子被风雨吹落了几块儿，我们索性再扒开些，和伙伴在两个院子间跑来跑去捉迷藏。我却终不敢独自藏在她家后面的小屋里，兰老师乌眼青地坐在炕上的样子印在我的脑子里。倒是有时阴天下雨，羊们不再走远，在满园荒草中吃个饱，再卧在窗门颓圮的屋子里反刍。

有时看着那院儿，很念着那拖着木柴刺啦刺啦走进来的身影儿，念那熟悉的呛烟味儿和那烟里的咳嗽，很想再看到两只指头夹着一张纸，喊着："小燕儿，把这题做了给兰老师判……"或是兰老师站上那边的木墩，在障子上露出半个头一只胳膊，手里捏着一只蝴蝶的胸爪儿，蝴蝶金灿灿的大翅膀忽闪忽闪，"小燕儿快来，兰老师给你抓了只蚂蟥蝴蝶！"

西边的松树林，厚雪下了，北风吹落树上的雪，团团落在地上。羊们穿着雪白的厚皮袄，吃饱了长满草籽的干草，调皮地站起来够着树上的细枝树皮，或是撒着欢儿在雪地里跑。妹妹像个棉花球，深一脚浅一脚，赶着她喜欢的小羊喂黄豆。再也没有兰老师笑着把她从雪窝里捡起来，替她包好围巾，放在装满了冻树枝的爬犁上拉回家……

多年后做了老师，觉得兰老师是位好老师。

多年后做了母亲，觉得兰老师是多么不容易的母亲。

人生过半，越来越觉得一个人的忍让宽容，无底线的忍让宽容是一种大良大善，来自无比仁厚的心胸；在艰苦的日子里表达着爱与美，追求着爱与美的本能，则来自圣洁的灵魂。圣洁常常并不高高在上，它往往来自平凡又卑微的生命。

岁月稍纵，生命随风。美好的，却可厚飨人类。

三王子

去年回乡，见到儿时伙伴王峰，已是中年人模样，很结实。

远远喊我"老同学"，心里觉得不亲切：小学同班，下了课却一起吃一起玩儿的，什么同学嘛，我心里始当他亲兄弟一般的。他是王大娘的儿子，而王大娘是和母亲一样的最亲近的长辈。那时王峰口齿不清地把我的名字叫作"气梅儿"，如今就叫名字多好……

但他说起所谓同学，便也勾起我在绿色山窝窝里的一些"同学"时光的回忆了。名字多半儿还记起，小时的事情，也在谈笑里渐渐回来了。

那时我们是原始森林里一群自在的孩子，林场很小，四面是无际的群山和森林，这里刚刚被父辈开发。在全国还有很多人吃不饱的日子里，林场生活很富裕了。工人工资高，漫山遍岭的参天古木可以随便伐来建筑或是烧火，家家院里门前都堆着几人合抱的大木头，从来也没什么用。大人坐在上面聊天，小孩子爬上爬下玩。到处是松木桦木的香气。林场四周多野果野菜和狍子兔子野猪之类，美味健康，取之不尽，可以随便采来猎来吃的。大片的东北的黑土地也随你想开垦多少就去开垦，千年人迹不到的厚厚的土地，哪里都可以种出小瓜一样的土豆、土篮子一样的大头菜或是卜留克的，根本无须施肥，土壤泛着松香，里面藏着无尽的吃食。

春节和"六一"节，孩子们会做两身新衣服。女孩子春节是蓝裤子花上衣，"六一"节是蓝裤子白上衣。还有母亲爱打扮孩子的，会在孩子的衣服领子、小兜上绣几朵花。在即使最热的八月早晚也要穿秋衣秋裤的夏天，还会给孩子做两件裙子。这就羡慕死了我，母亲穿衣最素淡，我们的衣服都不曾有过绣花，更别说穿裙子了。

在毛茸茸的绿色松林里的小学校早晨八点上课，时间很宽裕，孩子们多是约着玩得好的三两个伙伴一起去学校，啃着馒头或者窝头、发糕，到门口叫一声或直接站到屋里去，那一个也吃着出来了。

班里有个叫作荆杰的孩子，是当时女生里最厉害的，自封为"三王子"，据说她认为班长杨庆是"一王子"，聪明又淘气的白俊俊叫作"二王子"，除他两个，就属她厉害了，所以叫作"三王子"。

三王子的"王者风范"，要从早晨说起，那时林场的孩子，因为居住地距离学校都很近，大概最远的走二十分钟也到了。我是常常在学校敲钟的宋姐开始用铁锤敲那节吊在一排教室最西面的半截铁轨时开始从家跑的，呼哧呼哧地坐到教室里，还会听到她敲最后几下。而班里还有张立柱、王宝根等几个比我家还近的同学。

三王子不同，我没去约过她，我们两个从来关系不好。听说她每天早晨不会自己起来，要等到她的"跟班"同学服侍她起来，给她拿衣服裤子，她慢慢穿了，再由两个同学搀扶着出门。

这我是信的，在学校，女孩子"跳皮筋""跳格"是最乐的游戏，课间十分钟或是放学后要抓紧玩上几个回合。三王子也玩，但永远是"老烧"，不知为什么这么叫，总之"老烧"就是轮到两伙对家跳的时候她都有资格跳，有着游戏中比较尊贵的地位。这样地位的取得是必须在这次游戏里跳得最好的那个，或是类似抓阄，喊着"手心手背！"伸出手时单独出了手心或手背的那个。而三王子不用遵守游戏规则。

但很多时候这样的游戏她也玩厌了，便由两个同学扶着，太后一样走到其他游戏着的一伙人中间，在人家撑好的皮筋上乱跳乱踩，或把我们画在地上"跳格"的格子蹭掉，口袋（沙包）踢得远远的。

二、岁月深处，故人常来

别的同学是不敢吱声的，一般是默默收起皮筋或口袋走了。

我却不吃气。因为女生里面，我学习最好，老师也对我好，正直有骨气一点的同学，便都在我这一边玩，所以我和三王子有一点两军对峙的意思。我们有时会吵架，但要到打的那一步，我必要找借口跑掉的，因为我比她瘦而且矮，并且没有哥哥，父母也永远会在我们姐弟与伙伴的矛盾中先责备自己的孩子的。

记得一次她又捣乱挑衅，和她理论，便对骂起来，她跳到操场的领操台上，像那个时代的报幕员或是高音歌唱家一样，两脚一前一后，身体前倾，挺得笔直，以使声音高亢嘹亮，一手叉腰，一只手指着我骂。我也回骂，不外比着说对方是某种更低等动物或是学习不好啊，考试低分啊，被老师骂啊等的重复。但我忽然想起大人聊天时说起"放狼烟"这样的话，似乎是评价一个人说话如放屁一般，于是骂她"放狼烟"，她不甚明白，虽也反复骂"你才放狼烟"，终有些气焰落了。上课了，都回教室，记不得谁胜谁负。但过后我这一伙的女生夸我："你真厉害，有那么多新词……"

此后我常常用"新词"炫耀或者骂架。因为只有我们家有很多书和话本，并且父亲还给我定了《少年报》和《少年文艺》，虽然书或报纸到林场的时候多已是下一月了，于我还是新的，便迫不及待地反复看，连报纸缝隙里的广告也几乎记住了。实在没得看了，也看母亲的书，多是鲁迅的，看得心情灰暗，尤其读到《肥皂》和《祥林嫂》两篇文章时。因为是有些情节的，还能看进去，然而看完后很久都困惑，不高兴。觉得在世界的某个连太阳都没有的角落里，活着一群怪怪的人……或者看父亲办公室的《半月谈》，有很多本被父亲整整齐齐地摆在桌上，但实在看不懂。可我由此知道很多"新词"，用在炫耀和骂架时，往往能获得同学的羡慕和喝彩。

三王子的打扮也与众不同，不是穿着——她的母亲是寡妇，很节俭的，她没有炫人的花衣服。但她烫头发，那时生活中还没有烫头的，只在电影里见过，她就用家里的炉钩子烧热了，把头发卷在上面，然后就有曲曲弯弯的卷发了，她把刘海儿拉出很多，都烫成卷儿垂在脸前。

她就那样，下课被人扶着稳稳慢慢地走，卷发纹丝不动，嘴抿着，下巴绷得直直的，就像神话电影里王母之类的神，庄重威严，也被很多女生羡慕。为此我曾爬到家里高高的箱子盖上，对着墙上毛主席像旁边的大镜子，反复把嘴抿起来，绷直下巴，然后发现我抿不抿嘴，绷不绷下巴，都比三王子好看很多，心里就更蔑视她……

三王子的母亲很懒，也极俭省，家里脏且光秃秃什么都没有。

那时林场食品多是公家统配的，公家进什么了，全林场就都吃什么，比如夏天的瓜果，冬天的冻梨、柿子等。每次林场小火车来，大家就相互传告着粮局或是商店放什么了，于是家家父母肩扛手提，络绎地搬回家去。家家饭桌上中午或晚上就都换了新样儿的食物，孩子出来手里也拿着吃，就像过节一样。我的父母最不会在吃的方面对孩子苛刻，无论公家卖什么了，我家总买得很多，比如一百多斤的半片猪，几十斤白糖，一土篮子松花蛋，几箱子冻梨、冻柿子、雪糕等。

记得最清楚的是每个夏天会买一次白糖，母亲总要买几十斤，用面袋子扛着回家，袋子里装不下的，我和妹妹用盆端着，一路舔着走，到家白糖吃得过量，和妹妹都觉得头有些微微地痛。而这时三王子的母亲会领着家里两个年幼的孩子，在林场人人必经的最宽的那条街上，逢人便说："咋整啊，寡妇失业地没钱，孩子馋得哇哇哭……"林场人厚道，便这个一碗白糖，那个两个香瓜地给哭着的孩子。等到晚上快下班了，三王子的母亲便回家也拿了袋子篮子，偷偷地买了回家吃去了。因为三王子的父亲是工伤故去的，按照政策她母亲接班，虽不做什么具体事情，工资是和其他家父亲拿得一样高的。

三王子的母亲整天哭穷，有一次却露了富。

那是一个冬天，晚上林场放电影。父亲不知为什么只带了我去看，回来时，就见三王子家着火了，所有男人都从影院或自家跑来，提了水来救火，父亲站在火边木垛上，急吼吼地，一边大声指挥着人灭火，一边接过一桶桶水泼在房上，人们小跑着提水，有人在井边摇水，很快地，天寒夜深，滴水成冰，从水井到三王子家的两条胡同里，地面滑溜溜地冻成了冰道……水一桶一桶泼上去，火渐渐势弱了，然而还是眼见得在通红的火苗里，木头房架子一根根露出来，又塌下去……不知是冷还是害怕，我浑身哆嗦。后来母亲说，快天亮时，父亲回家了，衣裤上的水冻成了冰，明晃晃如盔甲一般，提着桶的手心里都是碎冰……

如今想想，那时家家父亲都是三十岁上下的小伙子，快快乐乐地呵护着自己的小家幼子，谈笑间，又在沃野风雪里把千年巨松一根根送上日夜奔驰的小火车，运往世界各地，真是豪迈又苍凉。

火灾时林场刚好建成第一批砖瓦房，不是家家都能分得新房的，三王子一家理所当然地得了一套，搬新家了。可是在废墟里，人们发现了一个装钱的枕头，里面满满都是五元、十元的钱，烧得片片断断的，散得到处都是。据说到银行还可兑换的，大家纷纷捡了送还她家。四岁的妹妹玩土时扒出了一张，母亲不在家，给了王大娘，王大娘领着妹妹去还给三王子的母亲。她却不满："不知还捡了多少呢，拿来一张还我……"这让正直的王大娘不满了很久，唠叨了很多次……

多年后问起母亲，为什么三王子家那么多钱，母亲说，三王子的父亲生前是拖拉机手，基本工资每月就有二百多元，冬天木材会战还有很高的计件工资。她家又节省，一个月用不了十元钱……

据说这场火是三王子母亲的老乡放的，他看中了三王子家一块儿上海手表，表经常挂在三王子家木箱上一只绿色酒瓶上。他偷了手表，伪造了失火现场。

因为林场人人都互相熟悉，自然清楚谁家有这种奢侈品。老乡偷了没法戴，就又在表盘上烧了一个泡，佯装是捡的，送还了三王子的母亲。可是为什么过了那么久才送还？又为什么那么大的火没把表烧坏？林场人因此推断火是他放的，但也就不了了之了。然而三王子的母亲会过，家里钱多是众所共知的了。

换了新居，她家仍显出穷的样子来，家具比别家的少，虱子却比别家的多，三王子卷发上白的虮子，我至今记得。

初中时，父亲把家搬到甘河镇，我在甘河一中读书，是最好的学校。库西林场没有初中，其他仍住在林场人家的孩子便都到甘河二中住校上学。我恋着儿时伙伴儿，曾在初中三年中，几次去二中看过同学。都长大了，斯文了，三王子也成了文静美丽的姑娘，经常穿一件淡粉浅花儿的衣衫。她礼貌地和我打招呼，礼貌地说有空会去我家。说的时候我就知道她不会去的，因为她矜持而腼腆，并很胆小的样子。

王峰早就忘了还有三王子的故事了，说起这些同学，只说荆杰特别安静不爱说话，太老实了，在小镇里生活，只是本本分分过日子。

回乡日短，没见到荆杰，如果见了，会聊起这些往事吗？也许她也忘了。如今想起来，她是多么生动可爱的一个孩子，只因看了些电影画册，便活灵活现演了许久"三王子"，享受着自己是王、是后、是神的感觉，竟忘了现实，忘了自己粗衣布衫，头脸都没有洗干净呢……

儿时的那些个毛丫头还是我们吗？我总觉得像是在讲着别人的故事，讲着一群已消失在连绵的青山溪水、山风野花里的小精灵的故事。而随着岁月的流逝，我的记忆里，那些日子却像清澈水底的鹅卵石，一粒粒又美又清新，隐现在岁月里摇曳的水草间。

库西林场原还有几户人家的，他们舍不得离开，如今也不得不撤出来了。父辈砍伐过的山上又密密匝匝长满了新树，是啊，大兴安岭土地肥沃，无须营林，只要人退出来，百年后这里又将是茂密的原始森林了。树林茂密了，人少了，据说黑瞎子和狼又多起来，常常看到它们的粪便脚迹。几家人住在那里已很不安全，便陆续搬出来了。

王峰的妻子漂亮又能干，尤在采山货方面，用王峰的话说："小腿倒腾得快着呢，一会儿就没影了。等你担心她会遇到黑瞎子，找到山下时，人家已经采满一袋子，坐在山下等了半天了。"王峰很健壮，说起采山货，说起库西，他就像森林里的王子。

王峰的妻子也说不愿离开库西，她说在库西那会儿，晚上没事儿，大家都坐在家门口唠嗑，山风清凉，溪声松涛就在耳畔，山峦起伏，天空青黛如湖，满天星星又大又亮，一会儿一颗流星，眼瞅着就在不远的地方落下来……

这让我到底又深深地忆念起童年了，那美得童话般的童年，那连绵起伏的群山，那些像野草山花般长大的孩子和他们的故事，那些年轻的无忧无虑的父母和他们的故事——在暴风烈雪里，在花海林涛间，洁净无尘、撼天动地……

今世前缘，沧桑一梦

也许是东邻男人偶然动了馋狗肉的念头，也许只是男人们想喝酒了，又没有什么下酒的好菜，也许还有什么大人们的我不懂的原因。总之那条母狗被吊在他家的院子里了，狗只是被吊着剥了皮，还没有死，时不时醒过来尖叫，就又被灌一碗凉水……

我在他家长长的院外望向那条狗，至今不忍描述狗的形象，它的叫声穿透岁月直到今天。

我更忘不了的是那条狗的一窝还没有睁眼的小狗，他家的男孩儿将军一般抱着走在前面，我和一群孩子跟在后面，然后就看到五六条小狗被扔在林场东面川流在一片塔头墩子的小溪里，溪水很浅很窄，水底长着绿色青苔的鹅卵石，水边是绵延无际的草墩子，时而有水，时而只有一墩墩夹杂兰花的绿得发黑的草。肉乎乎的小狗居然会游水，它们吱吱叫着一遍遍游到岸边，就有男孩子嘎嘎笑着一遍遍把它们推进水里，摁到水底。

北纬五十度大兴安岭的溪水，即使盛夏也冰冷彻骨，渐渐地小狗游岸边的频率低了，没睁眼睛的小脑袋露出水面的速度慢了，终于不再挣扎，静静地半浮在水面，伸展了四肢，衬着黄昏时暗绿幽幽的水草，依然那么娇憨……孩子们都在笑，我也笑，直到三三两两尽兴而归，剩下我一个人。

身后的夕阳已沉下山，留半天越来越暗的稀红，有云丝丝缕缕如青筋隐现；眼前是起伏无际的塔头墩子，墩子上的草和花肥壮壮地延伸到不可知的地方，和远山连在一起，在晚风里微微摇曳，间或几湾溪水，把浸在水里的草梳理朝一个方向，就像我脚下的小狗，短短的米褐的毛也奇怪地顺向一个方向，有一只翻滚了两下，被冲到较远的一个塔头墩下，只露半个圆圆的脑袋、一只薄到透明的小耳朵，和一只粉嫩嫩的爪子。暮色浓了，露水起了，空气里湿漉漉的有股水草的腥气……那个笑过的黄昏，就那样湿淋淋冷飕飕懵懂在我的童年。

这样的感觉还惊心动魄在每个新年准备中。当街支起一只大锅，锅下烧起熊熊柴火，尽管寒冬腊月，锅里的水还是沸反盈天地开了，白色的蒸气窜得比房子还高，就像人们高亢的情绪——林场有人家要杀猪了。虽然中午就会吃到血肠、炖肉，但孩子们的兴奋不在这里，多在猪被几个大人绑了四脚，抬上大锅，屠杀的过程。

我的好奇终于不能战胜恐惧，在被团团围簇的猪即将抬来时，我被猪嘶吼的悲声逼得躲回家关好门，一个人在门后捂着耳朵心惊肉跳地等，听得穿过手掌的嘈杂声里没有了惨叫，便知它再不会叫了，悄悄出去从人缝里看，果然猪已经被刮成白条条的未剖解的肉的样子了。触目惊心地感到陌生，只是那熬过一冬冻裂了的猪耳朵还表明这确是刚才那个还挣扎的生命。我便远远地站着等，看叔叔大爷们一样一样从猪肚子里掏出各种器官，看与猪的主人关系近便的孩子分别得了猪尿泡做气球、猪膝盖骨做嘎拉哈……这也罢了，我终觉得那是给我也不敢接受的。可是猪脑袋里两块小小的骨头据说可以给孩子压惊——娇气的孩子便由母亲用五色丝线穿了戴在手腕上，像一朵象牙色的花儿，那实在是羡煞了我。但即使我家杀过一头猪，我也不曾得到这样的娇宠。

看过两次杀猪，也和孩子们分享看到的细节，努力做出见多识广、满不在乎的样子，叙述里大笑大叫，心里的感觉却始终如一个人站在暮色里看飘在水草间的小狗，空气里一股莫名湿冷的腥气。

再长大些了，家里的鸡鸭鹅狗都和妹妹分了，那只芦花鸡是妹妹的，那只凤头鸡就是我的。我们捉了蚂蚱瞎蠓喂自己的鸡；那只大白鹅是妹妹的，那只雁鹅就是我的，我们分别在自己的鹅吃食的盆里多放些玉米面。妹妹的大白鹅每天都下蛋，我的大雁鹅隔一天下一个，只是因为鹅蛋大才偶尔受到妈妈的表扬……小瘦羊因为毛短显得瘦，更像一只温驯的鹿，妹妹先挑走了，它整天跟在妹妹后面，成年后有妹妹的肩膀么高，就像妹妹的跟班，经常在妹妹的胖手心里吃黄豆。我只好收留了那只大胖羊，大胖羊因为毛长显得胖，其实更漂亮，浑身的毛银白闪光，眼睛是金黄色的，头上有两只粗壮漂亮的角，却极不温顺，只在我拿了萝卜喂它时，它才满怀戒心地走过来，眼里丝毫没有温情，猛地从我手里叼了萝卜就飞跑了。我从不敢把黄豆放在手里喂它，怕它慌慌张张啃掉我的手，只好和妹妹一起喂她的小瘦羊获得些满足。

后来两只羊分别生了小羊，自然分归妹妹和我。然而大胖羊的孩子个个美而疯，从不知和我亲近；小瘦羊的孩子个个小鹿一般追随着妹妹，甚至对我也很友好。所有小羊长得实在可爱，本该长在脖子下的两个肉坠儿，常常长在耳朵下面，或是一个在脖子下，一个在耳朵下面，耳坠儿一般漂亮可爱，头上屁股上常有个旋儿，腿上雪白的毛像流光的喇叭筒裤……它们奶声奶气地叫，俯冲过来用小秃脑袋顶妹妹的腿，偶尔啃些草芽儿，唇边沾些绿色的草汁儿，或是小白牙沾些土粒儿……每天清晨放出去，夕阳时，大公羊领头，一群羊吃饱了回来，鼓鼓的肚子上沾着草籽。家里的大门没开，它们就卧在门口反刍，白花花一片，母羊的奶也胀得撒开腿走，小羊跑累了，跪着贪婪地吃……

父亲也爱这一群干净听话的羊，只舍得喝羊奶，从不杀羊。羊圈里繁殖得有些挤了，就有朋友同事来，挑几只半大的回去养。

鸡鸭鹅却免不了被杀的命运，每年秋天新绒长出，公鹅都要被

二、岁月深处，故人常来

139

杀掉。总有父亲的三五好友来帮忙，鹅给赶到院子西面的树林里，我便跑回后屋，钻在炕被下面。很久了，试探着出来，大锅里已经飘出鹅肉香。路过穿衣柜，看到我的眼睫毛被热的炕被压得卷起来，很奇怪很漂亮。那大概是中国最早的卷睫毛美容了。

总是一顿鹅肉吃到半夜，我一个人站在院子里，看到月光下仅剩的几只鹅歪着头看我，大雁鹅的一只脚蹼蜷起来缩到肚子下的绒毛里，深秋夜凉，鹅稀零的叫声像浸在水洼儿里的月影，斑驳破碎。

长大些搬到甘河镇，家里养了一只黄狗叫虎子，虎子极聪明能干，它会在春天里捡回母鸡傻呵呵下在外面的一只蛋，圈在臂弯里等母亲回来。第一次母亲以为它吃鸡蛋，打了它。第二次它又圈了蛋等在门口，母亲一进院儿，虎子就赶紧逃了。春节时，母亲会蒸大锅的包子，洗大批的带鱼猪肉，摆在盖帘上冻在院子里，等冻实了，再收回仓房。虎子为了免除偷吃的嫌疑，一连几天趴在没有阳光的后院，冷得瑟瑟发抖。

我家后面是原野，一直延伸的北山根下的大河边，原野里有一条小河穿过，一个四周开满鲜花的野池塘。羊仍是早出晚归，吃得扎撒着肚子回来。然而，那时人心已不古，羊群回来常会少几只，母亲便小河边树林里地找，找不见，便到胡同里唤，虎子便常常圈了离群的羊回来。

又一次，母亲找羊，虎子却一次次趴在邻居的大门上狂吠，邻居家大门锁着，母亲再唤，便听到他家仓房里几只羊在叫。原来他家开饭店，把四只羊锁在仓房里还没来得及送走。

后来虎子也找不到了，几天后，虎子的孩子不知从哪里撕了一块儿它的皮搂在窝里，我们才确信虎子被杀了，不知又是哪个邻居。许多年，仍伤极痛极，不忍卒谈。

此后再养的狗，从不负责把别人家的鸡轰出院子，再把自家的鸡从外面赶回来；再不会送我上学，整个晚自习时间一直守在自行车旁等我回家；更不会在饿得馋得发抖时，却有在主人面前矜持地一小口一小口吃，等我们进屋却一口吞下去又舔光了盆子的修养……狗与狗多么不同，正如人真正的高下不在汲汲营营求得的名、利，而在德、行。

我才想起零下四十多摄氏度的冬天，我们不曾给虎子窝里铺一些哪怕干草，虎子忍过了多少难挨的冬天；每次生了小狗，我们把它的孩子从它腹下抱出送人，虎子多么宽容，而虎子千方百计把孩子叼回来，我们笑夸着他聪明，再把小狗抱出来又送到别人的手上，虎子该多么难过！我们常常不喂它，由它去池塘里抓蝌蚪青蛙聊以饱腹再回家尽职看家……除却不会说话，它比人差到哪里呢？然而，穿着粉裙子，打着伞在河边捡鹅卵石的妹妹，再也没有虎子的围护了。它成了饭桌上一盆喷香的肉。虎子的孩子搂着它的皮，几天不吃不喝。

动物不是我幼时努力认同的——该杀该吃的，它们的感情感受，与人等同。

弘一大师的佛心进入它们的生命——"生离尝恻恻，临行复回首。此去不再远，念儿儿知否？""倘使羊识子，泪珠落如雨。口虽不能言，心中暗叫苦。"

体味了动物的灵性甚至美德，也如弘一大师，懂得了它们也明白了自己：幼年时看它们走向陌路，心里的凄冷叫恻隐。

偶然读到赵孟頫的诗："同生今世亦前缘，同尽沧桑一梦间。往事不堪回首论，放生池畔忆前愆。"忆起伴我长大的鸡鸭鹅狗羊，泫然泣下。

想起童年的夜晚

年幼时最愿意听大人聊天,那时叫唠嗑。很多时是听母亲讲些虚虚实实的故事。母亲的口才很好,鬼的故事,便在绘声绘色的重复中印在我的脑子里,萦绕在我的生活里。

小时是伴着鬼长大的。那种感觉,刻骨铭心。

第一惧怕的是母亲的奶奶的好友——母亲唤作大奶奶的。据说,那时弟弟还小。不盈一岁,母亲带着我们迢迢地回到山东的娘家,母亲的娘家是大户人家,宽宽的宅院,高大的北屋,绿树掩映下还有东西厢房。母亲的奶奶八十多岁了,身体尚硬朗,饭食已不多,遂早早吃了饭坐在院子里的蒲团上哄着弟弟玩儿。

一地月光,一地树荫,还有院子里几棵树上刚刚栖息的鸡们咕咕的梦呓,堂屋的台阶高高的,家人在油灯下吃饭,灯影里还可看见奶奶的棺材(那时人老了,早早准备下寿材,是儿女的孝顺、老人的福气),灯光软软地铺下台阶,和月光融在一起。然而母亲的奶奶却忽然向后便倒在地上,哑着嗓子叫着:"俺不跟你去……俺不跟你去……"渐渐没有气息了,一家人哭着喊着,终于没有唤醒。

于是准备发丧,棺材是现成的。

然而母亲说,事情发生的头一天半夜,那棺材却连着响了三声,好像有人在用脚蹬在棺材板上,姥爷也听到了,担心母亲害怕,端了油灯过来,放在母亲床旁边的桌上。母亲和我们几个幼小的孩子,都睡在堂屋旁的东屋的大床上,和空荡荡的堂屋只隔了一张门帘。

巨大的响声听得真真儿的。

一切准备就绪，单等着三天后出殡，然而母亲的奶奶却在第三天悠悠醒转，她说："夜里茬上（晚上），俺抱着小儿在院子里坐着，就看东屋死了一年多的大奶奶，爬到南边墙头上，白头发和大白脸在月光下清清楚楚，她拿了一根缰绳，一下套在俺头上，就要拉俺走，俺说：'俺不跟你走，俺不跟你走……打大疯子，打大疯子……你们谁都不出来……'"

母亲说，东屋的大奶奶小脚，一米八的个子，银盆似的脸，满头白发，像个疯子……

那印象便刻在我脑子里，我便如鲁迅般，从不敢夜晚看墙头，尤其月光的晚上，尽管我们家的墙头是木板障子和桦子摞成的，当然不是母亲故事里的厚厚的砖墙。然而我依旧能想得出她趴在墙头的样子，依旧怕得要命。即使我走在路上，我也担心那大奶奶拐着小脚，银面白发，正拿着索命的绳子走来。

还有一桩是邻居家的男人死了，然而在春节前一个满月的晚上，母亲和姐姐抬着泔水出去倒，走过长长的院落，走到敞开的木门前，却见他站在门前，依然穿着生前的军绿衣服，戴着一样颜色的旧帽子，帽檐有些耷拉下来，然后贴在门对面人家的黄泥墙上，不见了。月光下清清楚楚。

很多年后，姐姐也说，确是见了，这件事印象极深，当时却不怕，也许是小孩子并不懂得生死的界限……

还是这个男人，年三十的下午，天还没黑，却站在自家的仓房前，孩子们吓得不敢出门，隔着木栅栏喊在我家聊天的母亲……邻家孩子的母亲也常常说起她的"死鬼男人"的这些事儿。

很多这样的故事或是被母亲一遍遍回忆，或是听邻家的大娘婶子一次次提起。那夜，便在我的意识里愈加恐惧深厚，藏着一种不可抗拒的神秘力量。

在我想象力最丰富的许多年里，姐姐却去了山东读书，父母和弟弟妹妹睡在里屋的大炕上，我睡在后面一间小屋的炕上，窗子朝西。每当黄昏的最后一缕光在窗前写字台上的玻璃板上弱弱地淡去，每当窗外远山由苍翠变成黛绿，再浓重成了幽暗的笼着雾气的藏蓝色，再变成映着天空最后一缕黄褐的光的浓重的墨色的轮廓，我的苦难便开始了：林场九点走电，悬在头顶的灯泡常常在我睡着前先自灭上两次，提醒大家做好准备，找到蜡烛或是别的照明工具，然后就彻底灭了。我看着灯丝由炽黄变成亮红，再渐渐暗下去到黑红，到看不到了，夜色便浓重地降临了，浓得没有一丝缝隙，没有一丝声音。

如果这时母亲还没睡，我尚能在闪烁的灯影和活动的声响里稍稍安心地睡去，一旦母亲也安静睡了，我就会在无尽的黑夜中躲在被子里，用那条淡粉色底子、印着西瓜红凤凰的被子拼死抵开那熟得不能再熟的鬼魅，躲开无穷无尽的想象，在大汗淋漓中，不知何时才挣扎睡去。

记得一次夜里忽然醒来，仿佛听到一只苍蝇或是一只瞎蠓在垂死挣扎，它不停地震动翅膀，仿佛是躺着想翻过身来，可总翻不过来，也总死不了，嗡嗡的声音响了一夜，我不知是吓得有些糊涂了还是困着不清醒，这个晚上，我经历了很多可怕的故事，见了好些人，已分不清是梦还是想象，或是真的发生了。

那时的孩子也真的不娇气，姐姐离家的三年里，我不曾要求过母亲为此改变些什么，甚至在无边无际的恐惧中也不曾喊一声墙那边的母亲。

就这样长大着，其实那时每个孩子都经历着类似的磨炼或是摧残，夜晚的恐惧带给我们的，是较强的耐受力和因不得不克服困难而不能不生的勇气，是总相信着困难最终能够过去的信念，是再不希望任何人经历这种感受的心思的慈软。

谈不上乐观，因为其实心里始终铺着一层淡淡的阴影和淡淡的忧伤。

如今想想那些故事，已丝毫没有阴森恐怖的感觉。我宁愿相信一切都是真的，宁愿人生也有一次那样凄凉美丽的相遇，以稍慰刻骨铭心的思念，也聊解有关来世今生的深重困惑了。

三、凡俗日子,小事温馨

我有一间厨房

因有厨房,家,让人牵肠挂怀。

我有一间厨房,储满琳琅满目的粮食。

一向节俭,为着对粮食的偏爱,我仍买了橡木橱柜。掩上带着原木香气的门,粮食的气息,便与山林气融泄,恍如栖居自然。

我喜欢把粮食装在精美的陶罐里,陶罐是土,粮米来于土,安于土。

我喜欢在静静的清晨,取一罐稻米。颗颗饱满的米粒儿,从罐儿里跳出,滑过我的手指,跌进清水,它们在清水里苏醒,忆起在绿色的田野里醉人的成长:春天里,浅雨微风,它悠悠然拔节抽穗;夏日里,蛙语蝉鸣,它将一首首绿色诗歌,吟落田畴;秋阳中,它披淡金的礼服,被一只长满老茧的手沉甸甸托起,颗颗饱满,籽粒里满盛着清露、阳光、星辉、虫鸣和蝴蝶翩跹的影子,它还记得从小到大,那双粗糙的手一遍遍抚过它的种子、茎叶、穗芒……

我喜欢在静静的清晨,看一簇跳动的火苗撩拨起水的热情,稻米翻舞,醉酒般将一生的芬芳泼墨般倾洒……灶火是迷人的,几千年前,人类渴望温暖,燧人氏找到参天燧木,见无数鸟儿正用嘴啄木,火花儿飞舞如繁星撒落……此后人们向火而食,围坐成一家人,拥火而眠,有了家的温暖。

惦念着家里的一脉米香、一簇火苗,离家的步子有了牵挂。

我有一间厨房,那里有一张温暖的餐桌,快节奏的日子,这方寸之地让焦灼的心安定下来。

我喜欢一个宁静的傍晚，或许刚结束一周的工作，换一张浅色的桌布，插一蓬淡绿的雏菊。桌上的晚餐并不丰盛，餐具也质朴粗拙，然而砂锅里有孩子爱吃的牛肉滋味浓郁，白色骨瓷盘里有先生钟爱的绿叶菜，盖碗里是父亲习惯了的饺子或汤面。一定有酒，父亲喜欢，我也乐得陪他喝上两口。向窗的位子是父亲的，方便他一进门就坐下，他喜欢抬起头，眼前宽敞明亮。

我有一间厨房，临窗一个小小的茶台，暗红的桌椅，青白的茶具。我喜欢在清晨稻米的香气里沏一杯绿茶，闲闲地看窗外新醒的喜鹊在树影儿里唱一支傻傻的老歌，看忙碌一宿的老猫等着主人给它开门，看早行的人咬着早餐急匆匆去赶地铁……或是在准备好一桌用心的晚餐后，泡一杯老茶，在夕阳中看茶色渐浓、暮色渐沉，听窗外两个轮椅里的老人慈和爽朗的笑语……络绎的人流里，等着儿子颀长的身影匆匆而归，或是先生的笑脸和车影在窗前一闪而过，我便喝尽一盏茶，笑盈盈地坐到餐桌前。

我有一间厨房，厨房有一面向街的窗，窗上挂一面竹帘，白天，竹帘垂落，世间烦嚣隔在帘外，帘隙清风徐来，日影被筛成细瘦的图案，斑斑驳驳，落在地上，惹一室清幽；傍晚，卷起竹帘，橘色的灯涂亮窗子，让奔波劳碌的人们，记起回家的幸福。

站在窗前，看槐花撒落的路延伸到远方，绿色槐荫渐浓，父亲坐在长椅上，笑吟吟地看向路的尽头，那是家人回来的路。今天周末，我有暇陪父亲吹吹晚风。

几千年前，神农将土地变成了人类的依恃，城市生活又让人类远离土地，人们的心在钢筋水泥中枯萎。幸有厨房将神农的赐予与我们联系在一起。走进厨房，掬一捧米烧饭，掂一束青蔬炒菜，在朴实的烟火气中，我们的脉息与土地相连，枯萎的心渐渐丰盈。

眷恋着厨房，其实是眷恋着生存的根本，眷恋着土地；农耕文明让我们安土重迁,不忍远离故土,因为家乡有我生息的烟火,这样的情结,已轮回在血液里。

愈是眷恋着厨房,眷恋着家,愈确信人世有轮回,我们带着眷恋的种子来到人世,又将带着眷恋重返前世,在那世里,整理千年来人类珍惜的情怀,预备着下一世轮回。

时光静静地流,我坐在厨房,感动于今世有家,有一间厨房,更感动于时空的辽远无际。

两片黑瓦

山里，一摞黑瓦片在绝美的风景里，茂草衰了，它们露出来。

这是两山之间一个宽阔的谷地。一棵老梨树、一棵苹果树，还有一片板栗树。老曹大哥是村里的老住户，他说，这里原是四间房，如今塌了，石头用作别处建屋。老梨树和苹果树是院子里的老树，板栗是房子倒塌后儿女们新种的。

黑瓦下遮蔽的，曾是怎样的一家人？我环顾四面云山，想起宋代邵棠的"结屋水云村，车尘不及门"，这里岂止车尘，便是凡人呼吸也少啊。

苹果树和梨树长出高大虬曲的枝干，苍黑地指向天空，板栗树也有碗口粗了。想来房子已倒塌多年。老曹大哥说是的，山谷已十多年没有住人，老房主如果活着，也有九十多岁了。当年的黑瓦石屋软炊烟，衬着这漫山林木青石崖，该是怎样的神仙世界。

这样美的一个山谷！房子坐落在靠北一座山的山根下，背倚高山，对面一座矮山，阳光铺过来，落满山谷。这里距离村子有一公里，而且要翻过这座矮山才到。看着两山上杂生的林木，山谷里起伏的果树和高岗上的几片田地，我不由感叹：一个多么雅致的灵魂，竟以林木为友，以山谷为家。

老曹大哥带我走到几片石头围起的田地，早春还没播种，泥土已经被深翻过了，山风吹干了，泛着灰白。我看到田地里肥沃的土壤，全不像这里处处石头的环境，便问："怎么这么巧，几片高岗上竟有这么厚的土层？"老曹大哥笑着摇头："哪里有土，这都是老房主一车一车从山外拉来的。他没有儿子，只有四个女儿，他娇爱妻子女儿，全凭着自己满身的力气……"我望向进谷的山路，那是一条雨水冲刷出来的山石路，崎岖不平，有的地方甚至要借着石头走两个台阶……这样的小路，这样的遥远，真难想象老房主怎样一车一车打造了近一亩的几片田地。

菜地中央一个很深的类似井的地方，入口用巨大的条石围起，不知其深，目之所及的井壁，也一例是岩石砌成。曹大哥憨厚地笑："不是井，是菜窖。那不，山根儿下原来房子的后面也有一口菜窖。一口装水果，一口装蔬菜。每口窖都能装几百斤，冬天不会冻，夏天不会坏，可新鲜了。"

我走下田地去看山根儿下的水果窖，一样的条石盘口，一样的条石砌壁，只是靠山的一面，居然是借了天然山石。我深深叹息：这样深的菜窖居然能从巨石中挖就，付出了多少时间和努力啊。

我想象着那个生了四个女儿的小伙子，他没日没夜地经营着这大山里的家，他对生活有精致的追求，他有强壮的身体，他希望妻儿冬天能吃到新鲜的蔬菜，过上舒服的日子。于是每个季节都有他亲手栽种的水果从窖里鲜灵灵地取出，孩子们像城里的孩子一样，打开水果窖吃着新鲜的水果。

为了小黑瓦屋檐下小燕儿似的孩子，他快乐地忙碌着。偶尔在夏日傍晚的凉风里，他坐在门前的石磨边，晾一晾满身汗气，再满足地吸一支烟。他环顾这美丽的山谷，看暮色四起，鸟儿归巢。他侧侧身儿，让山坡儿上吃饱了的羊儿们回家，羊们亲切地用腮颊拱拱他，他拍一拍它们日渐结实的后背。

曹大哥指着门前巨大的石磨："这些都是老房主一点点凿刻出来的，草窠儿里还有磨豆腐的小磨盘……"好大的磨盘，好精致的小石磨！磨盘上的粗大的磨棍已经腐朽，我轻轻拍一拍巨大的磨盘，再蹲下来，轻抚着被遗弃的豆腐磨，上面有细细的凿刻的纹理，经千百次与黄豆的碾压，愈加平滑温润。仿佛看到一把锤、一把凿、一双粗糙的大手，在遥远的岁月深处叮叮凿响……仿佛看到黑瓦石屋前，小伙子汗流浃背地磨豆，妻子收起所有的豆汁儿，小女儿守着喷香的豆腐出锅儿，鸡鸭晒在石屋前的暖阳里……"鹤瘦添新料，儿寒补旧衣"，生命竟可以如此简单富足。

石磨边，几棵高大的青皮杨，窜起半山高，它们去寻找山那边的暖阳，树冠巨大，和山上的巨石木林相映成画，有种奇异的美。想来这树也有百十年了吧？曹大哥说，不清楚多少年了，他小时候就这么高了，许是老房东进谷的时候它们便生长在这里。

青皮杨见了多少次艳红的太阳从山谷的东侧升起，又历经多少炊烟袅袅的黄昏？它看着精壮的小伙子凿石烧瓦，垒砌高高的屋宇，看到一个个小女孩儿从蹒跚学语走出黑瓦的石屋，娉娉婷婷走远，走出山谷，也看到小伙子和他的妻子一日日走向壮年走向衰老……

树下居然一口井，和两个窨一样，深不见底。挪开巨大的石板，井下依然是清澈深幽的水，曹大哥说，这井是山泉汇集的水，经过了山石草木层层过滤，洁净甘甜。老房主年轻时，用了很长时间挖井，垒砌，他说井要挖在院外，不仅为着一家人吃水，也方便附近种菜栽树的乡亲用水。如今老房主不在了，女儿云散，这口井就成了山里板栗树和小菜园专用的灌溉水了。天旱时挪开石板汲水灌溉，用完再好好盖了防备树叶尘土落下去，人们不约而同地照料着这口井，心里感念着老房主的挖井之恩。

我从黑瓦堆里拣起两块儿，吹去上面的尘土，我看到上面百年风雨侵蚀的沧桑，却更古朴温润，无声地讲述着质朴动人的故事。我问老曹大哥可不可以带回家去烤茶，曹大哥一时没有明白，我说用它隔火，把普洱茶烤出香味再沏，香味儿会更加独特浓郁。曹大哥呵呵地笑："不知黑瓦片还有这样的用处，老房主若听了，一定也高兴。瓦片带走好，不然都淹没在这荒山野谷中了……"

在山谷里，我遇见一个美丽富足的灵魂，他用一生去创造，用一生安静地享受这山谷大美。他送我亲手烧制的两片黑瓦。

烤茶的香气袅袅弥散，黑瓦片烤出的茶香，让人心安。我举杯邀茶："得失两忘机，何心问是非。"老房主不语，只是憨厚地笑，在石级上磕磕烟斗。

想起泰戈尔的诗句："你对我微笑着，沉默不语，我觉得，为了这个，我已等候了很久。"

胡同秋冬

毕业年级要换到南校，我们便在胡同里来去了。

总进了胡同就转向，后来清楚了学校附近有石雀胡同、大菊胡同、小菊胡同、北沟沿胡同……虽不知这些胡同的起止，终是见到这样的门牌便知学校不远了。

地铁五号线到北新桥B口出便是石雀胡同，迎面一个西餐客栈，名字惹人心动："祖母的厨房"。没有霓虹招牌，只高高明净的窗上几行颇艺术的中文俄文写在一个胖胖的慈祥的祖母的剪影上方。清晨还没开门，窗子里摆着几只古朴有味的陶罐。仰头看那罐，有时换了不同的，便欣赏片刻，再左走。

到校约十分钟的路，沿途很有意思。胡同竭力保持了古朴的中式风格——灰墙、青瓦、朱红的大门，颇见一些胡同人家曾有的殷实和更多富贵散落后难掩的局促。

中午或下午放了学，"祖母的厨房"已营业了，两扇画了抽象的花的白色大门打开，一个清雅的小院儿被几株古槐掩映，尽头是古朴的中式正房。院宇不大，却也不能尽览。庭下桌边儿常闲闲坐着几人，黑发金发黄发或卷发直发的，有时吃饭，有时聊天。三两慵懒肥短的狗猫，惬意地坐卧在檐阴树影里。

胡同人很闲，北沟沿儿胡同和大菊胡同交界处有栋比较宽敞的房子，院儿也宽绰，门口常站个小伙子，似乎从不用上班。夏天一身薄睡衣，冬天一身珊瑚绒家居服，总像刚从被窝里出来，正打算再回去睡会儿，而此时需在门口发会儿呆……他斜对门的邻居也闲，却善经营：胡同交界处家门口宽敞些，他就在有限的土地上种满了花草，连槐荫里的水泥路边也摆些花盆，这样似隔非隔经营了一个不小的乐闲空间。

蓝天、古木、花花草草间一张茶桌，三五七人，便常在这里喝茶，便饭，闲聊，桌边椅凳高低长短不等，座上人的姿态也各富情趣，总一个"闲极"便跃然眼前。

早秋清晨，为着第一节课，我走在早六点多的胡同里了，秋明净清凉，亦如秋水蒹葭中凝了清愁的女子，施施然走过胡同。露水重了，湿了黧黑的槐树干，湿了昨夜悄悄泛黄的叶片，有叶子无声落了……

一转眼，不由失笑，那茶桌边的闲人儿不知夜里几时才散，盘里尤有三两片西瓜，杯里落了早秋的叶，一半浸着茶，一半犹青，仿佛忆着树上一夏的蝉声烦嚣……

前面不远，有个好雅致的门庭，名字叫作"云舍四合"，不知是普通人家给自家小院儿起了个雅气的名字还是这里集了什么雅人雅事，终是连门也少开，引人许多美的遐想；不远一个很小的门庭，叫作"健一会"，方寸间又是楹联又是假山，倒也神秘别致，只看不出是什么功用；附近还有个最小的门楣，被两堵高墙夹得细瘦的精致门板旁挂两串灯笼，灯笼旁一块儿金色方形匾额，用英汉两种文字写着"汉语课程及文化交流"。半开的门里，影壁上还挂着一块儿牌子写着"天井越洋"，又让人不懂了。倒是大菊胡同 26 号那小小的院落，生怕你不懂它的使命，窄小的门的左侧一口气挂了六张牌子："北京××文化发展有限公司""为你诵读""全民 K 诗""校园诵读""方音诵读""朗读者"。门总开着，影壁上一只旋转着翅膀的金色大鸟，大概寓意朗诵的辉煌吧，只是偶尔进出的都是外国人，到底让我担心他们的朗诵了——还要方音诵读，怎么读呢？

记得附近曾有一个日夜营业却从来都安安静静的酒吧,玻璃后三两慵懒的猫,吧台边宁谧的光里闲散的几个酒客,隔着玻璃,无声说笑……酒吧不知迁到何处了,连确切的位置都记不起了。还曾有一个小豆面馆,教上届学生时常和儿子去吃碗面,面馆有些奇奇怪怪名字的小吃,吃得新奇愉快、干净放心,味道记不得了,却成了很有味道的胡同记忆,成了不可追的往事了……

　　很有人爱着这胡同生活的,一些老北京还生活在这里。他们的日子就像胡同里挂着牌的老树,许几百年了,然而仿佛几十年也不曾变些什么,除却季节落下些许沧桑。

　　石雀胡同往里走,到大菊胡同口,一个突出的门楼儿的阶上,常立着一老妪,老得读不出年龄,只问号般站着。每天的不知什么时候,她从拥挤的小院儿里的和她一样佝偻嶙峋的道上出来,便那样拄根手杖站着,似乎从没回去过。

　　姿态不变,嘴却活泛,所有路过的人,或走或站多和她打个招呼:"吃了吗您哪? 跟这儿站会儿?"……有时久了没个街坊露面儿,她也和偶尔闲了或吃着中饭的清扫工人聊聊:"就这,挺好,油水儿大了不成……还行,那不是,还给您放了块肉呢! ……"脖子伸过去,脚却不动,话朴朴实实的,还是透着那么点儿优越感。

　　工人们端着饭盒吃着简陋的午餐,任她的眼睛翻检着饭菜里的滋味。他们是北京城里最苦的一群,年老,总都在60岁上下,无冬论夏整天都在清扫。慢悠悠踩着在京城已落伍了的蓝色清扫车,车子刷得干干净净,车后插着扫把,慢悠悠往返于各条胡同和胡同里高大轩敞的卫生间之间。午饭和晚饭都在露天里吃了,秋天还好,冬天若能没风,又恰有一个花台或台阶能接着树缝里的阳光,在那里吃口饭晒晒暖歇歇已是好时光了。

　　寒假最后一天,从学校家长会回来,看到两名工人在劳动的间歇里读报纸,年老的抑扬顿挫地读,年轻的凑近了饶有兴致地听,我感受到他们平凡真实的欢乐,也在寒冷的年根儿里莫名开心。

胡同还有个流浪汉,住在大菊胡同一家高高的门楼里。那大概是不寻常的人家,朱红大门永远锁着,然而越过高高的青砖墙能看到院子里恢宏的屋宇,想象得出大门正对的影壁后面轩敞的院子。门楼两侧各有一个面相温厚的石狮,门楼顶装饰着古典考究的藻井。那流浪汉便住在这华丽的门楼下。

流浪汉五十岁上下,四季里穿件半长风衣,卷曲的长发扔在肩背上。初秋到深秋,他起得很早,六点多钟我走进大菊胡同,他多已起床了,煞有介事地把被褥叠齐堆在门楼一侧,自己坐在最高台阶上,有时抽支烟,有时竟已在吃早饭了。也偶尔,他吃喝收拾完毕,会站在簋街十字路边,伏在栏杆上一边吸烟,一边眺望着远近的车流。

终是冬天了,再走进大菊胡同,天还蒙蒙黑,见他依然蜷曲地睡着,被子从头盖到脚。冬冷夜长,真不知他怎样挨过。

前日大雪,看着窗外和朋友圈里的美丽的雪,想着流浪汉在这风雪夜是不是依然睡在外面。下了地铁匆匆走进那条胡同,那个门楼。廊檐卧雪,最下面探出在斗拱外的三级台阶上也是厚厚的雪,毛茸茸没人扫也没人动过。而最上一级流浪汉的"床"上,没有雪也没有被褥,光溜溜地显得宽敞。想是终有人安置了这可怜的人吧,我心释然。

不想第二天路过门楼,却又见蜷曲在被子里依然酣睡的流浪汉了。

这长发风衣的流浪汉,这般执拗地融进了胡同的日子,融进了胡同的味道、胡同的历史。

下班本不路过流浪汉的门楼的,放假那天还是绕去看了,不远处居委会的大妈们忙着挂灯笼插旗子地预备过年,胡同外干果店外排着长长的队,里面灯火辉煌,簋街两侧红灯高悬,两排国槐一夜间成了金色霓虹墙……流浪汉不在"家",脏污的被褥上却多了个大红的厚被子。

年夜的晚上,也会多碗热腾腾的饺子吧。

胡同闲人

来去在胡同里，总见到他们，闲闲的。姑且就这么称呼了，算得冒昧吗？

老人自是闲的，胡同老人，如同那些思想静默在天空、根脚静默在泥土中的古槐，如同像台阶旁被风雨磨蚀的石头狮子和门墩儿，如同生了枯草的屋瓦、灰色的老墙和那大大小小斑驳暗红的门，早已是胡同凝固的一部分，连同他们终于闲下来了的晚年。

冬日的晴天儿里，总见那枣红底子洋红花儿旧马甲的老太太，面对着台阶儿边一堵墙晒暖儿，捶着腿捶着腰，灰白的发被两个夹子拢在耳背，梢儿微微卷着落在颈间。她的脸色黯了，依然慈和清秀，显见得年轻时的美。总见那孤独的老人，坐在自家门槛上听新闻，即便冬天最冷的日子，天还没亮，收垃圾的车子都还没来，她已坐在门口，靠着门框，手里的收录机把早新闻和老人的寂寞灌了半街筒子。我还见扶着竹制婴儿车的肥胖的老太太，车把挂着三两棵油菜芹菜或是一块儿豆腐，浑身松肥沉重，连同那吱吱嘎嘎勉强转动的婴儿车，仿佛随时会散堆在地上。

胡同闲人当然不是他们，在这北京最市井的街巷里，老人们走过一生简朴的日子，中国人熬过的那些苦，他们都经过，该闲闲了。

想说的是那些青壮的男人。

有个年轻人，有三十岁吗？我见他时他总在做两件事：站在门口发呆，或攥一团纸去厕所。冬天一套珊瑚绒睡衣，夏天一身棉绸

三、凡俗日子，小事温馨

家居服，发型总还时尚整齐，却和他的慵懒格格不入。

还有个五十岁上下的男人，夏天的穿着记不得了，冬天是永远在大花的睡裤上罩一件貂皮大衣：枣红发黄的皮面，泛紫的毛领。两襟松散着，露出睡衣上挂着的大块儿玉饰或粗硕的金链子，手里揉着珠串儿，拇指上套着扳指儿，夸张的绿。很多时候他在主持一个小小的聊天，兴奋地讲着。听众里常有位轻微中风后遗症的中年男人，老实温和的样子。他常在胡同里走，拖着一条腿，许是为了锻炼。这时他拄了拐站着，笑微微地听，虽不急着走，也见得是在等貂皮玉饰的男人话题告一段落再接着遛。

也日日走过几个中年男人的小桌，熟悉了几张脸，也熟悉了他们的茶饭。多数时候在喝茶闲话，一人一只玻璃瓶或大瓷杯子，半杯茶半杯水，泡着吹着喝着，全没有喝茶一泡儿二泡儿的讲究，端到嘴边吸溜一口或仰脖儿灌几口，再把杯子蹾在桌儿上。他们的兴致在些有一搭没一搭的闲聊里。

有人或车从胡同走过，他们会停了话题，好一会儿不说什么，也并不为看人或车，那一扭头的时间可以很长，好多打发点时间，忽然觉得蝉声很响。

夏天的午后会邂逅他们的午饭，槐树荫里，各人从家里端出一两样儿，不拘炸花生或拌豆腐，也一定有一盘儿切肘子或炖鸡放在中间。许就是这一盘肘子一碗鸡聚了一个小小的餐吧。这餐饭会吃很久，我去上课，他们正张罗着从各院儿端饭端菜出来，两节课后再路过，饭已意兴阑珊：几粒花生米落在桌上，几块鸡肉儿剩了泡在汤里，几撮儿骨头散在桌边，或是肘子已寥寥，露着盘底。于是那瘫在椅上的，弓着腰坐在圆凳儿上的，一只腿压着另一只，或仍在咀嚼，或已安了一支烟在嘴里，不时歪过脸来吐烟儿。旁边轮椅里常坐个瘦而弱的老太太，不怎么吃也不太言语，笑呵呵地，大概只为打发寂寞吧。带老人一块儿玩，我便对这散坐的几个男人多了些好感。

另有几个清谈客，似乎雅些，他们在胡同丁字路口稍稍宽敞处，摆了许多花木，上面遮一把阳伞，围起一个相对独立的空间，花木扶疏处，常见他们散坐在拼起的长桌两边，喝茶，饮酒，聊天。风雨多的日子，侧面再挡些雨布，透明的或是蓝蓝绿绿的。每路过，不由再回头，心里想起竹林七贤或"弹琴复长啸"等这般人物诗句。顶上高高的槐树荫里喜鹊的叫声稀里哗啦的，也有些嬉皮。

许是聚得久了有些影响力了，有日竟有人在这空地儿上建了个亭子，是那种比较考究雅致的亭子，地基垫得很高，中间一面木桌，四面木椅环围。飞檐斗顶、做旧的木柱栏，颇贴合胡同的建筑风格。想来定是街道或居委会对他们的成全吧。他们的清谈雅饮似被扶了正，按说该有板有眼了。谁想随即竟淡了兴，自觉散了场子了。是了，那种倒三歪四的坐姿很难在团团围坐中呈现，几碟花生米火腿肠也羞于上得高桌了。被拘在一个无遮拦的被瞩目的亭子里，他们终没了原来的惬意。可是他们常聚的地方到底没了，就连原来清晨里落叶露水的残席也少见了。倒是几个附近单位的保安或清洁工常抱了大水杯在这里歇息，统一的制服和欠了半个身子随时要走的姿态丝毫没为这亭子增色。在我看来，这建亭子到底成了一件出力不讨好的憾事。

虽不曾聊天闲话，耳朵里终没少留意着他们的生活：

"怎着？今儿喝了多少？"

"高了，你没见这半天儿，他连厕所都没去？"

……

"今儿您难请，哥儿几个上午发信息，这会儿才到！"

"昨儿看书忘了时间，放下书天亮了，六点才睡！"

……

走着，看着，听着，越来越常常想起陈眉公的一首小词：

清平乐·闲居书付儿辈

有儿事足，
一把茅遮屋。
若使薄田耕不熟，
添个新生黄犊。
闲来也教儿孙，
读书不为功名。
种竹，浇花，酿酒；
世家闭户先生。

没有薄田，没有黄犊儿，其余尽有了。城市里，能享到眉公述付儿辈的幸福的要推胡同闲人了，这是朴实的幸福，是道家的清静无为，是每个中国人骨子里的追求，是胡同闲人本能的追求。

许多年来，我们在儒家文化里努力、忍受，以为自己要奋斗出独特的自己，多年如一日，终不过是芸芸众生中一个。

蓦然回首，发现半生努力仍只成全了一餐饭，一时闲罢了。

走出胡同，便是繁华的篦街，是高楼大厦、车水马龙，使人不由得，仍加快了脚步。

西北汉子

从李自成行宫回来，明白了米脂的婆姨更是美在内心的，男士们戏谑猎艳的心沉静了许多，少了好奇，多了敬重；在榆林、绥德短住几日，我想象中强壮豪爽的西北汉子的朦胧面目，逐渐清晰成几个忘不掉的形象。

组织活动的刘莉老师曾给我许学琪老师的照片，说这是东道主，绥德的汉子，还说曾在蒲城见了的。蒲城行匆促人多，真没什么印象了。

8月2日晚到绥德，第二天上午听到敲门声，打开门，是许老师和他的笑，那种极真诚、平易，让人没有距离的笑。

此后见到许老师，便总见那令人踏实的笑，和挂在嘴边的"行呢吗？""多谢啊，再来榆林……"他总是担心照顾得还不周到，感激着与每个人的缘分，一顿饭也不曾吃得安稳，总要各个桌子走上几遍，对长者敬重照料，对同辈关怀问候……

在密集有序的行程中，我默默慨叹：这是怎样精心的策划部署，背后付出了多少心血和劳动啊！这里面，有许老师对家乡文化的精熟热爱，有令人感动的对家乡厚重历史的自豪，更有对来自全国各地文友的真诚与热情。

许老师极安静，在你兴致盎然地观赏某一景致，激动地赞叹眼前的风光，默默地品味任一文化时，你看不到他在哪里，而当你对某个细节不能明白，某种文化联系困惑时，他和他憨厚的笑就自然地出现了。三言两语幽默平易的解说，让你感觉西北的文化就在碗边筷头，就浸透在日子里，过后想想，却又深厚动人。许老师的平易，让人觉得他嘴里的文化，是每个西北人开口就能讲述，扬声就可歌唱的。他们就像黄土粒，属于那片高原。而高原也必要由他们才能表达出成长的、鲜活的文化。

　　第一天到榆林，活动还没开始，我和刘静便去榆林古街转了，下着雨，古街颇有意味。买了便宜好吃的枣夹子，吃了陕北凉皮，看好了一家服装店两条嘻哈风的牛仔裤，又走进了一家银饰铺子——这以前已经看了几家了。我们两个吃陕北凉皮时，相中了年轻老板娘戴的没有任何装饰的银镯子，决定都买一只。

　　六元一克，一百克的镯子六百元钱，比北京便宜不知多少。我们说另外的店里也有，是不是品质一样？小伙子说，这种镯子，各个店里都差不多的。他问我们在哪个店里还见了，刘静告诉他在一个古怪的老太太那里，很倔强不会说话的老太太。小伙子笑了，说应该是和自己的父母相识的，也算长辈了，还说在老太太那里买也不会错。听他这样说，我们立即决定不再对比选择了，就在这里买。

　　小伙子细心地为我们戴上镯子，又用一把橡皮锤把合口处敲得严丝合缝，就连有完美强迫症的刘静也觉得两只镯子已完美到极致。

　　我俩都爱银饰，此后又在古街上尽兴买了些，刘静不再自己判断，每样东西都在买前买后去找小伙子商量，反正古街也不是很长。小伙子认真地替我们分析赏鉴，诚恳地给出估价，这让我们这两个盲宠银饰的外行人第一次买得愉悦踏实。于是更我们来劲了，有空就去银饰店淘那古朴有特色的，似要把后半生所需银饰都买齐了。

　　榆林古街，不知名的小伙子给我留下真诚恳切的印象。

　　喜欢银饰，还喜欢石头木器，看到王老师的"木艺作坊"店，便不由进去了。店里古朴典雅，从棚顶的灯，到地上的书橱，到桌案几上的陈设，都如《核舟记》所言，"罔不因势象形，各具情态"。真是巧借原料，化平凡为神奇。细看每件雕品，无不独具匠心，又具实用性。更令人感动的是雕品都以表现西北文化为主题。

有座木刻很是恢宏粗犷，问起，王老师说这是依据《刘海戏金蟾》的神话主题雕刻的，古籍说这个神话的人物原型刘海蟾是后梁陕西人，后来衍生为"刘海戏斗金蟾"为治疗母亲眼疾的神话故事。王老师说，作品还获得全国铜奖呢。听到雕像有这样丰富唯美的内涵，我不由起了收藏之意，问起价钱，王老师说，很想把这些作品做成系列，不舍得出售。我油然而生敬意：爱木雕、爱家乡、爱西北的文化，开着这样一个小店，更多是为了一种文化的表达，这也正是这片土地上长大的虔敬爱家的孩子啊！并且，文化艺术也只有摒弃了名利，才真正能安静地走得更高更远。

回到北京，朋友圈里看到王老师又去乡下采风，找到了百年的老榆木。照片里广阔的蓝天，辽远的黄土地，还有历经沧桑半埋半露在黄土中的枯朽的榆木。真觉得，王老师是在黄土高原深处畅游的一尾健壮的鱼，他游得专注而深沉，只有这样本土文化的传承人才能够探得高原的脉搏和心跳。他的生命，本就属于高原，而经历高原数百年风雨的老榆木的生命故事，正需这样黄土高原的儿女细细地品味、讲述的。

从绥德石魂广场上去，居然是居民和村落，连村子的名字都忘了问，却记住了一老一小两个"西北汉子"。

老人近八十岁了，和老伴儿住在两孔窑洞里。第一次走进窑洞，我很好奇，这里空间不大，却极干净整洁，地面床案一尘不染。窑洞最里面还有一个小巧的门，是储藏室，老人打开门，里面米面物什，也一般井然有序。

院里西厢是厨房餐厅，右边是花园菜圃，都打理得生机盎然，包括院子尽头临街的高台上，也布置了一个类似茶台的清雅空间。

刘静忙着照相，老大爷高兴地同我们合影，居然还拿出手机要求加微信好友，他用起手机来和年轻人一样娴熟呢。

屋里的大娘也热情地招呼我们，却始终坐着，估计行动不便。老大爷一个人把老伴儿照顾得清爽洁净，里里外外雅致又有情调，真不像一位农村老人啊，我由衷赞他一定会健康百岁的！

老人高兴地送别我们。下午，他居然把照片做成相册传给了我们，刘静打开相册，惊喜失声。黄昏微雨中，我们坐在榆林古街的长椅上看相册，感动到落泪，为老大爷对生活的热爱，还有对老伴儿、对我们这匆匆过客的真情。

也是在绥德石魂广场后面的一个高坡上，坡路两边是高低的枣树、瓜蔓和各种叫不上名字的蔬菜。上得坡来，两只小狗汪汪叫个不停，待我们进院后，又绕着我们的腿高兴地摇尾巴了。小院儿因我们的到来变得热闹起来。

老太太热情地邀请我们进窑洞看看，又请我们吃新摘的水果。我却被坐在一堆白菜后的小男孩儿吸引了：是一个虎头虎脑的三四岁的孩子，他在用小笤帚扫着一叶叶翠绿玉白的白菜叶上的土，专心致志。我猜这小山一般堆积的白菜大概是用来晒干的——扫净泥土，免得干后叶片皱缩了不好清洗。从我们进了这个院子，小男孩儿就安静地坐在这里扫着，偶尔用小手推开跑来捣乱的小狗。听着我们对他的奶奶夸赞他，听到我要刘静给我和他照张照片，他都没有抬头地工作着。这般沉稳仔细，丝毫没有小孩子应有的任性、贪玩，更丝毫不见乖张……而北京城里这么大的孩子，多半还要大人抱着哄着呢……

我不由想，许学琪老师、卖银饰的小伙子、木艺王老师，还有高坡上的老大爷，都是这样在劳动中，在厚重的黄土地上长大的吧，没有虚饰、没有矫情，就如那黄土般沉默而坚实。

做了多年教师，也宠溺地养大自己的孩子，我越来越真切地感到，我们中国的孩子，实在需要这样脚踏实地的品质啊，这样的品质，也是我们国家的信心。如此，我们中国才更有坚实的未来吧。抚着孩子小小的后背，我内心溢满了喜爱和感动。

想起老大爷相册所配的郑少秋的《摘下闪闪满天星》中的歌词："崎岖里的少年抬头来，向青天深处笑一声，我要发誓把美丽拥抱，摘下闪闪满天星……把心声写给青山听……"

始终仰望蓝天，心中装着对土地的感恩、对未来的向往；始终脚踏黄土，朴实经营着热爱的生活，坚强面对生活的苦难。这是此行我理解的西北汉子。

和学生一起朗读《安塞腰鼓》时，每每被文中的句子感动："它使你从来没有如此鲜明地感受到生命的存在、活跃和强盛。它使你惊异于那农民衣着包裹着的躯体，那消化着红豆角、老南瓜的躯体，居然可以释放出那么奇伟磅礴的能量！"每读至此，我都会泪湿眼角，为着这片贫瘠土地上世代生息的元气淋漓的汉子们，为他们的质朴，他们的努力，他们的真情……

木艺作坊王老师的微信图像，是他脚蹬白底黑布鞋，身穿白小褂、黑色裹脚裤，腰间飞扬着红绸布，正在激昂打鼓的一张照片。

是啊，正如刘成章所说："黄土高原哪，你生养了这些元气淋漓的后生，也只有你，才能承受如此惊心动魄的搏击！"

也只有，黄土高原上生养出来的西北汉子，才打得出如此惊心动魄的生命的鼓声！

折羽天使

"初中没毕业,我就没再上学了。"

"淘气了?"

我趴在治疗床上,把脸埋进面前一个小洞口里,感觉有点像面对我的一个调皮可爱的学生。

做久了教师,我的理解中所有没读完初中的孩子一定是因为厌学,心里已经做了"没好好上学,但学习按摩后懂事了,知道学习重要和生活不容易……但也许知道努力了,仍能走出一条不错的发展的路"的猜测。

"没有,我始终是学习最好的。我读的××中学,河南一所重点中学。您听说过吗?后来因为眼睛视神经萎缩,差点失明,所以不能上学了……"小谢大夫憨厚的语气里依旧是满满的笑意,甚至有些调皮,好像在说着别人的视力减退的故事。

"眼睛现在还弱视呢?治不好吗?"我震惊意外,从未发现他视力不好呢。

"不可逆的。"他依旧用了轻松的语气。我颇悔自己的冒失和浅薄了。

两天来,我的腰椎间盘突出的疼痛总在小谢的按摩中神奇消失。虽然第二天又顽固地疼起来,我仍感到可能今天就会全好了——即使再反复也完全不用担忧的。虽然办公室的老师提醒我"千万别让人乱按,这种病或者手术或者养着",我仍对这个初次谋面的孩子般的小大夫充满了信赖。

看来，我直觉的信赖不是没来由的，小谢大夫虽然初中没有毕业，却在短暂的人生迷惘后迅速投入了医学研究，是的，就是"医学研究"，而不是"学一门手艺"——而且已初具成就。他极聪明上进，更重要的是他极善良，慷慨大度，即使在自己精神和物质都贫窘的情况下也要竭尽全力先帮助别人。

"你再起来动一动，看还疼不疼。"

我左右活动了几下，左侧腰窝儿里还是别扭。可是后面等候的病人那么多，便说："可能要时间恢复恢复，已经好多了，先这样吧。"

"那不对，还是哪里没做到，你再趴下。"

其实最终动一动仍有一处牵扯得不舒服，但比起前几天的厚重的疼痛，不知好受了多少，我便假装一点也不痛了。不然他会倔强地纠正一切不适，不管用了多少时间，不管后面还等着多少病人。他说如果病人等得时间长，那是医院配备的医生还不够，他可以延长自己的工作时间，但不能敷衍治病，弱化效果。

"不然你回去还得难受是不是？"他笑说。

他对所有的病人都如此，病人们也都耐心地等。大家感激他的精益求精，在他精心的治疗中实实在在摆脱痛苦了。

久病成友，小谢大夫又如此随和，他不很忙的时候，我们便聊聊天。

小谢说起他眼睛弱视后的生活：

"那年我十五岁，读书看不见了，问了所有的医生都说病情不可逆，最终的结果就是彻底看不见。"

"要么去死，要么证明自己活着还有用。我有好多次都想到去死，最后还是没有死哈哈哈，我是家里的老大，不能让家人觉得我是累赘，我就到地里拼命去干活。"

"我不知道父母怎么想的,生病后我听父母说得最多的话就是'你的眼睛让我们出门抬不起头来''你这个样子连自己都养活不起可咋办'……大概觉得有个瞎眼的儿子很丢人吧哈哈,这也许是我自己很自卑的想法。"

"大概不愿面对我,我爸爸三年农忙都没有回家,所有的农活儿都是我一个人来干。"

"我十几个小时在地里干活儿,装好的粮食袋子我抱不起来,再试一次,再试一次,最后我抱起来,还能走了。"

"开始我觉得腰疼背疼,后来觉得麻了,最后没知觉了,也不觉得累了。"

"我弟弟比我高一头还多,十五岁开始我没长个,我本来也是大个子的,应该比现在要漂亮哈哈哈哈。"

……

小谢大夫先去吃饭了,我和其他的大夫几次三番让他先吃饭,他调皮地说:"我打的就是凉菜,什么时候吃都行的。"已经晚六点了,我不安地再三劝他吃饭,大小伙子,正是容易饿的时候,何况按摩又如此耗力。我说我吃完饭了,有的是时间可以等。他说不行,前面病人多,已经让我等了很久……

最后还是领导梁大夫来了,让他务必先去吃饭,因为又有三个病人来等着他了,如果现在不吃,就要等到晚上九十点钟了。他才呵呵笑着走了。医院的伙食的确不好,有次我亲见了的,工作一天还要吃这简陋的饭菜,我有点心酸。我常常把小谢和我的儿子对比,设若是我的儿子,这般辛苦劳累还吃得这么简陋,我如何舍得!

下班了小谢大夫也从不拒绝病人,他说反正下班也没事儿,不如工作更开心。

我趴在治疗床上等他回来,红外线灯烤得腰暖暖的。

丝毫看不出小谢医生的眼睛有什么异常，他的眼睛清澈温和，能洞悉人间冷暖，体察病人痛疾。小小年纪，不知谁浓缩了人间苦难，让他早早经历了。想起顾城那句诗："黑夜给了我黑色的眼睛，我却用它去寻找光明。"

小谢大夫说，有时候心理的病痛远比生理的病痛更加可怕。这句话可以懂得，可是用"经历"去懂得却真是字字悲苦。

记得有次去看中医贺大夫——一位相识已久的优秀医生。如今我才知道视神经萎缩是医疗界的一个难题，但是小谢大夫的眼睛毕竟有一点希望，便发信息问贺大夫可不可以试着治疗小谢大夫的眼睛，他回信息说自己要去援疆一年，很快就出发了。我赶紧打电话过去："贺大夫，能不能给这个小伙子先开些药吃着，看能不能稍稍恢复……他的眼睛看不清有多着急，他那么年轻，他也是一位优秀的大夫，和您一样，是位医德高尚的大夫！"贺大夫没有犹豫："下周五过来吧，我给他多留些时间好好看看，就冲你说的'医德高尚'！"

在初春的寒风里，我心头暖意融融。

小谢大夫，降落人间的折羽天使，多愿贺大夫能还他一副更美更强健的翅羽，让他从容潇洒地飞。

《红楼梦》中人性的"香"

《红楼梦》和《甄嬛传》有一处相同：文中多次写香。

《甄嬛传》中的香用在香囊里、寝宫的熏香里、药膳里、茶饮中。如皇后宫中每日放些时新瓜果就有不俗的香气，皇帝专宠华妃用欢宜香，安陵容寝宫里有熏香，甄嬛端给皇帝的茶也用了松针梅花等雅香。因写香，小说弥漫浓厚的贵族、文化气息。《甄嬛传》写香，写得很实在，缺之不可。

《红楼梦》也写贵族生活，自然也不会离了香。而《红楼梦》写香，却写得虚实有致。缺了这些，不影响情节发展，但影响为文的美感。

在第四十一回"栊翠庵茶品梅花雪 怡红院劫遇母蝗虫"中，有一次实写。因刘姥姥醉迷了路，误闯入怡红院宝玉的卧房，倒在床上睡过去了。袭人找到这里，满屋听到鼾齁如雷，闻到酒屁臭气，看见刘姥姥扎手舞脚地仰在床上。慌得袭人将刘姥姥没死活地推醒，带到小丫头们的屋子里，又忙将宝玉屋里鼎内贮了三四把百合香，仍用罩子罩上。

这一次朴实功用地写香是因一个最朴实庸俗的人写的。着狠地用了很多百合香，只为了驱臭。也侧面写了贵族公子日常生活的洁净无尘。算是最实的一次写香了。

还有一次写香是半实半虚的。在第八回"贾宝玉奇缘识金锁 薛宝钗巧合认通灵"中，宝玉去宝钗处探病，互相偶然识了金锁和通灵玉后，宝玉挨着宝钗坐着，只闻到一阵阵香气，于是问："姐姐熏的什么香，我竟没有闻过这味儿。"宝钗道："我最怕熏香，好好的衣裳，为什么熏它？"宝玉道："那么着这是什么香呢？"宝钗想了想说："是了，是我早起吃了冷香丸的香气。"宝玉笑道："什么冷香丸，这么好闻？好姐姐，给我一丸尝尝呢。"

后来宝钗介绍，冷香丸是将白牡丹花、白荷花、白芙蓉花、白梅花花蕊各十二两研末，并用同年小雨节令的雨、白露节令的露、霜降节令的霜、小雪节令的雪各十二两加蜂蜜、白糖等调和，制作成龙眼大丸药，放入器皿中埋于花树根下。发病时，用黄柏十二两煎汤送服一丸即可。其中有一个癞头和尚给的药引，异香异香的。

后人考医书上并无这一药方，但诸药契合病机，配方颇为精巧，值得医人借鉴。这应是曹雪芹基于深厚的医理知识的浪漫笔法了。

这次写香，是为塑造冷美人儿薛宝钗的——一个身有冷香，心思冷静的女孩儿。虽也写得奇奇幻幻的，但终有一种叫作冷香丸的实物。

我最欣赏的是一次完全虚幻的写香，是写黛玉身上的"暖香"。

在第十九回中，宝玉在黛玉处，"又闻得一股幽香"，于是，一把将黛玉的衣袖拉住，要瞧笼着何物。黛玉笑道："冬寒十月，谁带什么香呢？"宝玉笑道："既如此，这香气从哪里来的？"黛玉笑着："连我也不知道。想必是柜子里头的香气，衣服上熏染的也未可知。"宝玉笑道："未必，这香的气味奇怪，不是那些饼子、香毬子、香袋儿的香。"黛玉冷笑道："难道我也有什么罗汉真人给我的香不成？我有的只是些俗香罢了。"

这段公案以黛玉含酸影射结束，终没查出到底是什么香，这也正是曹雪芹巧妙的回避，正如维纳斯的胳膊，有了反俗了，少了含蓄的美。

后人有研究称这是美人身上的香，也有人称这是衣服里的物香,真是烂俗;流亡美国的学者刘再复在他的《红楼梦悟》中也悟道:"这是黛玉'灵魂的芳香',也许正是其前世绛珠仙草的仙草味儿……"这也却是很玄的解释了,并且不幸将《红楼梦》悟成了神话了,岂不难过,我仍不甚赞同。

　　一次次读到这里,不由忆起幼年时,每每贴近母亲,总能闻得的甜甜的香气,无论冬夏,无论换了哪件衣物,闭着眼,就能知道是母亲在侧。那香气,是生命中独特永久的香气,至今,再贴近母亲,已不能用鼻息闻到,但那种气息却清晰温暖地留在了记忆里。

　　记得儿子也常把脸埋在我的衣服里:"最喜欢妈妈身上的香味儿。"自己闻闻,哪里有什么香味儿呢?从不用香水,更不会有贵族们那些讲究的香料。想想,只是与孩子单纯的生命接触,在最亲近的人与人之间,能感受到得旁人不能感受到的亲切的气息罢了。

　　亲人之间,魂魄想沟通的人之间,是有难于言释的感受知觉的。

　　宝黛二人前世仙缘,于是有今生的生命之约,这样的情感,在曹雪芹的笔下甚至超过了母子间的情深刻骨,宝玉眼里心里,只有这一个神仙似的妹妹,第一次见她,便觉得好像见过的,黛玉写诗,还没有看完他就要脱口赞出,但凡得了好东西,也要好好地收着,等妹妹来了拣喜欢的先挑走……在贾母王夫人处,即使没有黛玉在跟前,宝玉也要引得贾母等称赞黛玉。这样的在意、这样的欣赏、这样的疼爱,如何能没有超出常人间的感受知觉,如何不在她身上闻到亲切的香气呢?

　　因此,我们完全可以说,黛玉的这种亲切感,早已让贾宝玉欲罢不能,贾宝玉多次与黛玉吵架说撩开手,其实都是想紧紧地跟随林黛玉,让林黛玉注重他的感受。

　　那么,这次写香,也就不只是为了塑造黛玉这一如真似幻的美人,不只是为了写宝黛二人的亲昵,曹雪芹竟是用了最朴实凡俗的笔,写了最真实动人的人性,写的是最平凡不过的人与人之间的至情。这样的生命中最原始的信息的最真实的表达，反而诗化了这世间最凄美的爱情。这样纯粹的人性化的爱情，如何能把它庸俗化甚至冰冷冷地神化呢。

同是写香，安陵容的舒痕胶不知不觉使甄嬛堕胎；皇帝和皇后专为华妃准备的欢宜香贯穿了华妃一生，也导致了华妃命运的悲剧；安陵容为勾引皇上配制迷幻熏香；甄嬛为重回皇宫在头上抹茉莉香……写香很贵族，也很文化。但《甄嬛传》里的香与作品的美是游离的，是仅为推进情节的发展设置的，没有这些用香、谈香的环节，小说的情节就难以为继。这样地写香，甚至在香气背后有一种阴暗的腐朽乃至杀机，仿佛横陈在文中的无数人性的疤痕，玷污着文章的美。

《红楼梦》中写香，则层次跌宕，虚实结合，既塑造了冰清玉洁、内馥外郁的独一无二的女孩儿形象，更表达着最淳实、自然的人性美。这样的香，才有了形神芬芳的本意。也唯有曹雪芹这样有着宝玉般至善至美的灵魂的人才能思能解能表达。非有大智慧大德行，胸中有大丘壑，难成此意。

这样的文字，是最动人的文字，这样的文学，才是最美的文学。

三、凡俗日子，小事温馨

家有二三友

读书属不太着调的那种，常买书，也读，却很少痛彻地读透一两本，所以在任何问题上都一知半解，别人说起，多不敢插言。

也有些另外收获的。因喜欢几本书中的人物或作者，思量着对他们的感觉，竟像是常在家中来往的二三友人，言谈坐卧，不知消遣了多少时日，也深浅地影响了修身处世。

最常见的是《红楼梦》中的黛玉。几个版本的《红楼梦》置于案头床侧，心情好时翻来看看，她便来坐坐，或我竟去了潇湘馆了。看她静静地倚在床头或拄颐案边，看她读书、写诗，或是品茶。窗外几竿修竹绿幽幽地映进来，便想起刘禹锡的"苔痕上阶绿，草色入帘青"了。觉宝玉的"宝鼎茶闲烟尚绿，幽窗棋罢指犹凉"确是有生活的，他吟此句时该想着黛玉临窗拈棋的样子罢，也定是担忧着黛玉茶冷指凉了。宝玉的惦念，是黛玉一生最温暖的亮色。浮生纵短，有一知己如宝玉，也便罢了。

黛玉的言行作态，了然在我的心里，一些情节对话，也几乎背下来了，却仍喜欢一遍遍读，一遍遍赏味，享受。犹喜她的"毫端蕴秀临霜写，口齿噙香对月吟"。一句"噙香"，一个"临霜"，写尽了多少清高、哀婉与轻叹，也写尽了黛玉一生的凄凉与委屈，把人的心写碎了。

每每掩卷，疼惜着这人间少有的洁净……

最淡雅的友人是林清玄，在买的第一本他的书的扉页上看过他的照片，一顶白色旅行帽，相貌平凡，个子矮小，便拒绝再看其他照片，只把他的散文一篇篇来读，也觉时常见他了。

听这个安静睿智的老人讲述他丰富的见闻和独到的理解。他解读两千五百年前的《诗经》，诠释着真正的高贵与文化；他说只有心意柔软才能发现生活中的文化与美好；他说禅者应慈爱，简朴，不争先；他说他曾怀抱着崂山千年的茶树参透困境，超越迷思；他忧虑着宜兰礁溪挣扎在捕蝶网内外的蝴蝶，从茶山老太太那里买千元一块的茶块来念旧，甚至，聊一聊豆腐——每件小事，在林清玄的眼里都是美好深刻的，都能参出穿越古今的禅理。渐渐地也觉那个外表平凡的老人确有一种不平凡的美了。

听他娓娓叙说，会庆幸自己有风雨天的孤寂，感激漫漫长夜中床头的一汪灯光。有时我想从那白色的帽檐下读懂林清玄的眼神，他只笑着把眼睛看向不知的遥远，让我的心中也生出旷渺的遐思和对生活的感念。

也常再读那几本熟得不能再熟的散文集，便恍然又见了三毛或刘再复。欣赏三毛洒落独特的装束，她的长发有时散落肩上，有时编成松软的辫子。她坐在地板上，抱腿在胸前，长裙覆盖着地面，她的下巴抵在膝盖上，幽幽地说："生活，是一种缓缓如夏日流水般的前进，我们不要焦急我们三十岁的时候，不应该去急五十岁的事情，我们生的时候，不必去期望死的来临，这一切，总会来的——在芸芸众生里做一个普通的人，享受生命一刹那间的喜悦，那么我们即使不死，也在天堂里了。"

刘再复也说："生活多么美好呵！这大海拥载着的土地，这土地拥载着的生活，多么值得我爱恋呵……"

他们的生活都不能平静如水，都曾经历人生不能承受的苦难，但他们仍理智热烈地爱着生活，他们告诉我，真正的幸福和快乐就在平平常常的日子里，在真诚的、用柔软的心去感受的日子里。

家有二三友，这里没有地域时空或是社会层次的阈限，这些可爱的人儿头上没有世俗的光环，他们从不因我的粗浅无知或卑微渺小而拒绝来访，愈是在寒暑静夜寂寞时，愈笑吟吟走来。书页开阖间，一次次使我的心灵洞扉。

"户庭无尘杂，虚室有余闲。"再有如许二三友人浅笑轻谈，正是人生一幸事呢。

见到林清玄

　　一位朋友邀我去听林清玄的讲座,看到短信的刹那,我惊喜失声,从未想过能亲聆先生的话语。回短信时,竟不能平静思维,几番言语错乱。

　　那一天,很想再邀了另外的朋友同享这精神圣餐,儿子却也坚决要求同去,向朋友征询能否带孩子,朋友回复:"先生的讲座和财富有关,孩子可能不感兴趣,但我想您希望带孩子,一定可以的!"显是朋友也不能确定现场的情况,终于没好意思提出更多要求,携了孩子去了。

　　华夏总行宽大的会议厅里,齐集了众多安静的听众,人们低声交谈,等着先生入场。我们随礼仪小姐指引前排就座。这里,可以近距离得见先生的音容。

　　终于等到先生上场,掌声中,先生从侧门走来,没有精神抖擞,也没有精神矍铄,更没有所谓学者风范一丝棱角距离,他笑微微的,长发柔软稀疏,穿着砖红透着淡粉的暗色衬衫,外面罩一件银灰的马甲,宽宽松松的。他向大家挥手,亲切随和,仿佛昨天才和大家茶罢话别。讲座的题目是《财富递增,幸福倍增》,林先生看看背景标语,回头依然满脸笑意。第一句话就是:"我才知道,我今天要讲的是这个题目。"先生说他六十岁,是站在云端看风景的人。我们会心笑了,只有站在云端的人,才可洞悉这世间的财富幸福,信口解析其中的朴实寄予。

先生的祥和安宁，自始至终微笑，仿佛敞开着佛门，抚慰每个来人。第一次觉得，一个人的笑声也能娓娓，似也在无声地讲述。讲座间，会场气氛祥和。先生先讲了他的名字的由来：父亲是农民，不懂文墨，但林清玄出生时，是微笑的，父亲觉得奇怪，家谱中这一辈排到"清"字，于是父亲给他起名"林清怪"，父亲的朋友来了，觉得"怪"字不好听，于是改成"林清奇"，父亲去给他上户口，上户口的人正看一本武侠小说，小说中有个人物叫作清玄道长，于是又建议再改为林清玄。先生和大家一起笑了，又讲他对财富的理解，讲他的清苦的身世和这一过程中他所能感受到的幸福——先生娓娓地说，我们安静地听，不时轻声地笑开，笑声里有一点点欧亨利式的辛酸。随先生的话语走进他的生活，感受他对生活的理解，凝神思考他对幸福和财富的阐释。

期间匆匆来了两位迟到的老人，先生停了讲座，等着他们入座，依然微微笑着。老人坐下，规矩地拿出笔记本，老太太便一直认真记录，老先生却只拿起桌上一瓶水，拧开，递到太太手里，不久便打盹了。我侧转头看他们，觉得其实他们的晚年就是先生理解的幸福——感受当下。老先生并不了解林清玄，可能对文章幸福也疏于思考，但他仍然来了，坐在老太太身旁，为她打开一瓶水递过去，然后坐在旁边打盹。他所珍惜的便是与老伴儿形影相随的幸福，是手中渐去渐稀的日子。

讲座间隙里，和朋友聊起林清玄，聊起孩子的教育，话题也常围绕我的工作，我知这也是朋友的关注，他研究心理学，始终愿意从他的角度替我分担教育的困惑。无论有多少启发，我愿意静静地听，静静地结合着我的教育工作思考，也拿出工作中的具体问题与他商讨，常有新异的理解。

讲座结束，服务人员展示林清玄的书法作品，组织抽奖。三幅精致漂亮的书法作品，分别被有缘人抱走，一个小姑娘还把自己画的一幅人物画送给先生，先生呵呵地笑着道谢，笑着展示给大家看，很幼稚的画儿，一个拉长了的奇怪的人物，大家笑了，林先生却郑重举在胸前和大家合影，并认真说："我把它当作奖状举起来照相。"大家又笑了，开心地鼓掌，也为这些幸运的人高兴。先生却说："要鼓掌就大点声！"我们便再大声些鼓掌。其实，真的是被这会场的气氛感染，轻声鼓掌正表达着淡淡清雅、祥和温婉的喜悦与赞美。

讲座最后是赠书签名。工作人员把一套套书发给到会的每个人，大家排起长长的队伍，慢慢地安静地移动。生平还是第一次请人签名，却已过了那种狂热的年龄，心里别别扭扭地也排在了队伍里。轮到我时，很想对先生说句额外的话，觉得这比签字重要多了，终于也没有说。只是和其他人一样，问一声好，道一声感谢。却定睛再看他一眼，这样近距离地再看一眼这个这位平和安宁却如此不平凡的老人。不知此生是否能再次谋面？

坐进地铁，和朋友一路谈着孩子的教育，不觉已错过他下车的车站，几番请他下车，他只说不碍的。

孩子忽然笑出了声儿，把玩着的手机递给我，爸爸给他发的短信："号外号外！咱家鹦鹉下蛋了！"我拿给朋友看，我们三个开怀笑了起来。多么开心的消息！家里两只淘气的鹦鹉，它们能把铁丝拧紧的笼门打开，能把厚实的塑料小碗啃得只剩一个底座。每天把安放好的食盆水盆打翻，把笼子里的横木杆子啃断咬碎，把秋千拽下来撕烂——然后又饿又渴地等着我们晚上添了水和食物埋头苦吃。始终以为卖鸟的捉弄了我们，越来越坚定地认为笼子里的两个漂亮鸟都是雄性，不会有繁衍后代的能力的，如今它们竟悄悄做了一件这样温柔的事儿，真是意外又惊喜！

朋友和孩子约定，孵出小鹦鹉送他一只，今晚拍了鹦鹉的照片传给他，便开心地下车了。

孩子和我匆匆回家，匆匆跑进阳台看鸟蛋，却被爸爸劝阻了：

不能惊扰了小鸟，不然会影响它们孵蛋。我们悻悻地有些心急，因平时疏于对鸟的关心和照顾而失去了看鸟的自主权，只好等明天了。但我没忘了赶紧打电话告诉了始终觊觎我家漂亮鸟儿的小外甥女，她坐在澡盆里喧哗了，高声定了孵出红嘴的鸟必须送她两只。我痛快地答应，并不计算是否我家未来的小鸟有足够的数量。

再给爸爸展示林清玄的两套赠书以及签名，孩子兴致勃勃，爸爸喜悦地翻看着这些书，聊慰工作繁忙不能同去的遗憾了。

看着眼前这欢乐的一切，觉得林先生的话没有错：用一颗圆满具足、安静的心，感受当下的幸福。

与生欢愉

"来杯咖啡?"

"好。"

"加糖吗?"

"加。"

"牛奶呢?"

"都要。"

午后闲闲的时光里,和儿子细致地研磨两杯咖啡。从咖啡豆粉碎的一刻,屋里就飘着暖暖的香,那香气,此时浓郁在手中粗瓷的杯里了。抿一口,微烫,清苦的味道,脉络皆贯通在一种惬意的芬芳中。再一口,生一种单纯的满足。

儿子却端起那杯加糖加奶的咖啡又去了厨房,听得冰箱开合的声音,听得玻璃器皿叮当轻碰,还有细微的机器打磨声。再回来,笑盈盈端着一杯更满的咖啡,先递我:"尝尝,我又调制了……"

接过来,看到上面蒸腾的乳白光润的奶油泡堆,还有造型艺术的淡绿抹茶。抿一口,舌上是丝滑温热的咖啡奶,舌下则在奶油泡儿细润的融化后,留下一脉茶香。好细致浓香的口味!我由衷赞叹。

儿子得意地笑了,抿下一缕乳玉绿翠。"怎么样,您喝这杯,我另做。"

我又端起自己的粗瓷杯轻笑:"妈妈智商低,许多香味儿应接不暇……"

儿子笑得额发轻颤，发丝在日影儿里折出柔和动人的光儿，脸也如阳光般俊朗："喝个咖啡也这么多说道，好喝就好嘛，只苦味，多难喝！"

我忆起我也曾有过喜欢繁弦急管般喧嚣的日子。而所有的喜悦和希望，都寄托在那不远不近的大大小小的模拟考中。日子很苦，晚自习我会用奶粉和白糖沏成浓浓的一杯犒劳自己。一边不知有没有学进去地"刻苦"着，一边惬意地享受那杯浓甜的牛奶，期待着不可知的"繁华"人生。

多年后，在人世间无数冷热笑谑的脸和真假的言语俱已吹到遥远的脑后时，我又读到《金刚经》里这样一则故事：有人日日祭天，终于感动了一位神仙，下凡问他所求为何？他说只想有温饱，有清闲的日子，做想做的事情，不受凡俗的打扰。不想神仙却说：这个要求太高了，他想要的是神仙生活的境界啊。若求荣华富贵都易，独这神仙的境界却不是求来的。

居然是，清静难求。

经历了年轻时的勤奋努力，经历了人生所求的得到和不期然的别离失去后，方觉一方自由的空间、一份恬淡的心境，安静地读几页书，随性地写几笔文字如此可贵。白纸黑字，铺展在阳光下，生活也素淡到几乎只有黑白二色。从冬天清冷的黑白到早春阳光下的黑白，我惯享了这里的寂寞与清静，也抽丝剥茧般从这黑白中品脱出一种隽永的味道。如今，这隽永在阳光下，在这杯清苦的咖啡里了。

一杯浓缩了热带阳光的咖啡，一杯经历了岁月酝酿的普洱，也恰如这单纯有味儿的生活啊。我放下咖啡，随手拿起《琅嬛文集》，读到那篇《一卷冰雪文序》："世间山川万物，水火草木，色声香味，莫不有冰雪之气，其所以恣人挹取受用不尽者，莫深于诗文。"忍不住掩卷深叹。

是啊，能日日静对一卷诗文，已是最惬意的享受。偶也因文字贪擅，心有微澜："苏长公曰：子由近作《栖贤僧堂记》，读之惨凉，逼人寒栗。"不禁一喜：令苏公读来寒栗的文章，定要急切一味了。

原来所记是苏辙被谪期间路过庐山栖贤谷一僧堂，僧堂建在一个"右倚石壁，左俯流水"的所在，"狂峰怪石，翔舞于檐上。杉松竹箭，横生倒植"，每大风雨至，堂中之人，都疑心这峰石竹树，俱要压将下来……

果是动人心魄的景致，果是简语惊人的子由！

而建堂的僧人更是人间高士啊，这样的与自然相交魄，这样的在一场场风雨中走进一川狂水、一涧竹木的万古生命里，那般体会，实不是文字能表的。如此人生，才更有静极生雷的大愉悦啊！除苏轼、子由外，又有几人能味呢？遥隔千年，我喟然向往。

又想起今天课堂上与同学们由《湖心亭看雪》忆及《江雪》，我问同学们可从绝句中读出了什么？学生说读出了孤独。我说很好，还有什么？学生说还有寂寞。我说有道理，这两个词都显得消极，有没有积极一点的理解？孩子们寂然。

我于是将陶渊明与柳宗元相比：陶渊明最懂生命需要什么，他不受生活的委屈，作品中写满惬意与悠游，没有一丝消极；柳宗元没有陶渊明活得透脱，遂将一生年华，付与仕途经济。他的人生，是以有所作为而乐的。他们的无为而乐与积极入世之乐在苏轼的评价中获得统一："所贵乎枯淡者，谓其外枯而中膏，似淡而实美，渊明、子厚之流是也。"这样理解来，再读柳宗元的《江雪》，漫天风雪与一川寂寞中，竟还有热切的希冀与坚持啊，冰雪寒凉的背后，何尝不也孕育着柳子厚人生仕途中红绿竞艳，桃芳李菲的繁华春事！

学生眼中，有一种似懂非懂的成长，一如儿子怜我杯中苦淡的年轻的笑。

其实，无论选了哪一杯咖啡，择了哪一种人生，俱是天地间一种欢愉。这欢愉在岁月中，悠然成长。

折折坎坎度凡生

送朋友一本丰子恺的《人生就是要过成自己舒服的样子》，他接过书来半真半假矫情："折折坎坎的，要换一本……"我才注意到硬皮书壳上包装绳子的勒痕。

他对书态度精致，我却不以为意，随口调侃："折折坎坎度凡生，哪有那么多如意。"一语未了，我俩相视而笑。"写作文啊，命题作文。"他说。

疫情中，我住的楼单元那天正开始封控，他匆匆走了。不是怕真的传染，是一向尊重规则。

好像就这么个过程。很多小事在脑子里滑掉，这件也旋即忘了。混混沌沌享受疫情带来的闲适，不近笔墨。

不想他就交了作业，文章里，认真回忆了半生"折坎"。

"就等你的大作了。"他说。

"我也说要写了？"

我半是忘了半是预备耍赖，就像中学时从不把交作业放在心上，所有的责备也一概漠视。

"说好一起发的。"

微信里这句话后面缀了个捂嘴笑的表情。仿佛看到他抿了薄的唇忍住笑，就要说出些揶揄没伤害的话来预备我不分青红的抢白，那时黑而发亮的脸便笑开了，呵呵个不住——他的笑声就像他课堂上抑扬浑厚的英文，颇有质地的。

人生过半,忽在倦于读书的痴懒中了悟很多,自忖,难道是孔子所谓"知天命"？这样的年龄和心态中,说起生命的"折坎",我迅速筛掉大部分素材,所余两事：自己和家人的健康、孩子的幸福。唯这两件事中不可抗拒的打击才是生命真正的"折坎"吧。

　　孩子假期回来,又结实了很多,大气阳光,比以前爱笑爱说,温和自信又谦逊。从为娘的角度回顾他长大的过程,颇多折坎。

　　小时多病,常在医院给单位打电话："孩子输液呢,今天有课。"教学校长永远一句话："别着急,课我安排,有事儿打电话。"心里酸楚而温暖,感念至今。

　　两岁那年,因频频感冒,不良医院热衷逼家长选择输液,孩子的免疫力节节败退,后来咳嗽不止,又因年幼呼吸系统娇弱,咳得厉害了就喘。走遍北京各大医院,有时挂号费几百元,换来仍是一句话："喘过三次就算哮喘,吃哮喘药,也许终生不愈。"

　　那个夏天在凄凉疲惫中去银川度假。先生说,那里干燥的空气也许比北京的湿热让孩子舒服些。路上孩子又生了药疹,在银川火车站,我们问等着拉活儿的所有出租司机哪里有好的儿科医院,都说,去找小杨医生。

　　两间小屋外长长的看病队伍,终于轮到我们。小杨医生说："孩子是气管炎,吃三服药就好；药疹不管它,别再吃西药。"我严重怀疑,问医生能不能开点成药,两岁的孩子喝汤药费劲儿。医生的话温和又不容置疑："能不能喂进去是你的事儿,能不能看好孩子的病是我的事儿。"

　　果然喂药不易,三服药泼泼洒洒吃了十天。孩子的病却彻底好了。

　　医生在我的心里被供为神佛。姐姐路过银川,也请她去专为探望。

　　孩子长大些,为着他的教育,我执意调转。和我一样年轻的校长一次次挽留："说吧,想孩子去哪里上学,我安排。""别走,咱都是能做事又愿意做事的人，大家开开心心一起做点事。"……

我明白他的单纯为了教育的事业心，可终不能让幼小的孩子独自去陌生的环境，我一意走了，心里却因领导对孩子诚恳的善意永远感激，也因他对我的看重而感激歉疚。他说的"做点事"是做教育，这份情怀点燃整个学校教师的教育热情，老师们相惜互敬，真诚奉献，无论走到哪里，都努力把校长所说的"这点事"做好，我也一样。至此我明白笔墨中所谓的高尚常常就在我们身边朴实地存在，深浅地影响着我们和我们的社会。

孩子再大些，高考不如意——动物医学专业，学制5年。我不喜欢，孩子更失落。想到要用五年的青春磨琢不喜欢的专业，还要用一生去从事，真的倍觉难过。一个暑假的苦思商劝，孩子默许了重新高考。我心疼他劳累有压力，也忐忑我们的选择给孩子更大的风险，更担忧社会机构的教学质量。为孩子有个更稳妥的学习环境，我收拾了预备被拒绝的寥落心情，向刚刚来任职的领导开了口请求借读。

"就是添张桌子，您打个电话就好啊，何必为此又走一趟……"

完全出乎意外又尽在情理中。中国的人事只有在善良的遇见中才回归理性和单纯。而人生所有的遇见，最感恩的是遇见的人努力爱着你的爱，成全你的爱。

犹记得那张照片：孩子瘦小斯文的高中班主任站在一群高高大大的小伙子中间，由衷笑得畅快，他们的手臂亲热地挽着，儿子和同学们汗涔涔的脸上满是青春的欢乐。小伙子们的篮球背心上写着他们师生共同选定的口号："莽就是了！"

也记得班主任几次说起儿子在一次班级讲演中一边走向讲台，一边伸开双臂对着身后的同学问：掌声在哪里？每一次说起她都真诚地开心，由衷地欣赏。我也每一次都听得开心，不仅仅是因为儿子走在同学的友情里，更因作为教师我懂得孩子成长中有双真诚的眼睛赞许地看他，开心地发现他方方面面的成长，真诚地鼓励他有多么重要。

由衷感恩所有幸运的遇见！

因为在意，孩子成长中的点点滴滴常常构成我人生的"折坎"，更可让我在"折坎"中体悟得失，感知冷暖，发现平凡而可贵的人性美。

父亲的离去是我人生永远的折坎，也从未想着能够走出。大恸大悲后，心如古井难起微澜。

至此我明晰了世界上值得爱重珍惜的，唯有生命和生命所需的呵护。

那夜后也顿悟，什么进取心、好恶情，别人的期待意愿、善恶评价，尤其社会对人的量化评价、成败标准，在我心里都烟消云散，淡若无痕。一切判断在心里，仿佛自己骤然高大到能触接云霓，骨骼肌肉也清奇强壮。捆缚半生的大小绳索崩碎萎落，心中一片清明如月。

经此一恸所懂的爱惜珍重、看淡无畏。也是父亲一生对我的教诲：做个善良、正直、刚强的人——自我救赎的大智慧，终是父亲给的。父爱如山，无言深奥。

回顾半生，许多折坎尽忘却了或被诠释为成长，有些竟成为机遇。误入教师行业，原心心念念换个职业，教着教着又认真了，于是追求优秀教师的境界：精深的教育教学理念、思想前沿的公开课、扎实的教学效果，甚至是备受瞩目的考试成绩或种种荣誉。努力过，彷徨过，得过贵人相助，也赏味过可怜人精致的谋算，如今，一切都如烟岚过冈，飞落凡俗。

折折坎坎中认识到：真正的教育就是一种智慧的爱，不是任何人或制度所能够量化和左右的，它在直透人心的阳光里，这样的阳光，无论在暗夜或风雨阴霾里，都能与人与己温暖和成长的力量。

其实，任何一种职业中，这种力量都能以不同的方式呈现、给予或收获。

经此半生，在诸多折坎中原谅丑恶，感知深情。有体验，有反思，从而获得认知的提升，便是全部了。

成败与否都不重要，世俗的评价更如耳畔轻风。折折坎坎，是此生的功课。

那年毕业

那年八月，走过高大柿树下斑驳的日影、走过红墙绿树的古朴，走过街边老妪天真寂寞的眼神，走过小村沉落千年的寂静，我走进了那所乡镇中学。

心无涟漪，我不介意面对的是怎样一所学校，甚至从未想过第一次面对同事领导该是怎样的态度。我笃定自己是一名过客，自小而大，我的梦想从未与教师这一职业有丁点儿联系。

旗杆上空荡荡的寂静，操场几洼积水，日落暮起，蛰伏一天的蚊蚋已在绿苔上飞起落下。

两个保安搭讪着走来，大檐帽下两张孩子的脸，稚气而友好。

人字拖、大短裤、肥大的T恤，一只脚点在地上，整个身子仍伏在自行车上，是明明没什么事儿，却索性哪里也待不住的闲散。保安介绍他是杨老师，又殷勤介绍我是新来的赵老师。我不清楚他是否打了声招呼，或是用鼻子或嘴说了句话，便连人带拖鞋无声地去了。

不远的楼房一楼有人，在最底层的不甚分明的玻璃窗上，分明有一张脸向这里望了有一会儿了。很白很长的一张脸，我心里有些瘆。那人终于从七拐八绕的楼道里出来了。很帅气的一个中年人，保安介绍这是某主任。这是我进到这所学校见到的最体面的一个人，却最不喜欢，我忘不了玻璃窗后的那张不甚分明却分明又长又白的脸，它让我觉得不坦荡甚至阴暗。

楼后面一排平房，有个肥滚滚的农村大嫂般的妇女喊着开饭了，好亲切！我于是去吃饭。大嫂已经在一扇拉开的玻璃窗后，一张油光光的黑脸，嘴唇薄而有力，我疑心这张嘴的两片肉是用腿肚子肌肉做的，因为每个字从这张嘴里出来都好像被崩出来，狠呆呆的。这张油渍渍的脸总能让我想起诸如"一记响亮的耳光"这类的话，说不清是觉得这样长相的人常常是电影里扑上去扇人家耳光的形象还是觉得这样黑亮横肉的一张脸被打一记耳光会很响亮。

"今儿吃肉龙，要几个？"

"什么叫肉龙？多大的？"我想象着一根细长的东西。

"肉龙都不知道！这都没吃过？！"

她不情愿地夹起一个让我看，原来是肉卷子，一层层面皮里夹些肉馅（后来我知道每当食堂吃"肉龙"是人人都很开心的事儿）。然而我很失望。

"您给我两个吧。"我环顾里面，并没有其他吃的，连一碗汤都没有。

"饭盒呢？"

"没带。"

"没带饭盒吃什么饭！"

"……"

"先给你一个碗，记着给我拿回来啊。""腿肚子"嘴唇撇下来，满是不满和蔑视。

学校教师多土生土长的本地人，除几个年轻人是考学回来的正规师范学校毕业生，其他年龄大些的多是农民转正。那些年刚刚生活好了，能吃饱饭，学校所有中年教师每人一个突出的大肚子。说话是吐字油滑的京北方言，不会小声，连京骂带方言，听起来格外有趣。最神奇的是一位穿着破烂的麻花跨栏背心的男老师，浑身厚肉饱绽，却能把肥短的腿盘在小方凳上，有滋有味连骂带训，学生不仅能听懂内容，甚至能领会其中的深情，整个年级的学生肃立小方凳前，鸦雀无声。

　　教师宿舍居然是楼道，截出楼道一头，安一扇门就是一个宿舍。学校不乏正经的房子，但就要让外来教师住楼道。难为校领导的良苦用心。狭长的空间，一溜摆着三张上下床，没有电视，没有电扇，连窗户纱窗上都是漏洞，除了恶狠狠的蚊子，什么都没有。生活仿佛退后了好多年。

　　蚊子已等了我千年，第一天，我在浓烈的杀蚊剂中睡得昏沉头疼，杀蚊剂是一个好心的值班老师给我的，没用过，喷了好多。第二天，没敢再用杀蚊剂，我几乎被蚊子吃了。此后买了蚊帐，让我惊奇的是，总有机智的蚊子寻到缝隙进来，第二天一睁眼，它们黑黑鼓鼓地趴在帐顶。最可怕的是偶尔把胳膊腿贴在蚊帐上了，第二天那一片贴着的地方便会长起无数疙瘩，再整块隆起，奇痒钻心。想着黑暗中千百只蚊子攒在一起咬我的情形，心中阵阵发冷，不亚于被绑在孤岛上被蚊子吃掉的囚徒。

　　其实我最常忆起的是那间快乐的办公室，在三楼突出的一个向阳的房间里。两间办公室，另一间是领导的，外面共用一个小厅。简朴而洁净。

　　我没有想到办公室的组合这么年轻，杨老师也来上班了，办公桌就在我的桌子旁边，他穿得正式了些，牛仔裤、T恤衫，洁净合体，体面了许多，坐在一个很独特的藤圈椅里。互相打了招呼，他便做出很忙的样子，事实上他也稍稍忙一些，常常听到隔壁领导办公室里"杨子"的召唤声，亲切而随意，透着没事儿也要叫他两声的快乐。他便"欸——"地答应着出去，两大步迈过去了。

　　"杨子"的背后是瓮老师，我第一次听到有"瓮"这个姓，于是瓮老师认真地告诉我怎么写，又认真地问我的名字、年龄、毕业学校、老家在哪里……语气中透着欣喜，毫无审视。瓮老师年龄大些，穿一条牛仔裙,一个同样水洗蓝的针织衫,长发软软地柔顺,黄颜色像染成的,然而她说天生就是这样,然后又开心地说:"哎呀,原来我还挺自卑的,现在流行黄头发,反而时尚了。"其实我并不觉得时尚,只是觉得很独特而清新,是比"时尚"更美好的感觉。

最可爱的是小张,她和瓮老师并排坐在东面,和我背靠背。没有人叫她张老师,只是主任介绍时故意庄重地称"张老师",然而眼神里却满是亲切喜爱。她的话不多,几乎问的都是"您喝水吗?""我领您去!""我帮您……""我来……"这类话,一张圆脸上笑得满是酒窝,圆镜片有时滑下来,又迅速推上去,动作麻利迅速。她穿牛仔短裤,条格T恤,洗得发白的小格子布鞋。

隔壁的胡老太太长得漂亮,也很有优越感,因为她原来是某企业的中层干部,丈夫也在这里兼课,是老清华的毕业生。她喜欢和我聊天,说我直言快语。她也常常夸小张:"衣服贵着呢,都是名牌。"可小张并没有任何优越感,把"名牌"穿得朴实而合体。

屋里两个暖壶,早晨来时小张已经打了水。我们喝水,她时不时提起水壶给大家续水,闹得我这个从不会照顾人的"新人"总警惕着大家的水杯,喝一点了也赶紧去续,却常洒在外面,杨子便歪了嘴坏笑。然而更多时候聊起来又忘了,最后喝到的总是小张倒的水。

没几天,我们的话越来越多,大家转过来斯文地聊天,大家忍不住靠坐在桌子上聊天,再后来只要一个人开口,大家或站或坐,聊得忘了时间。每日里欢声笑语,有时主任会探头进来笑着,让我们小点声笑或把音乐声音调小。

这里成了全校最快乐的地方。我提议:能不能不叫瓮老师,就叫小瓮;能不能大家说话都不称"您"。小瓮开心地笑:"当然好了亲爱的,我喜欢这个称呼。"从此也不再叫"小张",而是亲切地称为"慧子",我也随着大家称杨老师为"杨子"。

杨子是政治老师，政史系毕业的，读书很多，狡黠又朴实，什么事儿到他嘴里，总会平添几许色彩。我印象最深的是他给我讲学校的"老方"，足有二百多斤的总务主任。几个西北毕业的学生从银川来，银川日照强烈，刚来时，他们晒得很黑，老方说："没事儿，我们北京人都喝可乐，喝几天，你们也白了……"杨子皱着眉，学着老方的粗声大气，把那股子粗蠢浅薄，表演得惟妙惟肖。

老方是农民里挑出来的坏人。记得有年寒假回来，我一个人住在楼道宿舍里，睡到半夜被炸雷声惊醒，好像一楼或者不远处发生了爆炸。听听又不像，斜对面三楼是老方的办公室兼宿舍，那里有灯光，还时时传出说笑声。我猜是老方和司机等人在打牌。一连几天，总有爆炸声在半夜响起，一阵又一阵，刚刚睡着又被吓醒。许多天后偶然问老方："方主任，前两天您值班听到爆炸声了没有？""哈哈哈哈哈……"他正吃一堆橘子，面前摆着足十几个橘子的一堆皮。他拾掇着橘子皮乐不可抑，乐了很久才说，"是我放的二踢……"大概今天才实实在在看到放二踢的结果，他好满足！

我内心充满了鄙夷：怎样的无聊，让一个四五十岁的男人坚持半夜放"二踢"，他明知道二楼住着一个我。那一次我也印象深刻地意识到：北京的二踢要比家乡的威力大得多，也许就因为熟睡时炸响在窗根下的缘故吧，那种心跳至今记得。

慧子家最近，她骑一个小摩托，早晨来了，总会从摩托的后斗里拿出好吃的：刚成熟的脆枣啊，烘熟的柿子啊，瓜子花生或者几个超大的石榴。办公室里更热闹了，引得其他办公室的人也来吃着，唠着。小瓮最性情，看到漂亮超大的苹果、石榴，就会说："多漂亮啊，舍不得吃，我要把它摆在这里……"反正也吃足了，我和慧子笑笑："摆着吧。"杨子贪吃，煞有介事地说："我觉得还是我用牙齿帮你雕刻一下更好……"我们看着杨子并不整齐的门牙，想着他"雕刻"苹果和石榴的样子，笑得上不来气，遂称他为牙雕艺术家。

这下更笑了。

等杨子走了,小瓮却认真告诉我们:"这样的称呼会让杨子觉得我们在笑话他的牙齿,心里不舒服的。更不能让其他老师听了去也这样叫他……"我虽觉得这个称呼最适合他,他也不会在意大家这般雅谑,终因心疼小瓮的善良体贴,不再叫了。

但我们不心疼杨子,杨子上课爱和学生胡侃,学生还很爱听,他得意,我们便说要去听课,他坚决不许。有次和慧子拿了椅子,提前坐在了他的课堂里。杨子进教室,看见我们,不能再胡侃,只好硬着头皮讲课,他紧张极了,面无表情地讲述、分析,面无表情地板书、提问,好像换了一个人。我和慧子看他装模作样不敢和我们对视的样子,拼命忍住笑。讲什么根本记不得了,只记得下课后我们冲回办公室大笑,只记得杨子倒在藤椅里把头垂在胸前颓然又无奈地笑。这是我们折磨他最苦的一次。有时慧子也会站在我上课的门口,躲过学生的视线,对着我瞪眼睛、伸舌头,那娇憨的样子,至今忆起,仍忍俊不禁。

毕业那年,是笑着过来的,第一次置身在农村的大环境里,觉得一些同事好有趣,诸如食堂管理员,诸如老方,会很用心地对外地人不好,但实在坏不到哪里去。

毕业那年,是笑着过来的,四个好伙伴,比读书时的同学还心无芥蒂。如今想想,好像一起长大的四个孩子,彼此性情相投,彼此喜爱欣赏。

四个人在一起的日子并不很长,有两年的时间吗?各种原因,相继离开了那间屋子;各种原因,又相继离开了那所学校,只留了慧子一人没走。

记得我是最后一个离开那间办公室的,那时小瓮、杨子和慧子的位子几番换了另外的教师,老老少少的,各种组合,也欢乐融洽。然而每个组合,都不及毕业那年,我们四个。

偶尔办公室只剩我一个人时，还会想起那些年轻的笑声，想起那些年轻的日子——真诚、率真生活过的每个点滴。

一次拉开窗帘，看到白色窗帘的角上写着"缘分是什么"。方正、圆融，分明是杨子的字体。仿佛又看到他窝在藤椅里边抽烟边被我们奚落的惬意样子；又看到慧子一边笑着一边发狠地举起一只拳头来吓我："好哇……"；又看到小瓮仰起脸来把又黄又软的头发甩到后面："亲爱的，我有一个好主意……"

那时相聚，我们不懂什么是缘分，我们尽情享受着这份缘；一次次分别，我们不懂什么是缘分，只伤感于人生的一次次失去。

毕业二十年，我们终于又坐在一起，我抓着慧子的手，就像当年她站在我的办公桌前。小瓮和杨子在絮絮地说，我和慧子只静静地听，偶尔呵呵地笑。是的，无须多说什么，也不想多问：彼此没有对方的新生活会打扰我们的记忆，会让我们从沉醉在年轻岁月里的短暂微醺中清醒。

那时，我懂得了缘分是什么，缘分是曾经奢侈地相识，一起快乐地生活过；缘分是无论几年、几十年还能彼此真诚地惦念，还能坐在一起，静静感受着曾经的熟悉与彼此的亲切。

那年毕业，我不是过客。擦肩而过或相依相守的每个人构成了我年轻的生活，每每忆起，温馨感动。

那年毕业，我不是过客。我曾真诚、幸福地走过一段生命中最美的日子。

那年毕业，我不是过客。红衣白裙，走过古老的乡村，走过黄土微尘的村路。路边是高大的红墙和红墙内碧瓦飞檐的新宇，还有墙根下依着拐杖的老妪，那寂静，那隐约在墙头树影里金黄的柿子……

蝉声如雨

几场大雨，公园的石板路清新如洗，路旁树下花丛低洼处，仍有明晃晃的水洼。草叶上颤着露珠，空气中清新着水汽，呼吸间，滋润通透，内外都被荡涤了。

日色尚早，木槿花已灿然绽放，一树一树，抖擞而新奇。木槿花在夜色中绽放，换作花的角度，它新生的眼睛，是否能看到晨雾中朵朵微沫儿般的水花儿？它新生的花瓣，是否能感知淡橙色新阳的抚摸？它的花蕊间是否有一颗透明的心，为自己的美骄傲、为新遇的世间的一切欣喜？

蓦地，日光跳满所有枝枝叶叶，眼前明亮了许多。几乎同时，远近长一声短一声儿的蝉声密集起来，接着，便千条万条拉长在所有树上。

蝉声如雨，那样的热烈恢宏，令人震撼。

脚下便有新蝉爬出后留下的孔穴，不远的树上，蝉蜕在风中轻颤。我仿佛看到在暗夜里，千万只幼蝉从泥土中爬出，稚弱地爬向枝干，艰难地褪去旧衣，再一点一点捋平折叠的翅膀，让潮湿的翅膀在风中一点一点晾干，只等新阳一出，便鼓动透明的翅膀，高歌自己的新生。

这个夏季，终于蝉声热烈。

每个季节，都有它独有的热烈，一如春花繁盛，秋叶绚烂，冬日的酷寒暴雪肆虐。

记得几场大雨前，北京的天气已经酷热，马路两边梧桐枝叶间的蝉声密集，让人惊喜着季节轮回中独有的声的盛宴。然而树下毕竟是呼啸的车行与喧嚷的人声，蝉声成了争鸣的噪音。

去郊野公园，怎样呢？

暮色四合，游人尽去，这时该是蝉的世界。然而偌大的公园，竟只有三两声此起彼落。细看林子里，远远近近，到处有雪亮的光柱划破夜空，像锐利的眼睛，在高高低低的寻找——是寻蝉人。

"怪不得呢，这样多的捕蝉人啊！"我吃惊道。

"噤若暑蝉"儿子说，"这么多眼睛，哪里还敢叫呢？"

看着远近的灯光，听着寥落的蝉声，我想起《佝偻者承蜩》中孔子的话："用志不分，乃凝于神，其佝偻丈人之谓乎！"如今"用志不分，乃凝于神"的"佝偻丈人"实在太多了，装备也比佝偻丈人要先进许多。哪里还有蝉歌唱的余地呢？

佝偻丈人只捕成蝉，想是为了中药的配置；如今人捕蝉，却更喜幼蝉，据说是一道美味。为这口舌之娱，我常看到一家老小蹑足在林木间，至晚才归。如此凝神用志，收获会怎样呢？几十只？几百只？

我曾见过初出地面的幼蝉，两只大眼睛，胖胖的肚子，翅膀还没有伸展，短短地背在背上，憨憨萌萌的。

且不论蝉是害虫还是益虫，且不抒法布尔"它的地下生活大概是四年。此后，日光中的歌唱不到五个星期"的同情与惋惜。只看那幼稚虫儿的笨拙努力，只听它一旦在阳光下歌唱便毫无保留地成全了这个盛夏的热烈，那道美味，是不是尝过也就罢了？

亏得今夏雨大，几场大雨，阻住了人们食蝉的筷子，幼蝉得以顶风冒雨，爬上树梢。

看来，自然的风雨尚不会改变一个季节的美丽，太多人的欲望，却有惊人的摧毁力量。

不管怎样，大雨歇了，换来蝉声如雨，我为这劫后的热烈欣庆。

七月流火，我们享受它的热烈，不仅是骄阳，是高温，更是墨绿如泼的枝繁叶茂，是旖旎绚烂的繁花似锦，是霹雷闪电的暴雨如注，更是蝉声飞扬的喧嚣如斯。

三、凡俗日子，小事温馨

清晨的忘忧草

初夏郊野公园的清晨，最是景、气宜人，新雨过后，到处是新洗的叶儿，新绽的花儿。

公园入口处，什么时候多了一池忘忧草？黄灿灿开得诗意飞扬。想起那天友人指着一丛金娃娃萱草告诉我，这就是我们吃的黄花菜……我又忍俊不禁，打算拍照告诉她：这才是黄花菜，也叫萱草、忘忧草……让她在被窝里醒来就得到这么美的科普。

我选了一株半开含露的忘忧草拍下来，然后放大镜头，欣赏着照片里淡黄细长的花瓣儿和那悠然轻灵的姿态，抬起头，预备再录下一池忘忧草，与她分享我今晨的雅遇。

咚咚咚，仿佛地面也震了三下，忘忧草花圃里已多了三位小象般的美女，我的镜头正清晰地框进拿着自拍杆的一位：戴着白色的鸭舌帽，火红的绸衬衫，宝石蓝的半长裤子，她一手掐着鼓出身体很远的大腰肢，斜仰头看着自拍杆尽头的手机镜头，夸张地笑着。估计是为了镜头里能录到低处的忘忧草，她对着镜头扭得很费劲。那样子如果配音应该是："谁家鸟把屎拉我头上了？！"她这样仰头在忘忧草里笑了一圈，自己回看了一下，似乎不满意，又回到起点重新扭好头，笑好，再走了一遍。

我这才想起自己还举着镜头对着人家，赶紧放下来，居然特写般拍下了她狞笑般的涂着两颧胭脂的脸，最可怕的是突出的牙齿上挂着厚唇上多余出来的口红……像按住一条毛虫一样，我按住这段录像点了删除。

另两个已嚷了好久，要"鸭舌帽"替她们拍照。她俩很有创意，穿着玫瑰粉衫的女人宽厚的背上披一条明黄的纱巾，肥短的臂膊手指摆出嫦娥奔月的姿态和兰花指，从南到北在花圃里飞了一遍，让"鸭舌帽"替她录像。录像的这个专业地嚷：太快了，放慢点速度，头再抬高点！这个便听话地回到起点昂起头，预备再飞……看看花枝招展的第三个，正在包里翻找道具，不知还有什么创意。我不忍再睹，痛惜着一池忘忧草，已被趟出了两道沟，许多花零落折倒……

我又想起昨天到市场买水果，卖李子的女孩子大眼睛，很憨厚的样子。李子很漂亮，又大又紫，上面挂着白霜。我本不爱这种水果的，也不由想买一点了。正要让女孩儿拿个袋子，旁边却来了一对体面的老夫妻，老太太对女孩子说："又来买你的李子了，今天多少钱一斤？"女孩子说："十元三斤。"我心想，这么好的李子，真是便宜！老太太却像在决定自家的小事："十元四斤吧。""阿姨，我一点钱都挣不到了……"老太太不容分说："我知道你人好，总买你的。快点，我多买点。"女孩子便递她一个袋子，见我在旁，也递我一个。我便也选装起来。

摊子不大，所有的李子也就有二三十斤，老太太见我也买，便很有危机感，趴在李子摊上，把她那一侧的李子盖在身体下面，在我眼前飞快地挑拣着又大又熟的李子，似觉我沾了她砍价的便宜了，心有不平衡，对我说："我可不知道这李子好不好吃，也不知道有没有虫子……"我说："这么新鲜，不会有虫子。"她又挑了一个最大的，擦擦上面的霜，咔嚓咬了一口，对忙着理货的女孩儿喊："这有一个生虫的，我替你咬开了！"然后就咔哧咔哧吃了起来。女孩子应了一声，她便把半个李子递给身后的老先生，继续忙着挑李子了。我的眼前只有她的花卷头和半个膀子，便把选到的几个李子递给小女孩儿："帮我称称……"老太太才放心抬起身子，挑自己眼前的李子了。

也记得日日在地铁十三号线车站坐车,东直门是始发站,乘车人多是年轻人或学生,上车总是排队有序,安安静静,从从容容。我很享受这样舒缓又高效的交通方式。

那天排在我前面的是两个高声谈笑的老太太,各把着一个车门脚,很瘦、很伶俐的样子。车来了,我前面的老太太嗖的一下蹿上去,先把包放在左边座位上,自己坐在旁边,我便想顺次坐在她的右边,刚要坐下,她嗖地滑到了我背后,我只好再向右挪一个位子,她却伸出胳膊拍着我要坐下的位子喊着另一个老太太,"快来坐这儿!咱俩挨着……"我安静地退后,站在两个老太太前,靠在栏杆上拿出一本书。上车的人们已经坐定,虽然空座位不多,但也到处都有,我决计不坐,想告诉老太太那个座位其实不那么重要,尤其让自己的包也占个位子实在也没有比别人多得什么。车厢里很安静,年轻人或看手机,或读一本书,老太太也安静了很多,她似乎也觉得这个环境里她的亢奋不合时宜,说话声也小些了。我更想她多少能生一点老年人起码的平和。

这样的多半是尚年轻的老人们,大概还没学会作为老人的美。

那天在公园健身器上压腿,旁边是迈步机,一侧头,看到轮椅上一位胖胖的老人正颤巍巍地想站到迈步机上,我本能想搀他一把,便放下腿过去,这时我才发现老人的胳膊上很多皮下脂肪瘤,疙疙瘩瘩的,我畏怯了,但已走到跟前,便打算不顾许多了。老人也发现我要帮他,露出极灿烂的笑:"不用,我自己行,越让人帮越废物了。谢谢你啊……"我看他慢慢站上去,抓稳了,又慢慢荡几步,便开心地向他告别,又去跑步了,心里留着老人慈爱感激的笑。

又一次从超市回来,下雨了,走到小区花园旁,见一个瘦瘦的穿碎花裙子的老人推着小车上一个小台阶,背影佝偻着,行动迟缓,回头又见老而孱弱的一张脸。我便急忙停下,打算替她搬上来,她明白我的用意，没说话，笑着指指推车，又双手合十。我以为她果然需要我帮忙，赶紧跑上两步。她又摆手："谢谢，好人哪，我能行，不能总麻烦人。你看，这样，不就上来了。下雨了，快回家！"磕磕绊绊地，她果然把小车推上了台阶，又开心地笑着摆手让我先走。

老人的灿烂温暖的笑让我回味很久。老得连形骸都不受支配了，美却无阻碍地流淌。这样的老人实在让人疼惜。

每个人都会变老，每个年龄都有那个年龄独有的美，都有适合自己年龄的、内在的，由品德折射的美。

每当走在路上，遇到中老年男人，最怕他们掏心挖肺地一咳，继而便是响亮的污物投射的声音，娴熟稳健，自信成熟。这声音，熟悉得就像"国吐"，随处可闻。然每次听到，于我都有中弹般的伤害。虽已加快脚步逃远了，那声音，那对于马路上污物的想象，却驱之不散。

所幸，生活在学校里，触目都是干净的孩子，校园里永远找不到这样的污渍。记得多年前一个安静的自习课，一个孩子感冒咳痰，居然吐在地上。我浑身一震，还没想好怎么处理，却见全班学生一起转头，嗔怪地看他。这个孩子红了脸，默默地蹲下擦了。我只笑说："去洗手。"教室里复又安静，孩子们低头看书，嘴角挂着笑。

自此，每届孩子，我总因不同的话题说到个人修养，说到社会上种种不尽如人意的个人行止。也信着：从我们学校、我的班级走出的孩子，都会是洁净知美，有如清晨的忘忧草，一生带着动人的微笑。

愿人生每个清晨，都可遇见一池忘忧草，洁净、悠然，让人无忧。

四月清明杏花里，去看你

很久没见了呀，我和妹妹去看你，心情那么好。你下了台阶来迎，如四月阳光。

路两岸高低的杏花妩媚如月影，不及妹妹怀里的白花圣洁明媚。

"我要对爸说，白玫瑰都挑出来给我……"

妹妹笑得杏花露凉："爸肯定说，都给你……"

"都给你。"父亲的一生可用这句概括。

父亲是家里的老大，弟、妹很多，他十岁就去拉石头，打劈柴。

他聪明，全村人都饿，弟弟妹妹眼巴巴等吃东西。他看到有人在捞河蚌，碗口大的河蚌，去掉壳子剁了喂鸭。他想，鸭子能吃的，人也可以，泅进池塘，捞了半盆煮来和弟弟妹妹吃。村里人从此也吃河蚌充饥。

那个瘦瘦的漂亮少年，飞跑在芦苇丛生的东平湖畔，为一家人讨着生活。他是我的父亲。

他的少年，给了弟弟妹妹，给了家。

听母亲说，20 世纪 70 年代初，父亲月工资 68.75 元，奶奶生病，父亲月月寄 60 元给奶奶，养家留 8.75 元。父亲说，大兴安岭什么都有，饿不着。

下了班，父亲垦荒种地，上山狩猎。山上有野兔狍子，也有熊狼蛇虫。一个夏夜，父亲至晚未归，林场人结伴进山去找。后半夜，找的人回来了，说父亲定是迷山走丢了，或遇见了狼群黑瞎子……

快天亮时，父亲回来了，一身露水，满衣松香。他笑着说："一高兴，走得远了点。月亮地儿里在林子里走，见了一生没见的，格外开心……"

那个夜晚，山风依旧彻骨的凉，父亲走在月朗星稀的原始森林里，松涛声是否让他胆寒？鸟儿的梦呓是否让他陶醉？暗夜的花香是否让他驻足？他饿了，是不是就着山泉吃了捧水葡萄？他的脚步，有没有惊醒梦呓的黑熊？群狼在暗处面对着这样一个勇敢的人是怎样的犹疑？参天古木，逶迤浩瀚，他借着星辉仍找到了回家的路。

那乐观勇敢的青年，是我的父亲。

他的青春，给了父母妻儿。

年年春天，山风燥烈，漫山积雪白天融化，夜晚又结成坚冰。只有不怕冷的高纬度植物，在这样的酷寒中依然能辨出春的信息，于那雪窠里、鳖黑的干树皮里，不顾一切抽出嫩芽。这时候，父亲总有一个月不能回家。回来时，满面苍黑，唇焦口裂，哑着嗓子说不出话来，整个人狠狠瘦上一圈儿，只有两只眼睛还炯炯的，又疲惫又兴奋的样子。

父亲和工人去打防火线了：为防山火蔓延，在林子与林子之间，他们要烧出几十米宽的防火带。

山岭相连，春风浩荡，老松树干裂的皮渗出松油，只要一点点火星，就可能形成燎原大火。林区到处写着：星星之火，可以燎原。十分形象，也十分可怕。

防火线是砍出来、烧出来的，父亲和他的伙伴控制着火势，一点点在崇山峻岭里且砍且烧且走，硬是在林与林之间，画出安全的距离。

我曾问父亲，为什么要打防火带？又为什么年年都要打？

父亲说，年年都有山火，真烧起来了，人力是扑不灭的，后果不可设想。有了防火带，至少可以保住居住区和其他的森林。

父亲还说，大兴安岭的林木生长快，打出的防火线，一年就被新生的小树长满了，必须再清除。

砍树，清林，在安全的范围烧出空地。控制火势，适时扑灭。每一次点火，都承担着一次巨大的风险。没有水。余火或火势过盛都要靠人力扑灭。手里只有树枝，身边只有积雪，凭着这点工具，稍有不慎，就可能让防火变成放火。年年早春料峭，几十个年轻人在寒冷和灼热间挣扎拼搏，一个月下来，人几乎累走了样。

不是消防员，没有消防员的工具装备，辗转在森林火海间，父亲和他的伙伴们何其渺小又何其伟大！

一次次穿过岁月，重回原始森林。我静静踏过积雪枯草，轻轻抚过一株株参天古木，我闻到醉人的松香的气息，感到彻骨的雪野的寒气，也听到大地的深处汹涌着春的消息……蓦然寻到父亲和他的伙伴们，他们在冰雪火海间拼命用树枝抽打火头，他们浑身烟火坐在老木桩上休息，他们啃着冻馒头打趣着刚才的惊险……我看到他们黧黑的脸上纵横的汗水，看到他们被烧出破洞的棉衣、沾满雪粒儿的乌拉鞋，我看到他们无声的笑……

那疲惫清瘦却笑颜明朗的年轻人，是我的父亲——工作时不知苦累，将生命置之度外的父亲！

他的青春，给了大兴安岭，给了林区事业。

每年总有几天，我家的大门口，院子里的台阶上都坐着人，听母亲说，又到一年涨工资的日子了。工人们辛苦多年，都想早点把工资多涨一级，好让日子宽绰点，可名额就那么三两个，给谁呢？林场统一了分配方案，结果出来了。工人们仍不罢休，家里单位，追着父亲软磨硬泡。父亲日夜做工作，磨破了嘴皮子，有时要躲到朋友家才能踏踏实实睡上一觉。

可是父亲的工资却多年没有涨过，他把本该给自己的名额，一让再让。退休时，他的工资比同龄人的少了一千多元。有次母亲跟他开玩笑："没孩子们管你，你那点工资连吃药都不够。"父亲有些讪讪："林区现在营林，哪有钱开工资，待在家里啥都不干，国家还给退休工资，得知足。再说了，孩子们也是国家培养的，他们管我，还不是国家管我……"

父亲最年富力强的年华，永远留在了大兴安岭的冰天雪地里，给了国家。

坐在父亲的笑影儿里，妹妹把花儿摆在黑色的大理石前。我替父亲倒一杯酒，再点一支烟。缭绕的青烟中，妹妹笑得悲凉：好香啊，熟悉的味道……是啊，淡淡的烟草香是父亲的味道，闻起来令人心安，却多年不曾闻到了……

父亲老了，病弱。医生嘱咐不能抽烟喝酒，他多年不碰烟酒，逢年过节，也只是象征性地喝一点点。如今想来，这陈年老酒，真该在父亲能喝的时候尽着他开心地喝……

"爸不会计较的，他从不计较……"妹妹说。

是啊，父亲何曾计较过呢？林区工作艰辛危险，父亲几番经历生死。

一次在楞垛上检尺，几人高的楞垛忽然坍了，随着震耳欲聋的撞击声，几百根合抱粗的木头在父亲脚下轰然炸开，腾跃翻滚！他脚点着滚木向下跑，一气儿跑出几百米，筋疲力尽。最后一根木头也在他脚后停了下来。

任何一个反应稍迟或落脚有误，都会瞬间被碾为肉泥。

还有一次坐摩托去工队，中途休息，父亲站在车前吸烟，其余人在车门附近聊天，车子忽然向前滑，父亲不防被推倒在车下，他迅疾转身，双手抓住车底的一根横梁，身体紧贴上车底。几个人不知父亲倒在车下，追着车子上去，司机便开车继续走了。幸而同行的医生忽然发现父亲不在车厢里……几里车程，父亲用尽了最后一丝力气，后背在枕木上剐得伤痕累累。

……

这样的事情可以讲出很多，偶尔被问起，父亲总像在说别人的故事，风轻云淡。

拼着性命奉献一生，父亲从不计较得失。他总说，和那些为了林区发展年轻轻就牺牲了的工人比起来，这点事儿不算啥。

我懂父亲的心痛：年年木材会战都会有走了的兄弟，父亲总是亲自替他们穿上崭新的工作服，亲自送他们回到山上永远的家……

那年父亲刚退休，住在哈尔滨弟弟家中。一天走在人行道上，一辆疾驰的车从后面直撞向了他，听到车声，父亲已不及躲闪，他转身，跃起，迎面扑在飞驰而来的车上，接着被弹出去很远……后来父亲说，他本能的反应是不能被撞断了腿。

六十岁的父亲，身体依然结实、灵活，反应依然迅速得让人吃惊，他躲过了这场灾难，居然只受了些皮肉伤。司机吓坏了，坚持送他去医院，父亲反而过意不去，说自己手脚都能动，给儿子打电话，接他回家就行。

到了医院，弟弟闻讯赶来。父亲又劝司机："孩子，我没事儿，你回家吧。"

对一个酒驾的陌生司机，父亲也毫不计较，反而像给人添了麻烦有些抱歉。

父亲最后的几年，我忙于班主任工作，早出晚归，下班没有时间，总是匆匆做了简单的饭菜给父亲自己热了吃。

一个人在家，早晨和中午都吃简陋的饭菜，父亲从不抱怨，总是笑呵呵地说："挺好。"

2017年，学生的中考成绩真好。7月，结束了班主任所有的工作，我去找领导：

"父亲年老，身体不好，我的班主任工作暂停一年，好吗？"

"我父母也岁数大了！他们还在替我接送孩子！"

没有逻辑，只有情绪。

父亲身体不好，不能替我接送孩子，我不用这一点把他和其他的父亲比，他比所有的父亲都好。他是共产党员，奉献一生，我为这样的父亲骄傲，也愿领导的父亲能一直健健康康替她接送孩子。

谁当班主任领导说了算，要不要照顾父亲我说了算。

回到家，我强颜欢笑告诉父亲："今天起，除了上课，所有的时间都来陪你，不会再把你送到医院让你一个人等……"

我不能告诉父亲领导的态度，他会批评我："不能给别人添麻烦，多做点不能计较……"自小，我和别人有了矛盾，他就反复告诉我做人不能小气，不能计较。

那个暑假，是父亲最幸福的日子。每天，等着暑热渐消，父亲会提前一小时戴好帽子，装好椅垫儿等我出发。

落日的余晖里，我们在公园里走，我走大圈，父亲走小圈。一会儿我回来，父亲或还在走，或坐着休息，颤巍巍竖起手指告诉我，走了三圈了，六圈了，比昨天多了一圈……我像夸学生一样，由衷地鼓励父亲，心里却满满的酸楚：这是我叱咤一生的父亲，我没有照顾好他……

10月17日，周二，父亲走了。自此，"父亲"二字，成了我生命中滔滔不止的悲流，也成了我苦苦追问生命何来何往的根由和动力。

最后送别父亲那天回来，中午接到单位电话：今天我值班。

那天，我热泪长流，无声饮泣。昏沉沉不知过了多久，我竟打了个盹儿。梦里，父亲坐在一间宽大的房间里，沙发上落满阳光，父亲穿着淡淡的豆沙粉的家居服，那么健康，那么开心，他笑容满面地说，他的孙女给他买了什么海滨的酒……

父亲是专程来告诉我：他很好，很开心，健康了，又可以喝酒了……

父亲一点儿也没有计较我没有照顾好他。此后我和姐姐妹妹的梦里，总看见父亲开开心心甚至年轻了的样子。

今天，清明的日子，没有雨，杏花在阳光里开得明媚。我知道这是父亲的训谕：走出阴霾。

年年清明，纵是冷雨纷飞，我依然会在阳光杏花里来看你，父亲。

朦胧的泪光中，回望父亲伴我长大的路，天地间阳光片片，花雨纷纷。

今夜与雨

至夜，豪雨如期而至，京城多日的高温滤去了。

关了空调开窗，燥热，接着潮热，但觉有盼头了。风很大，裹挟着森凉的碎雨水沫儿一兜儿一兜儿摔进来。把窗关小些，听着雨声，心渐渐踏实了，雨的凉气丝丝缕缕换走了房间的热。

好大的风！远处的槐树梧桐硕大的树冠疯狂摇动，窗下丁香和月季已分不清彼此，风雨灯影里，它们的枝叶起来又压下，叶片枝干一层明亮的水急速流下，顷刻间，花下已是纵横的小溪。来不及渗入泥土的水，急急慌慌地寻找着低洼处，如狼豕奔突。热天里不怕烫脚爬上铁窗棂的苦瓜秧儿，此刻也立足难稳，所有叶片啪啪打着窗玻璃，又被撕扯开。叶上的水，有的直流去地上，有的顺着叶梗小溪般滑落，有的甩在玻璃上，大小的珠沫在玻璃上滚着、汇聚着，又被一帘吹斜的水一并冲掉……

窗外松柏墙上一球奶白的夜灯，隐约在树影里，平日总嫌它太亮，要一挂纱帘遮挡才好，今夜却应景，雨中远近的绿色，竟以这球奶白为心，渐次由幽微的明绿到暗绿，到照不见的暗影里如墨般依稀翻滚的叶团。偶有跳出在灯光里的叶片，也如在墨里加上太白或拿坡里黄，成了亮泽泽的灰黑了。

近午夜，大雨暂歇，出门静静地站一会儿，便不忍回了。小区难得这般静寂，只我和天地间弥漫的水汽森凉，还有高高低低一汪一汪湿漉漉的灯光及石板路面来不及渗掉的水洼。对街亮灯的酒吧，寂寂地仿佛远了很多，窗上也没了晃动的人影。风伏在树上喘息，酝酿着更激动的情绪。大滴的水从树上吹落，凉森森湿了衣衫，就担心大风雨骤起，会来不及逃回家里呢。

不敢走远，只到楼后两株枝冠交叠的大海棠树下。想起父亲常静静坐在这里，便定睛再看一看那椅子，湿漉漉地沾了些落叶，没有人。再站一会儿，便回了。

先生孩子睡了，客厅留一盏灯给我。我关了灯，不回房间，就在窗边的宽榻上铺了衾枕。平日在这里看书，会拉上帘儿，遮去外面的人影和目光。今夜不读书，也不亮灯，却在幽窗下跳动的光里，安静地躺着，安静地等着一场风雨。想那雨声越大，睡眠会越酣。

没多久，果然风又起了，雨大起来。隐隐有雷声在天边滚过，终没炸响在窗外，雨也没有期待的大。翻个身看窗，依然是满窗翻滚的叶，依然是无声晃动的灯光。想着这样的风雨夜，那只夜夜唱到天明的蛐蛐儿不知躲到哪里了，噼啪滴答声的缝隙里也不曾找见它迷离的歌儿。还有那只清晨阳光里歌声如洗的雀儿不知能否睡得安稳……渐渐有些困意，意识模糊了，心里却盼着更大的风雨带给我沉浸自然的满足。

沉浸自然，会获得生命的满足，也必要付出内心有些惨凉的代价的。

我想起三毛在加那利群岛中临海的家，在荷西死去三年后，她第一次重返那里，朋友们在她回来前花费几天时间帮她收拾好了，劝她第一个晚上先住到朋友家，她仍独自留在了她与荷西的空旷的大房子里。推开所有的窗，面对着无际的海，一夜无眠。我想那个夜晚，最可怕的是独自面对一场暴风雨。其实，三毛的内心却渴盼着一场暴风雨里的"毁灭"吧，那样的风雨夜，荷西纵在深海或是天堂，也必要回来，敞开他的大外套，裹紧了三毛将她带走——就像卖火柴小女孩儿的祖母。但他们去的，一定不是天堂，而是他们挚爱的沙漠、海洋……是自然。

我又想起《呼啸山庄》，大风雪的夜晚，凯瑟琳的灵魂回到希斯克利夫的庄园，在洛克伍德的梦境里哀泣……凯瑟琳本属于野性自由的希斯克利夫，属于那片自然荒野……

一夜雨不曾停，在我耳边时疾时徐，没有我期待的霹雷闪电，暴雨如泼，却有思绪，滔滔如雨，分不清梦里还是思想。

这样盼着一场疾风暴雨，盼着京城一场也如家乡的盛夏的雷雨：没有什么征兆，突然那碧空万里就黑云翻滚，就霹雷闪电了，就大雨滂沱了……

还记得一次父亲拉回一汽车干草，小山般在院子里垛得实实的，我和弟弟妹妹高兴疯了，在草垛里掏着、钻着。终于掏了一个小房子，我们还在设计着房子的格局门窗，大雨忽然就来了，我们惊喜交集地钻进房子，以为可以安然在新居赏雨了。不料转瞬，厚厚的"房顶"便雨水如注了……

还有那次，几个孩子忙着用黄泥堆房子捏小人儿，忽然就在我们西边，大雨下了。几步之遥，我们头上却没雨，正惊喜地哇哇叫，大块儿的云便疯跑到了，来不及惊呼，瞬间湿透了，淋淋沥沥跑到屋檐下，看着黄泥、房子、小人儿变软变矮，又成黄色的溪流被冲散，我们在雷雨里冲着泥巴手，笑得雨水淋进嘴里、眼睛里……真觉得那云那风那雨最会和我们游戏，实在比我们还疯狂不羁。

林语堂曾说，社会、文化、学问，读历史的教训，外在的本分责任，会隐藏一个人的本来面目。若把一个人的时间和传统所赋予他的那些虚饰剥除净尽，此人的本相便呈现于你面前了。于是他称被贬黄州的苏轼还原成了"最可爱"的"独立自由的农夫"。

是啊，自然会让一个人还原本性，还原最可爱的身份，无论是恋人、农夫，或是一种动物、一棵植物。

黄州还原了苏轼，一夜风雨也让我明白了今世所恋。

也许前生，我是一棵树，站在田野或山岭，一生与风雨日月酬和，本就是自然的一部分。于是此生的风雨雷声、云翻树动总让我怦然心动。

也许哪一生，我是一棵庄稼，我的脚只要扎根在泥土里，心就欢喜平静。于是此生虽不谙农事，却总喜在城市的隙地里，种下一粒粒种子，用这种方式表达着"与春俱来"的喜悦。

也许哪一世，我就是兴安岭的一只山雀，翔舞在林间云里，拣花蕊新吐才食，用山泉洗喉而歌，待云缕拂拭蓝天才舞……于是今生，才痛爱了这雨中种种。

也许许多许多世，我执意少喝一口孟婆汤，只为记住曾稼穑的土地，记着那山林田野的芬芳……

若有来世，仍是山野的农夫，在天地间自然间耕耘，体味着勤苦人生的喜乐忧戚。

今夜与雨，与自然，魂魄相交。

刺猬的优雅

那个夏夜，在黄花萱草迷人的气息里，一只小刺猬在不远的前方，不紧不慢正走过人行道。

我和先生放缓了步子，怕惊到它。不想走到跟前了，小刺猬反而停在路中央，好像突然听到召唤，要停下看看有什么事儿。这友好的态度让我们欣喜不禁。我便弯腰问它："你散步呢？"先生也蹲下："快走吧，一会儿小狗来了咬你。"他说得没错儿，昨天我们看见两个人带着狗，小狗发现了一只刺猬，激动得围着它又叫又咬。主人只是站着笑看……

刺猬好像听懂了，继续向路边的灌木丛走，走得很慢。我们站着看它，居然又停在紫丁香的灌木丛外，仰着小脑袋，一只爪儿撑在后面，定格儿成萌萌的姿态。我们欢喜地跟过去，先生笑它："你的小腿儿忘了收回啦。"他又折一枝软软的丁香叶，小心地扫着它撑在后面的小爪儿，"快回去吧，一会儿被人看到就麻烦了……"

刺猬思忖片刻，便真的收了脚离开人行道，慢悠悠踱进了草丛。

我说："这是三年前的那只刺猬吧？等在这里，要对你说声谢谢呢。"先生笑："那也太美好了吧。"

三年前，也是夜晚，我们在公园走步。先生去卫生间，洗手时，听得墙角沙沙的声儿，细寻，一只刺猬被困在墙角，大概去找水喝，走不出来了——难为它如何上了那三个高高的台阶和门槛进来。先生便找个袋子，两根树枝做夹子把它装在里面，提了放在外面木槿花下的草丛里，它迅速逃了。那是我第一次近距离看到一只刺猬，只是夜晚月光不明，它也跑得太快，终没太看清它的样子，只记得奶白的刺，很小很小，却跑得很快很快。

后来又在夜间散步时，几次看到横穿马路的刺猬，不紧不慢的，斜睨着我们渐渐走近，仿佛嘴角含笑，知道我们对它的友好，也拿出姿态在享受这平和。

我总疑心都是那只刺猬长大了。

想起电影《刺猬的优雅》中的经典台词："我们都是孤独的刺猬，只有频率相同的人，才能看见彼此内心深处不为人知的优雅……在偌大的世界中，我们会因为这份珍贵的懂得而不再孤独。"

这"频率"和"懂得"便是爱与尊重吧。

那些个夜晚，月色灯影儿里，我见了刺猬的优雅——些许的尊重与温暖，消了彼此的孤独。

这世间，多一些平和的关爱，少一些明暗的争斗甚至打杀，便人人也都优雅了吧，多好。

夜游公园

偌大的公园，深不可知的夜，偶有一二安静的人和他们活泼的狗，很多时候，只我们两个。

我想起朱自清的《荷塘月色》："这一片天地是我的，我也像超出了平常的自己……"

树色一例也荫荫的，鸦声虫鸣也没有，但我知那黑黢黢的树冠里，有大小的鸟儿在简陋的巢里一动不动忍着冬夜的寒冷。草窠树缝里，有睡得身体都干枯了的虫豸。背面小山丘下，还有一窝冬天里出生的孱弱胆小的流浪狗，它们顺着眼角耷拉着尾巴，从不会虚张声势叫两声的……只有风寂寞闲荡，一遍遍擦过苍黑的树干，溜溜地捋着粗细的树枝，又东一撇西一抹扫过枯草断茎，百无聊赖地发出千奇百怪的声音。

公园很大，沿主路霍霍走一圈也要半小时，若白天里贪野趣闲景走树林里的石板小路，怕要一小时才转得出去。常遇到公园里迷路的人，举着手机一边导航一边转来转去问路——不熟悉的，确有"林深不知路"的惶恐的。

据说公园深处一片木槿花后面的柏树林里是原来这里农人的祖坟，公园建成竟没迁走。有次一个人赏木槿，不觉走近了那里，索性斗着胆子穿过大片粉色花木，隔着高大厚密的松柏林一探究竟。果然树隙里隐现着十几个高低的坟包，仿佛一个轩敞的院宇里十几座大小的房屋。花草逶迤上下，小径如带萦绕。夕阳落在对面柏树梢，有细密的光金线般从大小的树隙穿过，光斑落在花草石碑上，隐现跳跃，愈显光怪陆离……忽然觉得身边有许多我看不见的各色人等，笑微微看我。不知何时风起，万木瑟瑟，木槿花如蝶纷落……不择路离了那里，像闯了别人的家，到底心里有些慌乱，竟凉森森的。

然而这个冬春的每个夜晚，寒冷和害怕是别人的想象，我只有快乐，天空宁静着或尖或圆的月亮，园里盈满着或暗或明的月光，有满天莹莹烁烁的星，有越来越浓郁的大地春草的气息，还有这个城市难得的自由闲适……即便阴天，也还有午夜才熄的路灯，妥妥帖帖沿我们熟悉的路温柔呵护，铺展浓浓淡淡千姿百态的树影，也拉长又缩短着我们的影子。一路细细赏鉴这光影墨画，确是味趣无穷。

西边最僻静处，一片虬曲的老柳从苍穹压下来，巨大的树冠指向天空，万千柳枝又飘飘然垂下，枝条黧黑在风里微微地晃动，即便冬天，团团树冠依然交叠成盖，只是遮不住天色的苍蓝和满穹宇的星光闪烁。有时柳树林更西面有末班城铁沙沙而过，一面面明亮的窗里寂荡无人，也使人想起恐怖片里忽然就穿越了的老火车厢……

从春寒料峭的春节，到一场又一场的雪落雪融，满园的枝干渐渐舒活了，万千的芽苞鼓胀了，芽头浅褐深棕黑灰一点点淡去，隐隐露出浅绿淡粉或是青白，终于一个晚上看到无数迎春连翘亮闪闪在月光里了，又一个晚上一路都有碧桃花胭脂般隐隐约约的香气了，还会有忽然飘来的奇异的清香让人急切去寻……月夜赏花，想起赵佶写杏花的词句："裁剪冰绡，轻叠数重，淡著胭脂匀注。新样靓妆，艳溢香融……"感谢九百多年前这个落难皇帝说出我今夜的感受。那年，是悲伤洗去了杏花的颜色，他的诗句美得透明；今夜，却是月光洗去了桃花迎春的颜色，我的心情美得透明……

我的脚步更加轻快，话也格外多起来，尤在今晚这么晴好的深夜，连看园人院里的大金毛也没有把嘴插在铁艺栅栏间对着我瓮声瓮气地叫了。

贪看西府海棠饱满的花骨朵，我稍稍落后了，看看已走出七八步远的先生，我提高声音："这两天来得晚了，那两个牧羊犬和它们主人都回去了……"我想起那个把口罩扣在下巴上的狗主人一个人静静吸烟的样子，我们快成熟人了，每晚见面，牧羊犬会围着我们高兴地转，它们的主人把烟拿在身后微微地笑，好像这样就不会熏到我们……先生说："就是，太晚了，走完这圈咱也赶紧回去。"

"又说回去"，我一边赶上去一边忽然想起鬼附体的传说，"我要是在这里被附体了，你怎么办？""怎么办？把它打跑了！""那不就是打我吗？"我一边抱怨，一边快跑两步，预备在他的肩上拍一巴掌以示不满。也许是我突然跑到他后面，也许说到这个话题本就让他紧张，他猛地回头，居然满脸紧张和戒备，完全陌生的表情神态，倒吓我一跳，看他一时难以缓和下来的样子，我大笑起来，一边笑一边问他："你害怕了？以为我真的被附体了？"

他缓过神来，不满地拉我一把："快走吧，能不紧张吗？这么晚了，就咱俩……再说……"他看了看木槿树林的方向。

我大大的意外：从不会以为他也会害怕的。也因为他在，我从不会想起黑暗恐惧或是坏人危险之类，满心满眼都是月光夜色、树影风声……其实，即使白天我自己来，我也轻易不走偏僻少人的小路的，生怕自己转不出来，或遇见什么诡异的事情，某个怪异的人的……有时看到远远有个和我一样走在偏僻小路的人，便不认为他也是寻幽探趣的，愈看愈觉是心怀叵测或精神不正常的样子，便早远远躲开到人多的地方去了……

看着先生惊魂甫定的样子，我实在想笑，笑一阵子，又莫名感动，是啊，夜夜入园，我总要再晚点来，再晚点回去。尤在这样的非常时期，觉得清净无人的园子多么自在放松，呼吸畅快，觉得在这早春时节夜静时觉万物醒来是多么奇妙的感觉，觉得能日日深夜游园是多么难得的雅趣！因此在他催我早来早走时常在心里怨他不解情味，不懂珍惜。

因他在，一切安全问题都不在我的意识里，不想他却始终承受着莫名的压力，诸如治安诸如不可知的民间流传的各种乱力鬼神等，难怪他总要求八点前进园，十点前离开……

是啊，人世间每种美好都有人在支撑，一如孩子的无忧是父母的荫蔽，我们的温饱因农人的辛劳，全国人安稳的假期是有抗疫的普普通通的医生、护士、警察，还有奔波在各个小区的快递小伙子，有风里雪里拿着测温仪站在小区门口执勤的人们……

这世间，总是这样，有些时候要我们出演奉献者的角色，就如疫情忽至，每位教师立即从讲台走向屏幕。坐在屏幕前的四十分钟，是在背后做了数倍于平时教学的准备的，没有人强调客观困难，没人有丝毫懈怠，只恐还没竭尽全力；有时或要我们扮演冲锋陷阵的角色，那时，我们也会不计得失。没轮到时，便享受现世安稳吧。

有季节，有闲适，有依然高大强壮的人陪我，化用朱自清的那句话：我且受用这无边的春光夜色好了。

片片荷叶香

清晨偶然经过一片荷塘。

清露初染,荷叶荷花逶迤不尽,遥远的河心尚有晚生的菡萏朦胧在晨雾中,河岸崎岖,芦苇丛生。这般原生态,原以为是一段野塘,却见一只小船从荷间划出,是塘主人早秋采莲。

于是兴高采烈买了莲蓬,又想买些荷叶,塘主人呵呵地笑:"多多摘走,省了我们清塘的力气。"

我便选那岸边最美的荷叶,盈怀抱走,沉甸甸的。这般豪奢的采摘,有些不忍,回头看看,荷塘依然"风起湖难渡,莲多采未稀"呢,何况秋风早起,那时飘零岂不可惜。即便残荷听雨,这满塘荷叶声势已够。我便笑眯眯地安心走了。

到家喜滋滋地忙起来:一半用来制作干花插瓶,一半烤干预备做荷叶饭等。我打开电暖气,把荷叶放在上面烘烤,不一时,叶子变得苍绿,由边缘向中央逐渐失去水分,逐渐翻卷出绰约的风姿。再过些时,已完全干了,变成更厚重的墨绿,硕大的荷叶定形了,自然卷曲,各具形态。荷香也散出,持久在房间。我挑几枝漂亮完整的插在大瓷瓶里,高低错落,又香气脉脉,别有况味。

翻烤中,不小心弄破一片荷叶,不舍得丢,想到有人以荷为茶,便撕一片,洗净放在一只玻璃壶里,烧了开水冲泡,荷叶在沸水里翻转,那一刻,它所有美好的颜色和香气都尽情散放,鲜妍翠绿,馨香怡人。喝一口,淡淡的甜,浅浅的香。上网查:荷叶富含维生素，有清暑、利湿、解热、抑菌等作用，还可减肥呢，真是意外之得！

学着当年母亲穿起黄花菜的样子，也用针线穿起荷叶柄，串串挂起在窗框上、书柜门上、衣柜把手上……满室清香，恍惚置身荷塘。

干荷叶实在太美太芬芳，便送一沓儿给好友。近黄昏了，她的屋子亮着灯，人却不在，我把荷叶放在她小小的门厅，拉好门回来。

夜晚，小雨下了，满室荷香，这样美的夜晚真是享受，不忍早早睡去，便趴在床上读陆羽的《茶经》，讲到"煮器"一章，陆羽说："其煮器，若松间石上可坐，则具列废；用槁薪、鼎枥之属，则风炉、灰承、炭挝、火筴、交床等废；若瞰泉临涧，则水方、涤方、漉水囊废……若援藟跻岩，引絙入洞，于山口灸而末之，或纸包合贮，则碾、拂末等废……"原来，若坐在松间石上喝茶，有泛着松香的干柴烧茶，那么精美的茶具列、茶炉、炭锤等都不必有；若靠近泉水、溪涧，那么那些用来存水、净水的器具都不必了；若能于山岩或攀着绳子进入山洞中饮茶，那么就可以在山崖或山洞口就着一块石头把茶碾碎了即喝，因此那些拆茶，盛茶的器皿都可不用。天哪！讲究来讲究去，原来最讲究的还是回归自然！

真真自然是最可贵的，虽然我是北方人，荷香于我却不陌生，想就因那自然之气是相沟通的，或我前世也竟是河塘中一介渔夫、一尾游鱼、一茎绿荷呢。

困意袭来，我在荷香中沉沉睡去，夜晚太美好，竟梦到久未谋见的父亲，一样的言笑朗朗，一样的明净美好……醒来夜已深静，窗外人车声俱寂，只一球奶白的灯映着海棠树影，在虫声呢哝中摇曳。想起梦中情形，心中凄恻难遣，又想先生儿子经常晚睡，许还在客厅，便趿了鞋走去，却也关了灯各自回房了。客厅幽暗，半窗月光半帘疏影微微摇荡，助我孤凄，只好掩了门，依旧回来。

靠在床边细细回味梦中父亲的神情言笑，慈爱亲切，恍如眼前，却怎么也忆不起说了什么，只好叹息一声，接着看《茶经》中的茶事。"异苑"一节讲："剡县陈务妻，少与二子寡居，好饮茶茗。以宅中有古冢，每饮辄先祀之……其夜，梦一人云：'吾止此冢三百余年，赖相保护，又享吾佳茗，虽潜壤朽骨，岂忘翳桑之报！'……"哦哦，宅中有古冢，冢中神仙日能与人共饮茶铭，夜则以梦交流感激，这样的人神共处，多么美好啊！我想起在日本时，看到日本许多家族的坟冢就建在自家园里，亭台桌几，修葺美观。这样的毗邻而居，家人间也必能穿越生死，共相谈笑馈饮，实是温馨动人，令人羡慕感喟。

手机的亮光闪了，拿来看，竟是好友在喝荷叶茶了，欢欣满屏："亲爱的，拉开门厅，扑面的荷叶清香！""我已经找出咱俩在茶城选的花茶壶，泡了荷叶在喝了，屋子里只有我和荷香……"她拍来她小小的卧室的陈设和几上的荷茶茶点：浅翠碎格的窗帘，绿色竹叶的床盖，只有纯木的小几上茶垫是水粉的颜色……夜已深了，为一壶荷茶，她不忘摆了精巧的水果茶点。

想起屈原诗句："制芰荷以为衣兮，集芙蓉以为裳。"也想裁荷引针，缝一袭粉衣翠裙，为这珍爱着一脉荷香，深夜不睡的女子。

因有自然，一个个平凡的日子，也如荷叶，片片生香。

三、凡俗日子，小事温馨

豪雨如期

天气预报居然这么精准了：晚十点零二，北京暴雨黄色预警。我心愉快起来。

一日暴晒，至晚果然天色阴了。八点半，先生担心地看看天，还去公园吗？我也看天：漫布的雷电不时在云隙露出橘炽的光，像一只饱熟炸裂的菠萝蜜，洋溢着暴雨欲来的喜悦与诡谲，和我的心情一样——当然要去了，只有在公园，才能清晰地看到雨扑面而来。

公园门口，三五游人急急出来，我下了车，踩着贴地卷起的凉风兴冲冲走向公园深处，先生拿了伞追来，我知道那把大伞，撑开了小凉亭一般，心里更加踏实。

风静了片时，蝉声忽起，繁弦急管般喧嚣了起来，它们的确急，昨晚已有蝉已被立秋的消息吓得哑了嗓子，唉声叫着：嚓啦——嚓啦——啦——，仿佛看到那只又老又衰的蝉耷拉着肩膀，拖着松散的两翅，愁苦地讲述着未知的秋天的肃杀。相比蝉的期待，夏天是这般短暂啊。可是，何必放弃最后的狂欢呢，我赞同这大雨前的喧嚣！

风静蝉噪，就像指挥家从天空劈落一只臂膀压下交响乐蓄势已久的高潮，它俯下的身子，正缓缓抬起，另一只如蒲巨手则颤颤然从地面托举，至半空猛一抛撒，天地间便沸扬起五光十色的蝉鸣！生命的欢歌奏响在暴风雨前。

风在亢奋中屏息，等待着指挥家的头颅和魔棒再次昂起。片时，片时！蝉的高歌被那只伸张在天空的巨手猛然攥紧，仿佛从三山五岳中收回所有的蝉鸣！而指挥棒愈伸愈长，愈伸愈远，它繁密地点点戳戳，邀来所有山谷云巅披发待舞的怒风。于是，更猛的风起了，更黑的云滚了，大风际天荡地，摇云生雷而来，它撼林动岳，摧枯拉朽，于是天地间狂歌如吼，飞叶如蝶。

也只有在这样树木花草繁茂的公园才得见如此瞬息万变的美：木槿花灿粉的花瓣纷落，扬起，像一群逐风曼舞的蝶；几棵擎天巨柳许有百年了，今日也聊发少年任气，柳枝快拂到天上挤来撞去的云了；黑心菊像一群遭遇厄运又不屈挠的舞者，它们奔跑在舞台上，向前、向后、倒下，拧个旋儿又起来，这任性的风哦，就像掌控它们命运的魔掌……白天里被阳光炙烤的青草的甜美的香气馥郁在空气里，忽而飘忽难寻了，一忽儿是一股沁人心脾的花香，一忽儿是惊慌逃窜的热气，一忽儿是草根里泥土的鲜香，一忽儿是森凉的水汽袭来，漫卷来，然后就灌满了整个园子了！风再来，再猛，天地间是湿淋淋的水汽愈浓和更多狂舞的落叶。

我和先生的衣衫头发被风撕扯着，"快点，大雨来了！"先生喊声未落，硕大的雨点已纷次砸落，"好凉啊！"我欢喜惊叫的声音被风撕碎到不知哪里去了。所有的大树摇晃着硕大的头颅狂笑着：凉啊，爽啊，哗哗哗啊……

暴雨骤狂，车子就在五十米外，我们快跑起来，雨鞭不分方向，劈头盖脸抽下来，我想让先生撑开手里的伞，于是喊着"快点，快点……"风雨把后面的话噎了回来，先生早忘了手里的伞，以为我让他快跑，及跑三五步，才想起，又回来，把水淋淋的我俩罩在伞下。我们大笑着跑回车里，抹着满脸雨水，车窗上雨刷拼命地刮着……

隐隐看见前面闪烁的红黄车灯，连天水幕，地上积水也如湖面。平时十分钟的车程，居然走了半小时。儿子几次打来电话，生怕我们误车在水里。

浴罢换衣，喜惊甫定，坐在窗前榻榻米上擦着头发，橘黄的灯光流溢，湿淋淋的窗玻璃浅浅映出我的影子。

几上茶烟袅袅，窗外豪雨如注，我心喜悦如斯。

雪天日记

今天大雪，是北京很有气氛的一次雪，从后半夜两点多起，就有零星的雪下了。

儿子清晨早起，说是约好了去打球。天还没亮，又下雪，我便劝着他别去了，何况这两天的疫情也严重了些。他也看看手机，希望有小伙伴主动提出取消活动。然而大家都贪玩，或是等着别人建议。微信里并没有动静，他便下了决心，主动多穿了衣服，勇敢走了。

八点开始上课，窗外的雪已纷纷扬扬，两只猫缠着我，粘腻地叫，我只好打开阳台门，放它们去雪里，它们欢快去玩了。这是它们生命中的第一场雪，它们有享用的权利。

我的心情极轻松，看看手机，课代表小紫已经在群里摇铃督促："同学们，上课啦！"我心甚慰：多么可爱的孩子！

点开微师的"开始直播"，孩子们已到齐了，纷纷问好，一张张明媚的笑脸如在眼前。

我问他们下雪了吗，说下得很大或刚刚开始。帝都真大，十里不同天呢。这样的问候也真别有情致。

我的小男生课代表也在这喜悦的气氛里报告了一个好消息："老师我的伤好了。"我由衷欣慰：一个不小心，这个爱跑爱跳的孩子抱着拐杖，坐了半个学期，连学习也松懈了……我说太好了，这是比下雪还让人开心的消息。孩子们的祝福也刷屏地滚动起来——二班孩子总是格外懂事有教养。我的心情更好了，先嘱咐孩子们安排好假期生活，核心要义是多读书，勤练笔。我说今天是中国节气的大寒，又下着这样的大雪，又是这学期最后一天，是你们十三岁生命中极欢快有意义的一天，一定要写一篇日记，修养性情，也预备许多年后忆起这人生最美好年华中的点点滴滴。

上完一节课，两只猫已经冷了。它们在阳台出出进进，如今并肩蹲在窗边，娴雅地看窗外雪飘树白，并不打算出去了。榻榻米被它们踩出无数泥梅花。我关了阳台门，看看表，两个班的课中间有一节其他课和一个眼保健操的时间。来得及呢，赶紧洗了热毛巾，替猫们擦了浑身的雪花和爪儿上的泥，又赶紧把整个客厅的地面擦净。回头看窗外，那只灰白花儿的流浪猫回来了，端端坐在风雪里看着窗子，神情倔强坚定，也有点强忍的委屈。一定饿了！我端了两只猫没吃完的罐头，上面又装满猫粮，赶紧送到外面避风的台阶下。灰花猫见我出来，先躲到冬青树下。我识趣儿地回来关上阳台门，它才安心去吃了。看表，又到上课时间了。

天快黑的时候，儿子回来了，很累的样子，说是最近不怎么打球了，累得很。我看着他在楼道里抖掉满身雪花，有种风雪夜归人的感觉。

跟着儿子去了他的房间，他脱掉外衣弛然躺下，不远处是满窗的雪花，他偏头看看，舒服地叹息：这样的天气，就该躺在床上看书。我拉了宽大的被子替他盖一盖，嘱他睡一会儿，便悄悄出来了。

我一直想着这样的日子里该做些不一样的事情，可是实在拿不定主意。想给朋友发个短信，告诉她，落雪的日子我想到她了，又担心来往话多，耗费心神，反而跑了主题，淡了兴致；想做些热乎乎的饭菜和儿子一起吃，他却说在外面刚刚吃过。我于是把一顿饭变成一壶茶，捧一杯滚热的普洱茶坐着看窗外的雪花和风雪中的人们。

天气不是很冷，人们把棉服的帽子拉下来，在风雪里走，并不着急。楼上颤巍巍的老夫妇也出来了，没有推着随时歇脚的小车，反而只拄了拐杖慢慢地走。我不觉看得入了神：一生相守，到老依然，风雪里也坚持着一起走走，让风烛般的生命再强健些，用心延续着相互扶持、相互温暖的日子——虽然艰难，却是人生最温馨的浪漫了。倒是年轻人反而为这样的日子还有很多，更愿躲在家里享清福呢。

我其实更想一个人去公园。天气尚早，估计公园也还有人，我想象着剩了我一个人独对满园树木和漫空雪花，也是难得的浪漫呢。

至晚，雪仍在下。没有月，雪从天空飘落，天空是灰蓝的，有种难以言状的美。没有人，雪覆了一天里人来人往的喧嚣，夜收了漫天的鸟声翅影。寂寂的林子里，只有雪，只有满园惜红敛翠的花木古树，和我一起享受着今夜的素白清灰。

远处高楼的灯光璀璨，雪影儿里光怪陆离，仿佛半空里朦胧的琉璃仙界。在这样的大雪天里，愈加引人无限温暖的遐想——早早结束一天的工作，赶着回家或邀三二友人享受这唯美的时光吧。

记得去年第一场雪，恰是母亲的生日。我们一起家宴，言笑晏晏。身边一面巨大的玻璃窗，窗外一城灯火，明艳闪烁，也如我们欢快的心情。帮母亲吹了蜡烛，闭起眼睛默默许了心愿，再看窗外，不知何时竟连天扯地飘起了鹅毛大雪。自小看了无数场雪，这样坐在城市的半空，以墙为窗，以满城灯火为背景去看一场雪还是第一次，何况身边还是齐聚的家人，为着母亲七十七岁的生日。一时，我们停了言谈宴饮，静静地看着这2021年帝都的第一场雪，内心是宁静的温暖，是现世安稳的感激与幸福……

今夜我一个人。步雪徐来，一样在心里言笑晏晏——独拥一园夜色、一园雪、一园树木，还有窠巢里不眠的喜鹊、乌鸦，冬眠的刺猬，不知藏在哪里的流浪狗……还有我们在这宇宙间长长短短的半世怀想……我静静与它们对语，真觉俱是这世间最富足、最闲逸自由的生命。

我想起八百年前的一场场风雪。宋代文人本是最懂风月之美的，可是刘文成曾祖刘濠却每在风雨雪冷的日子里无心赏景，他在一次次风雪里登高，满腹焦虑四望乡邻的烟囱——谁家烟囱不冒烟，便带了粮食去救济……我感受到那夜的寒凉，也感受到他们心里的凄凉与温暖。

今夜，盛世红尘中的喧嚣暂时为一场雪寂静，远处的每一扇窗都写满温馨。未及千年，这世间，已鲜有烟囱，我们身边，更没了饥寒。

唯此，我更坦然，选择一种风花雪月的闲情。

清朗好个秋

近来常提到退休的事情了,其实还有七八年的时间。这样近秋的年纪,这样的季节,常让我回忆些许多年来的人和事,细细琐琐的。

记得刚工作时,开学前就到了学校。空荡荡的校园,只两个年轻的保安,热情天真。不久见了位主任,他先在走廊低低的窗子里弯着身子看我和保安聊天,长长白白的脸看着瘆人,接着他舒展开身体走出来,瘦瘦高高的。保安对我介绍他是某主任,他皮笑肉不笑的表情,就像那汪着绿苔的水的简陋操场让我心情寥落。

开学后的日子不同了,第一天找我谈话的是矮矮的校长,很老了,抽着烟,满脸慈祥的笑,屋子里烟雾缭绕,墙壁也发黄。他召来所有中层干部,一一向我介绍,又把我介绍给大家,然后安排我的工作——两个班的语文课和班主任工作。每个人都友好地对着我笑,郑重地和我谈话、握手,这样的就职仪式,让我受宠若惊,感觉自己真是大人了。

老校长是要退休的年纪了,整个学校都有些退休前的夕阳无限好。他整天笑呵呵的,对我也乐呵呵的,开会更乐呵呵的,却很少谈及教学,总是告诉老师们该发什么钱了,又涨工资了,如何分配上面拨下来的某一笔钱,教师节他如何去"化缘"了,走了多少单位,化来多少钱和多少物下班前分给大家等。在20世纪90年代北京经济刚刚发展起来的时候,老师们听得高兴,我也开心,莫名也觉得有些不对。后来听老师们说，老校长在时，学校的教学成绩始终是很好的，也便对这种无为而治暗暗称奇。

初为人师，每个晚上我都认真备课，紧张地惦记着第二天要面对的几十个高中学生，没什么资料，就把上学时的课本拿来一遍遍翻看。老校长知道了，安排高中部主任让我买些参考书，特意叮嘱我可以报销。我以为一切理所当然，适逢周末，便邀了一起住校的女老师高高兴兴去买书了。不想消息不胫而走，竟惹恼了其他老师，第二天是非就起了，有人闹到老校长那里，说为什么新来的老师可以买书，他们辛苦多年却不能……

买来的书，送到图书馆盖章充公，然后我办了借阅手续方平息了这乱子。主任笑着点拨我：应该自己悄悄去买书，不该告诉任何人……我似懂非懂，不以为然：几本书有什么计较的？盖不盖章有什么区别呢，反正我总可以用。即便校长不安排我买书，难道我自己不能买吗？

学校别出心裁，掐出两截走廊作为教师宿舍。这是我这辈子住过的最没有尊严的房子。记得第一次主任告诉我宿舍在二楼最东面，我找了两次才找到——实在想不到人可以住在走廊里的。偶尔有学生有事，在午休时间找到我的"宿舍"时，我都觉得尴尬极了。而"权倾朝野"的某主任的专用卫生间也比我们的宿舍豪华得多了。记得第一次找这位主任办事，眼瞅着他从办公室出来去了另一间办公室，他打开锁进去了，我便敲门，没人理，又敲，等了会儿，忽然哗啦一声冲水，才明白这是他的专用卫生间。我窘得走也不是，留也不是，站在走廊手足无措……长期住校的老师只有两个，另一个是回民，要有完全独立的空间。我的宿舍则排满了灰扑扑的架子床，预备老师们中午休息的。这里除了一张张床上满布的灰土，就是窗隙门缝络绎进来的蚊子。

我于是喜欢下了班的办公室。晚上，一个人在这里备课读书是一天里最惬意的时光。转过一个弧形的走廊，是老校长的办公室和他的宿舍，下班后，那里常有值班和住校的老师们和老校长聊天、打牌，都是男老师，我从未参与，独自在办公室享受清净。有两次老校长让住校学生来招呼我一起打牌，我毫不犹豫地拒绝了——让学生转告校长我备课呢，也不会打牌。

的确，我不喜欢那烟雾缭绕的热闹，也不想同事间传我陪领导们打牌，宁可看会儿书或写写信来打发一个人的时光。一来二去，老校长的脸色没那么慈蔼了，见了我官样地点头，笑容也不再持久，转瞬即逝。我开心着年轻的日子，无暇思考这微妙的变化。

多年后我猛然自省：我不仅不该用"不慕权贵""清高"这类词来自我标榜，倒反而是自私和市侩的。试想，利用业余时间陪一位老人打打牌，聊聊天儿，不是很温暖轻松的事情吗？甚者，这位老人是怜我一人在外，形单影只，慰我孤凄呢！

后来老校长退休了，他的浓烈的烟草气和爽朗的笑再没出现在校园里，很快又听说他竟得了肺癌去世了，从此再未谋面。我心里觉得惋惜：那是位可爱的老人，关心老师们的生活，也曾以领导和非领导的姿态关心过我这个年轻教师，却从未得我一点友好和感激。也听同事说，老校长的语文课教得很好，我也不曾欣赏请教过。只经历了他职业生涯中很佛性的最后两年，个中智慧，至今未能领略一二。

新的校长很年轻，很胖，很胆小谨慎。他既抓教学，又想沿袭老校长的传统给老师们创造些福利，然而他的能力和心理承受力都差些，不久竟脑出血去世了，年轻轻的。

对新校长的了解都是侧面的，只有几个片段还有些记忆。

那时全社会都流行唱卡拉OK，学校也置办了些器材，一些爱唱的老师在些年年节节时乐呵乐呵，也颇放不开的。新校长总是观众，张着大嘴笑看大家欢乐，从不参与。

一个周末的晚上，已经后半夜了，我忽然被一楼音乐教室花腔转调的歌声吵醒，麦克的音量极大，撕碎夜空那种。听不出是谁，实在痛苦难熬，我忍不住悄悄下楼去看。门玻璃透出迷离晃动的灯光，里面竟是校长，一个人忘情地唱着，一首接一首。偌大的教学楼只有我和校工老樊在吧，很被折磨了半宿。

我不擅与领导交流，总是宁可躲得远些也不想自己累心。一个偶然的机会和他聊了次天儿，只记得他说："你们见了我觉得有距离，就因为我是校长，其实你不知道，我见了你们更紧张呢，我这个人不会闲聊，心里有话也不知怎么说，可毕竟咱们都是年轻人啊，看着你们有说有笑的，我心里着实羡慕……"

某种意义上，他更是个善良拘谨的人。

葬礼时我主动去送他，痛惜地握着他重病妻子的手，心里凄恻难耐。我对他的妻子有极好的印象：那次学校组织去葫芦岛，校长强调带上孩子家属一起乐一乐。校长妻子关照每个人，很少自顾自去玩儿，在海边，她让我们放心去游泳，拍照，自己却把孩子们聚在一起看着，哄他们堆沙，游戏，之后又把给孩子们照的照片洗好，分发给我们每人一份。

不久他的妻子也去世了，留下老人孩子，这让我们唏嘘伤悲了很久。

不觉人到中年，蓦然回首，也有许多个春夏可以回顾了。人生的秋，也如欧阳修笔下自然的秋——"风霜高洁"，多了些心境的清明和朗澈。遥望那些时时被岁月湮灭的平常日子，确比身在其中时多了些许分辨：谁都会有对错，有时甚至无所谓对错，只要走过的路，行过的事，不全是利己的，甚至是利他的，便可不负此生的修行吧。种种小事也留给后人可资回味借鉴的意义与价值。跨越生死之际，还有什么身份地位的区分呢？唯有善、美、真诚与否，留与世人偶尔忆起罢了。

走在熟悉的胡同，看西风渐起，黄叶翻卷着跌落胡同人闲聊的茶桌，"又一秋来喽"。那套着翠绿扳指儿的汉子，掸落叶片，再裹一裹衣服，聊起去年这日子口儿的琐事；夜晚走在公园，看月上柳梢，漫空的星子齐明。是因为疫情更重视了环保，还因为深秋气朗，一切更分明了吧，连风吹树叶声也"沙啦""沙啦"分外爽利；稻香村的重阳花糕清清甜甜，摆在醒目的位置，也颇具仪式感地告诉来店的顾客又一深秋将至，中秋过后，这里顾客一下子寥落，没有人再盲目地买一盒外表华丽的月饼，更多会选三五块儿重阳花糕，为着即将到来的节气……秋有着太多丰富的内涵和表达。

过去的未来的，一去不复返的和永远留在记忆里的，都在人的心里驶过，有时如脉脉流水，有时若白浪滔天。在这岁月的洪流里转身，看向无际的未来，准备迎受远远近近每个日子和日子里的欢欣或悲苦。到了人生知秋的季节，一切都能清清灵灵地微笑静待了。

真真，清朗好个秋。

西厢小忆

1996年，初到北京，在学校附近找房子住，走了大半个村子，终于选中了一个台阶高高的宽敞的院子，院子里冷冷清清的。敲了门，出来两个和善的女人，笑嘻嘻的，说她们也是租房的，房主人不在。于是进院子看了看：北屋没有人住，沉寂而空旷，院里偏西一棵石榴树，高大碧绿的遮掩着绿窗红瓦的西屋，花格子窗还是用小棍支起的那种。我一下子想起待月西厢之类的古事，于是不犹豫地租下了西厢房较大的一间，挨着的是那两个女人的房子，却窄小得多。她们笑嘻嘻地：这间最便宜。

她们姓唐，两个打工的姐妹，四十多岁的样子，湖南人，极憨厚朴实又聪明能干。我称她们唐姨。

空旷的院子只我们三个人住着，最初的日子过得寂雅恬适。

因那棵石榴树的荫庇，室内清凉凉的，碧纱窗和石榴树的叶片映得屋里绿幽幽的。常想起《红楼梦》中的诗句："宝鼎茶闲烟尚绿，幽窗棋罢指犹凉……"更觉得了雅室一间。夏天的夜晚，能听到透过碧纱窗的虫声和檐下鸟雀的呢喃，清晨醒来，阳光欢快地从石榴树的叶隙间跳跃在碧绿的纱窗上，心也年轻地快乐着。

喜欢有月的晚上，听得街上、院里渐渐静了，于是掩了手中的书卷，轻轻熄了灯，让眼睛渐渐适应了黑暗，再悄悄地拉开窗帘，漫天的月光便泼洒下来，一室水样的银白，哪里还有睡意？于是悄悄拉开门，悄悄地出去，悄悄坐在台阶上，看月儿踱过一片片云，静静地移上中天。"更深月色半人家，北斗阑干南斗斜……"隔壁的门里，传来两姐妹长长短短的鼾声和含混不清的梦语……

喜欢下班后或是周末的日子坐在窗下，听听音乐，读读书，或是会一会友人，年轻的日子，我们是不惮于胡闹的，斯文时临着清清浅浅的音乐，说些过去将来抑或是情感中的欢喜与忧伤。兴头来了，会把音乐放到震天响，群魔乱舞一阵，然后探出汗湿的脑袋吐着舌头问唐姨："您烦不烦？……"她们会操着浓重的湖南话说："新鲜，我们听着新鲜……哪里会烦……"

渐渐熟识了，唐姨们越来越宠我了，换下的脏衣服，如不能及时洗了，即便藏在最隐秘的地方，下班后也能看见它们已飘扬在院子里的晾条上，唐姨们欢快得意地笑着……

有段时间，有个小伙子坚持不懈下班就出现在我们院子里，我无奈，又不好过分无理，于是下班就请唐姨把我锁在屋子里，外面挂着锁，里面垂着窗帘，我于是安静地读书，等到小伙子又来了，我能听到唐姨煞有介事的声音：没有回来，赵老师这些天都没有按时回来，可能去约会了……听到小伙子转身走了，听到唐姨关上了大铁门，再侧耳听听确信不会回来了，唐姨就嘎嘎笑着给我开了门。如此几次，问题就真的解决了。

友人渐渐多了，除年轻的同事们，附近还有个部队，常有年轻的军官过来坐坐，时常有些新面孔，多是内蒙古的老乡。大家很快熟识了，一起吃饭甚至喝酒。一次唐姨送来家乡的米酒，恰单位几个谈得来的女孩也来了，于是大家一起做了简单的饭菜，预备小酌。每人先倒一碗米酒，尝了尝，甜丝丝的，便很轻视，我率先喝了，之后竟什么都不知道了，也隐约记得说了很多话，每个人都大呼大笑的……假装清醒地送朋友们散去、假装清醒地有条不紊地收拾、洗漱……然而第二天，看到唐姨们诡谲善意地笑着：赵老师昨天喝多了，马老师也喝多了……心里忐忑着，不敢问醉后的情形，自己都说了什么，然而答案却已明白地写在了她们脸上，于是几天都不敢正视她们，仿佛心里该隐着的私密都已经晾晒过了，只好盼着她们快些忘了。

最难忘的是西厢的冬天，那几年，北京的冬天很冷，总是刮风，于是更加不愿出门。第一次在唐姨的指导下买了炉子、煤球，开始生火了，却总是生不好，需要常常从唐姨的屋子里夹来火种。然而我却时常想起白居易的《问刘十九》："绿蚁新醅酒，红泥小火炉，晚来天欲雪，能饮一杯无？"那个简陋的火炉给那段简陋的日子平添了许多诗意与温馨。

下班后，很快天就黑了，我们常围炉闲话，炉上煮些粥或几块白薯，或是简单的晚饭。唐姨们很节俭，劝我把灯熄了，因为说话也不需要灯光。她们还说，在她们家乡亮着灯说话叫说白话、黑着灯说话叫说瞎话。于是熄了灯说话，果然更富情致，更开心畅怀……那个冬天的夜里，我们最大的乐趣便是"围炉瞎话"，炉子里跳跃着生动的火苗，火光映在我们脸上、身上，映出深深浅浅的喜悦。锅子里咝咝地冒着蒸气，飘着食物的香味儿……

一个个漫长的冬天的夜晚就这样温馨地过去了。常常是惬意地听着屋外的西北风、吃着烫嘴的白薯、听着唐姨们讲着江南农村日子里的趣闻……

一个个西厢的日子悄悄走过了。我搬进了楼房，唐姨们也回家了，她们的雨儿（女儿）和蛾子（儿子）要结婚。唐姨走时，大老远地坐了公交车给我送来了一箱苹果，我记得两年的时间里她们不曾舍得买过一次水果的。

她们要走的那天，我回院子去送她们，然而门上已经挂了锁，追到她们弟弟所在的部队，却说她们已经出发，不知到哪里吃饭饯行了……

想起西厢的日子，我的心温暖着，怀念着，时时泛起时光不能倒流的惆怅……

怀念那段朴实、真诚的日子。

又忆西厢

　　住在西厢房不久，北屋也住进了人，一大家子：夫妻两个、四个孩子、孩子们的几个叔叔……他们是生意人，显然比较成功。丈夫被称作刘老板，意气风发、精明干练的样子。被孩子称为叔叔的几个小伙子，一看就是被刘老板从农村带出来的，每天忙忙碌碌，干劲十足。

　　不久唐姨们就打听到刘老板的四个孩子只有两个是亲生的，那两个大孩子是领养的。我们背后也曾议论孩子们的长相，两个大孩子各有各的模样，长得很平常。两个小的却极像他们的父母：眉清目秀又娇憨可爱，尤其是最小的女孩，只有两三岁的样子，白白嫩嫩，大眼睛乌黑闪亮，据说比小哥哥小一岁多，然而看起来却并不比小哥哥矮多少。两个孩子胖乎乎的，更像是双胞胎，煞是讨人喜欢。

　　于是，院子里热闹了许多。黄昏时分，下了班，常常能听到刘老板一进院子就欢快地喊着孩子们的名字："……谁吃糖？谁吃鸡腿？……"然后呵呵笑着挨个抱起飞出来的孩子们，把举在手里的吃的一一分在孩子们的手里。老二好像更娇气些，刘老板常常让他骑在脖子上，在院子里面跑来跑去地哄他开心。我们由此更加敬重刘老板夫妇——不分亲疏，对四个孩子一视同仁，甚至并不偏宠最小的女儿，她那么可爱！

　　夏天的晚上，敞着门，门上吊着竹帘，我在屋里看书或看电视，两个小孩子便很好奇，远远地站在台阶下面往屋里看。小哥哥牵着妹妹的手儿，女孩儿的大脑袋靠在小哥哥的肩膀上，两个脑袋并排着，就像两个洋娃娃，我见了，喜之不尽，便开心地招呼他们，然而两个孩子很害羞，一见我关注他们了，便拉着手向后扭捏地倒退着，最后干脆躲回北屋去了……也曾和我说过几句话，却因为浓重的河南口音和稚气的幼儿语言，我一句也不曾听懂过。

一个周末，我正在屋子里看书，听到院子里一阵乱，出来看看，原来是小女孩儿在门口玩，被一辆车顶了一下。看样子并不严重，孩子哪儿也没有异样，只是说肚子疼。刘老板抱着孩子去医院了，我们也没太在意。没想到不到一个小时，刘老板就抱着孩子回来了，北屋响起一片哭声！我震悚得浑身麻木，定了半天神，才鼓起勇气去看了：刘老板的妻子抱着孩子，哭天抢地，孩子小小的身体软软的，一只小手垂下来，可爱的小脸灰白灰白、连小嘴唇也没有一丝血色。

我无法说出一个字，只是拉起那只小手，软软的、尚有一丝温热……

剩下的日子，半夜三更，我常常被孩子母亲的哭声惊醒，总是害怕得心狂跳一阵，之后便不能入睡，渐渐心凉似水……不久刘老板一家人便离开了那个伤心的院子，据说他们把孩子也带回去了，我不知道那将是一段怎样伤心的旅程——也不知道他们巨大的伤痛，何时才能稍稍平复。

此后的黄昏或是夜晚，我害怕一个人走过院子，偶尔有风刮动院子里的一个塑料袋或是树叶，我会悚然回头，仿佛小哥俩又可爱地并排站在那里，或是手牵着手费力地迈上北屋高高的台阶——

一晃十几年了，女孩儿的小哥哥，应该长成一个健壮漂亮的小伙子了。

常常感动

记得有一次，一位同事说，她总是把废品收拾得整整齐齐，即使是装牙膏的小盒子，也会把它们折在一起，用小绳捆好，积攒得差不多了，一起交给收废品的。我不由说道：真的吗？好让人感动。同事笑了："哎哟，你怎么那么爱感动啊？"我半晌无语，淡淡地尴尬着，可是，我真的很感动啊，为什么呢？却终没有说得清楚。

此后也常常感动，为一句话、一首久违的歌曲、一句书写着淡淡的忧伤或喜悦的诗句，更为那些不经意的小事。

年纪渐长了，有了孩子，愈是心颤颤着时常感动，感动于孩子熟睡时娇憨的模样，感动于孩子抱着我的感觉，感动于孩子长出第一颗小牙，第一次自己迈步摔倒……儿子上幼儿园了，第一天高高兴兴地去了，第二天就抓着我的衣服拼命地哭着，哭得满头大汗，满眼是恐怖和祈求。我虽然猜得到我走后老师对孩子的管理和制裁，也只好狠心地走了，我别无选择。

儿子是听话的，他不会不依不饶地哭闹。此后每次去幼儿园都不情愿，但也郁郁地去了，那段时间，我的心时时如浸在冷水里。直到有一天，母亲说看到儿子在幼儿园里做操，好多孩子都哭哭啼啼的，儿子看到姥姥，也大哭起来，母亲急忙藏在电线杆后，儿子找不到姥姥了，擦干泪水，继续做操了，母亲说，新去幼儿园的孩子，只有他一个人认真地做着操。我的眼泪刷地流了下来，很久也未能止住……

有了自己的孩子，于是也更加关注其他的孩子：每每痛心于冬天的菜市场里穿着鼓鼓的纸尿裤在泥里水里玩的孩子，也曾急赤白脸地抢过正在挨打的孩子，又讪讪地把孩子还给诧异的母亲，嘴里嗫嚅着：孩子这么小……

教的学生中，有一个很爱笑的小孩儿，无论是回答问题或是走廊里遇见老师，总是善良热情地笑着，一点点敷衍或是礼节性的感觉也没有，看着他，不由得也会心情好起来，有时也想，这样不含杂质的笑该是基于怎样阳光的生活，怎样阳光的心态呢？

一天，同事说起这个孩子，却说他是个父母离异的孩子，他跟着父亲生活……眼眶霎时热乎乎的，再见他时，看他一如既往，纯净善良地笑着，干净的衣领、修剪得体的头发和指甲……想着这样小的孩子，能把自己照顾得这样周到，甚至比那些在母亲身边生活的孩子还整洁、快乐，心里便时时充满着痛楚与感动。

常常感动，为朋友七十岁的老母亲治好了白血病，为半身不遂后蹒跚学步的病人，为早晨上班时看到迎面走来的女孩掩饰不住的笑，为不爱学习的孩子背会了一篇课文，为家长会上那些期盼的眼神、手机上家长问候的短信……

喜欢听莎拉·布莱曼的歌儿，更喜欢莎拉·布莱曼典雅、精致的生活方式。每每被她的歌声感动：仿佛看到一片银色的月光，莎拉·布莱曼白衣似雪、长发若丝，天籁般的吟唱如水般晶莹剔透……

在莎拉·布莱曼忧戚的歌声里，我忽然懂了自己：爱生活，于是爱一切美的人与事，爱那些精心地生活着的人，爱那些精心的生活方式，不管它是朴素的或是华丽的。因为爱，便痛心着美的事物被摧残，被冷落。而生活中所有善良的、素朴的表达，行动的或是语言的，因此更时时被我捕捉到，时时走进我的心里，拨动我的心弦。

停水的日子

干干的,又停水了,习惯性地开水龙头洗手,冲马桶,总是听到令人失望的轰轰的声音,后来,连这样的声音也没有了。估计不是一时三刻能恢复的了。

小区常停水,所以我们总要储水。看看还好,阳台有一大桶水,厨房还有一小桶,只是阳台上的水有一个多月了,只能用来洗涮。

平时我比较懒,换下的衣服、吃完饭的碗,总要拖些时候再去洗,昨天晚上的脏衣服仍在洗衣机里,今天早晨也没有清理房间。要在平时,这些事总还可以拖一拖,心里也能忍受,如今停水了,看着水槽里堆积如山的碗和各个房间蒙着一层灰土的地面桌椅,我却一刻也不能忍了,立即冲到厨房,大洗特洗起来。

水是不能浪费的,平时这一水槽的碗碟,我非要水哗哗地流半个小时才可能洗好,之后擦灶台橱柜也要擦到抹布里拧出的水完全清澈为止,然后又是洗杯子,洗蔬菜,洗水果,估计有四大桶水也不够。

如今却不能了,我用一个大盆盛了满满的清水,再倒一点在小盆洗碗筷,第一遍要用洗涤剂,盆子比较小,我小心地用蘸了洗涤剂的洗碗布一个个把碗上的残余食物擦掉,再把它放在水里尽力把洗涤剂洗掉……所有的碗碟洗完第一遍,小盆里的水已经成了稀粥了,却没有倒掉,把它存在卫生间里,预备冲厕所用。然后我用一点清水把小盆洗干净,再倒进清水洗第二遍、第三遍、第四遍……

洗第二遍以后的水，都倒在另一个盆子里，用它们擦灶台、橱柜，再换一点清水擦。厨房收拾完了，我舒心地把一大堆碗碟放进柜子里。看看水桶，却已经去了一半。想了想，还是去了卫生间，在满满一洗衣机的床单衣服中，我把内衣拣出来，如洗碗一样，第一遍水直接冲马桶用，漂洗用的水也要分好等级，先擦桌椅窗台，再擦地面。

足足忙了两个多小时，大桶里的水居然还剩下一些。我很有成就感，看看屋子里，比平时还要整齐、清洁。我想，以往的用水有百分之八十都浪费掉了。今后，要节俭些了，不然良心上有些过意不去。

到了晚上，水还是没有恢复，我没有做饭，领着儿子去了麦当劳。大热的天，晚上却不能洗澡，烧点水把儿子浑身擦了两遍，自己简单洗洗，换了身衣服草草睡了。

第二天起来先开水龙头，还是没有水。厨房基本没有用过的碗筷，但摸摸房间各处，又蒙了一层土，脚下走路也觉得不清爽，我还是用很少的水，把房间各处擦了擦。晚上，用仅剩的一点水勉强洗洗睡觉。

儿子打电话告诉值班的爸爸：家里已经没有水了。爸爸很快回来了，借口替我们娘俩提水开了小差。

早晨起来不能做饭，连洗脸的水也没有了。先生赶紧下楼提水，少林弟子般，一手一个桶，我说和他一起抬，他说那样反而不平衡。六楼，四趟往返，先生浑身像刚从水里捞出来的一样，家里的盆盆罐罐却装满了水。"够你们娘俩用两天的了，没水了我再回来。"先生喘着粗气开心地笑，匆匆吃了口饭，抓起汗湿的衬衫再穿上，说回单位去洗澡洗衣服。

水的确用了两天，这两天，我们的日子井井有条，水分配得节俭又合理，屋子从未有过的清洁整齐，厨房也没有一只碗筷干在那里等着钢丝球来擦。幸好这两天不太热，儿子也不敢下楼去玩沙土了。但是我们娘俩终是五天没有好好洗个澡了，停水的第五天早晨，只好煮面条，吃咸菜。吃完饭后，我决定和儿子下楼提水。

　　楼下废品摊儿旁边，不知何时开了家理发店，儿子兴致勃勃地告诉我，她家外面有个水管。很近嘛！我高兴地走进店里，老板娘正忙着给顾客卷头发。我说明来意，她黑着脸不理，我又问："水管在哪里啊？"她才说："把那个塑料管拿出窗外就好了！"儿子也不笑了，我们两个小心翼翼地接完水，老板娘立即把塑料管抽回去了，我说："我还要来两趟。"她理也不理。

　　想是异性好办事，前两天先生来提水没有提起老板娘的黑脸孔的。许是这两天来麻烦她的人多了？边往回提水，边问儿子，是不是还有另外的水龙头？儿子又高兴起来，告诉我，那边的大院里有公用的，就是比较远。我开心地说："费点力气我们也不要看别人的脸色。"

　　第一趟提上去，我们足足歇了七八次，尤其上楼时，每上一层楼就要喘半天。终于到了楼上，我们把水哗哗地倒进大桶里。很有成就感！儿子粉嫩细致的脸上挂满了汗珠，煞是好看。他悄悄换了个小一些的壶，又跟上我下楼了。这一次更加辛苦，人累了，路远了，很费了些力气才爬上楼，儿子泄了劲儿，说他的肚子吸着痛，必须好好歇一歇，还撩起衣服让我看他扁扁的肚子。我告诉他，这说明他的肚子上正在长一块小肌肉，坚持锻炼，就会有满身强壮的肌肉，并向他"示弱"：那个大院我没有去过，很害怕，需要他壮胆。儿子鼓足勇气，提起小壶，又随我下楼了。

　　我们共提了四次水，这是十几年来最强的体力劳动了，我身心舒爽，仿佛又回到二十年前帮着母亲从水井里压水，然后一只手一个水桶，提了到后园子去浇水的年轻的日子。

　　那时我家房子后面有个菜园，夏天的黄昏，母亲常常会浇菜，园子笼罩在金色的夕阳里，木板障子将夕阳梳理成条条缕缕，温柔地铺在园子里，满园的翠绿便有了深深浅浅的别致了。母亲站在蓬勃的碧绿中，在傍晚凉森森的微风里，一次次把清凉的水尽力洒开。小油菜啊、小白菜啊，还有翁翁郁郁爬在竿上的豆角、黄瓜，滚在地上的角瓜、香瓜就都挂上了亮晶晶的水珠了，水珠在菜叶上滚着、跌落着，又浸入黑幽幽的泥土里……这时，总有或采了一筐野菜背在背上，或荷了锄散散归来的邻人，隔了木板障子由衷地夸母亲的菜园，高兴地接了母亲摘下的角瓜、青菜或是豆角，在越来越深的暮色里，依旧恋恋地向母亲取着侍弄菜园的经、聊着没完没了的柴米油盐。

　　提完水，仿佛浇完菜园一般的畅快，这才是生活！环顾四周，怎么没了事情可做？生活的兴致不允许我继续窝在沙发上看书，就把应了儿子几天的计划提出来：陪他骑自行车去远足。我告诉儿子，从现在开始不必太节约用水，回来我们就痛快地洗澡，水用完了明天再去提。我们风风火火地出发了。

　　晚上回来，听到水管里咕咕地响，打开水龙头，来水了！儿子很高兴，跳着去打电话告诉爸爸，我小声咕哝：幸亏我们提前提了水回来，不然，哪有今天的开心！

朴实的浪漫

七夕不像西方的情人节，沸扬得连中国的情人们也情绪涌动，它相对要安静、内敛。

这个含蓄的节日要等到繁星密布的夜晚才真正开始，那时，深邃的天空弥漫无数动人的爱情，烂漫如春花，缠绵若秋雨，然而这个美丽的日子并不是情人的专属，中国的七夕节美得如此醇厚、如此耐人寻味还因为它更多包含着家庭和爱的故事。

试想，如果当初牛郎把孩子托邻居照管，然后自己油头粉面、抱了九百九十九朵玫瑰去和七仙女鹊桥相会，那该是多么煞风景的事儿！

七仙女见了牛郎，定是先抱过小孩子，再揽过大孩子，亲够了，看仔细了，再抬起头来感激、怜惜地看定着更加苍老的牛郎。于是，天空才因为这段朴实唯美的爱情而流光溢彩了。于是，七月初七这一天因为这份内涵深刻、朴实的美丽而称为节日。

假期带了孩子随同事们去旅游，来去不足一星期，回来已是半夜，快到北京时，先生打来电话，问我们几时到站，要不要去接。我说不用，旅游的大巴车会送我们到学校。先生便不响了。

从睡梦中被摇醒，孩子和我们一起下了火车转乘大巴，一路上都在问："爸爸在哪里等？还有多久能到家？爸爸知不知道我买了日本的东洋大砍刀？"我笑着把电话递给他，让他自己问。他靠在我身上，很享受地和爸爸聊天，期盼见面的热烈溢于言表。

大巴车停到了学校门口，大家忙着拿东西、和车旁来接的家属们打招呼。我拖着行李下车，从人群望过去，儿子已在爸爸的怀里，长长的腿托在爸爸的膝盖下面。先生向着我开心地笑，又忙着接了我的箱子一起回家。路上告诉我，天一擦黑，他就跑到路口的小饭店等我们了，要了啤酒，拿了本书，边喝边看边等着我们回来。

　　灯光下，屋子里一尘不染，茶几上，新沏的茶水尚有余温，果盘里儿子和我爱吃的水果满满地堆着，水灵灵地发着柔和的光。先生如招待客人般，忙忙地拿了拖鞋给我们换，又忙忙地跑到厨房给我们端饭端菜，又抱歉地说早晨他到菜市场杀了一只鸡，只是炖得时间长了，有些煳。半夜了，我们没有一点胃口，可担心先生会失望，只好勉强拿起筷子，每样菜吃一点，再吃一点那只无辜的煳鸡。

　　夏天的晚上，小区十一点要停水，来到卫生间，却见澡盆里已经放好了水，旁边两只热水壶也装了满满的热水。由衷地高兴并感动着！

　　很疲倦了，洗涮完，我和儿子不由分说爬到床上，释然躺下。先生替我们拉好帐子，关上灯，却坐在床边的椅子上不去睡觉，他呵呵地傻笑："你们睡，我就这样看着你们，享受享受！等你们睡着了我再去睡。"

　　然而他并不能安静地看我们睡，絮絮地说："昨天，我去西单买东西，遇到一对母子，说从外地来北京，钱丢了，让我借点钱给他们。我想，肯定是骗子！便没有理。后来一想，如果是你们娘俩在外面丢了钱请人帮忙，人家也不理怎么办，想着心里就受不了了，于是追过过街天桥，没有找到，又回到天桥上，在人群里找了很久才找到他们，于是把身上的零钱都给了他们……"

　　"老吾老以及人之老，幼吾幼以及人之幼……"这句话原来有这样动人的实践意义。

　　我舒服地睡着了，由来已久的满意、踏实。

游洛阳时，导游说：牡丹是中国的国花，但却不能作为市政绿化，因为它开时绚烂，衰败时却惨不忍睹……牡丹花残了，需要一年的酝酿重新绚烂，而人的情感却不敢期待来生。

今天是七夕，我在想，情感如花，牡丹般华丽的浪漫纵是动人，却终难始终，一份朴实的情感却恰如那不知名的小花：花开亦美，从从容容，散发不知名的芬芳、透射不知名的魅力；花落亦美，清清雅雅，自成风景。那份不知名的浪漫，也得以朴实、动人的延续。

淡黄的柠檬花

清晨醒来，把窗帘拉开一角，随手拿过一本书，读到了三毛和林清玄的一段公案：三毛要卖一座房子，林清玄想买，钱都准备好了，三毛却不卖了，理由很可爱——院子里的柠檬树开花了，舍不得卖了……

文人的雅趣啊，又要成为历史佳话了。我不由得微笑了。

儿子醒了，攀过来，腻在我身上："妈妈，你笑什么呢，给我讲讲。"我想，这样一个雅致的小故事，儿子未必能懂，不讲呢，他又会失望，于是顺着这个故事编了下去。

有两个大作家，一个叫三毛，一个叫林清玄，三毛有一栋旧房子要卖，林清玄喜欢上了，就拿着一沓钱来了，三毛却又不卖了，因为，三毛的院子里有一棵柠檬树，柠檬树开花了，三毛说："柠檬树开花了，我舍不得卖了。"

于是林清玄就拿着那沓钱站在院子外面等。终于等到柠檬花开始落了，纷纷扬扬。直到有一天，树上最后一朵花也飘飘悠悠地落了下来。林清玄赶紧敲门，说："柠檬花落了，可以把房子卖给我了吗？"三毛却说："不，满院子的柠檬花瓣儿，多美啊，我不舍得卖给你……"

林清玄又站在外面等，直到看见三毛扫院子了，满院子的柠檬花被扫到了大树下，混在泥土里了，林清玄赶紧又敲门："没有了满院的柠檬花瓣，可以卖给我了吗？"三毛说："还是舍不得，花树下埋着柠檬花瓣，土是香的……"林清玄又等了很久，等到天气凉了，柠檬树的叶子也三三两两地落了下来，林清玄又去敲门……"不卖，树上都是柠檬！"儿子抢着说。

我的心喜得跳了一下，接着讲：终于林清玄看到三毛把柠檬一筐筐运到屋里，林清玄又去敲门……"她还不会卖，因为，满地都是彩色的落叶……"儿子又认真地接了上来。

"终于到了冬天了，三毛……"我本想设计一个人性化的结尾。"还是不能卖，"儿子说，"因为满地、满树都是雪花……"

整个早晨，我们沉浸在三毛家柠檬花的花香里，儿子说，柠檬花肯定是淡黄色的，小小的，花香就像柠檬，有点橙子味……

上网查了查，却看到这样的介绍：柠檬树，常绿小乔木，叶子长椭圆形，质厚，花单生，外面粉红色，里面白色……

我不想告诉儿子柠檬花其实是白色或是淡粉色的，不想去改变儿子那个黄色的、柠檬花的世界，哪怕一点点。

心　湖

清晨，我陪儿子读《山海经》，先生也摸起了《林清玄散文》。

先生抬起头，慨叹起来："你听听林清玄的这段话：'……把帝王之花还给帝王。把花中之后还给皇后。我只把最真实、最淳朴、最能与我的美感或爱情相呼吸的留给我自己，我就是江山，我自己就是一个具足的宇宙。'"

先生一个字一个字思考着读，显是文章朴实的内容和逸而不玄的文字打动了他。

我还记得这篇《牡丹也者》的，林清玄由赏牡丹写到威尔斯王子和辛普森夫人的爱情，由此感悟到人要触摸和表达自己最本真的灵魂和情感，用恬淡真实的心，珍惜自己拥有、喜爱的一切——不要因牡丹华贵、享有盛誉而不思考地加入追崇的人群；不要因人人爱慕富贵权势也盲目卷入追名逐利的势力圈。

其实，每个人的柴米油盐中都有非凡的境界。至上的境界是：我们既不接受礼拜，也不礼拜别人。这样的人生境界，不是人人都能看到，更不是人人可以拥有。非有大智慧、大心胸如何能得！

我感叹：每个人都有一个心湖，世间万物不断进入每个人的心湖，有时原进原出，有时变得面目全非，混浊模糊；有的变得庸俗可厌，还有的会被浸染得肮脏龌龊，玷污世风……可是无论怎样平凡的小事，一旦进入林清玄的心湖，都会被荡涤得澄澈清明，变成多棱的水晶，折射着古今的智慧、人心的美好，浸润着世人干涸的心……

儿子听我说得亲切，急切问道："妈妈，那我的心湖是什么样的？"看着儿子清澈、期待的眼睛，我就像看到了鸟语花香中映着雪峰白云、掠过天鹅倒影、世足未涉的处女湖，于是认真地描述道："你的心湖是最美丽的湖泊，那里装满了淡蓝色的、清澈的湖水，湖水里浸着蓝天、白云，还有天鹅的影子，所有人都喜欢走进那美丽的湖水，因为他们能从那里感受到温暖、善良，看到湖岸边童话般瑰丽的风景……从湖里出来，他们会变得更加洁净、善良、美好。你的心湖和林清玄的一样美好，只是没有他的那么大、那么深。"

儿子的嘴角好看地翘了上去，眼睛亮晶晶的，荡漾着湖水一样柔和的光波。想了想，他又认真问道："那么妈妈的心湖是什么样的？"我思忖片刻，也认真回答："妈妈的心湖也相当清澈、美丽。只是，湖水有点苦、有点凉。"儿子的眼睛黯淡了，显然，他不满意。他其实期待一个更温暖的回答，期待看到一个更美丽的湖泊的。他低下头，漫不经心地继续问："那爸爸的心湖呢？"我还沉浸在刚才的问答中，有点心不在焉，只是机械地重复："爸爸的心湖……"

儿子等了会儿没有答案，偏过头找准了我的眼睛："爸爸的心湖是不是有点油？"啊哈哈哈……我和先生大笑起来，我赶紧订正："没有，儿子，爸爸的心湖和我们的一样，只是更广阔、更温暖。"

在读林清玄的文章中感受智慧的幸福。

在与先生、儿子的对话中感受真切的幸福。

这样朴实的幸福，就在我的生活中，永远在我的生活中。

我又忆起了林清玄的另一首诗：

  永远在风中，风无过去，也无未来；
  永远在云里，云过去自由，未来也自由；
  永远在心情，心无挂碍，远离执着，在契入失去时空的那一点，永远就永远都在。

陪你回乡去看雪

预报有雪。有点新鲜，有点回忆迭出，也有点莫名紧张——明天周一，又要上班了，很怕雪天更冷，毕竟深冬了。

夜里十一点了，屋子暖暖的。先生值班未回，我独自收拾了厨房，洗干净最后一只杯子放好。没忘了给餐桌上的长寿花浇点清水——长寿花开得这么早，定是有些祥瑞的，我总把这祥瑞期待在儿子身上。计划着明天换个浅色质厚的桌布，衬得这肥厚的绿叶和红的碎花更别致。

关了餐厅的灯，把洗好的水果送到儿子房间。儿子抬头粲然一笑，看看正写的练习册和旁边的默写本，知道他的功课还没完。我有点着急，问问儿子，说还要做些题。嘱咐他抓紧别耽搁，便去睡了。

房里有轻轻的脚步声，看到儿子进来了，便问："写完作业了？明天的检测准备好了？"儿子笑着点头："完了。"又问："来干吗？"儿子不说话，把头塞进两片厚厚的窗帘之间看窗外，我又问，"看什么呢？"儿子把头扭回来："看雪。"又分开窗帘贴在玻璃上仔细看。

"下了吗？不是说后半夜才有雪？"

"有，已经零星下了，海棠树上挂了雪，明早就白了。"儿子很有信心地说，"妈，明年我高考完了，到你的家乡去过个冬天，我想看大雪。"

我的沉重的心忽而轻松起来，儿子丝毫不觉今晚的雪会让北京的冬天更冷，早起上学更有压力，而是在繁重的学业中，反而盼着一场雪。自然界的变化，更让他感到新鲜有趣。儿子始终是个很有情趣的孩子啊！

睡意浅了，我裹着被子坐起来，拍拍床："儿子，来，在妈妈这儿坐会儿。"

儿子最喜这样的召唤，三两步跨过来，一头滚在我身上。我抚着儿子宽宽的额头，手指从他黑亮亮的头发里穿过，凉丝丝清爽爽的。儿子的眼睛喜盈盈的，还在憧憬："妈，你小时候的雪有多厚？"

"嗯，就是早晨起来窗子亮得耀眼，门外的雪太厚，使劲推门也推不开……路上不能骑车，插着雪走，没了膝盖……"

儿子呵呵地笑："这么大的雪，应该放个'雪假'……"

"放了'雪假'做什么？你又惦记着假期。"

"扫雪啊，赏雪啊，喝酒啊，烤火啊，你不是最喜欢'绿蚁新醅酒，红泥小火炉'吗……"

天晚了，劝着儿子赶紧去睡，我也重又躺下。

和儿子相约高考后回乡去看雪，这世间还有比这更浪漫唯美的事情？我几乎忘了眼前的焦灼。

家乡定有一场雪在等着我们，等着我和儿子站在天地间，看漫天飞雪落到妈妈蹒跚长大的土地上。让他在一夜风雪后陪着妈妈走一走上学的路，让他也感受一次戴着厚厚的手套围着厚厚的围巾指尖和鼻尖冻得生疼的感觉。

家乡还有一只火炉等着我们。就让我们再奢侈一次，把大块儿的松木塞在炉子里，听那毕毕剥剥燃烧的声音，看熊熊的火苗舔着炉膛，享受炉子上的水壶咝咝响着水开的声音，还要在炉火的余烬中埋上一窝黑土地生出的黄瓤土豆，让那个雪夜的小屋里，弥漫甜香的味道……

家乡还有一窗的冰花等着我们。拉开厚厚的窗帘，儿子定会惊喜失声。那些窗花，曾给我和姐姐妹妹冰雪世界最神异的想象：这里是丛菊，那里是芦花；这里一池白天鹅，那里一群和平鸽；这里影影绰绰是女王的城堡，那里仿佛齐天大圣正翻着筋斗云闹上天庭；有时这么看是一张魔鬼的脸的侧影，那么看又是一个临窗的美人儿，一忽忽儿又都变了……

用哈气暖开一块冰花，外面的冰雪世界那么切近：窗台上奶油蛋糕一般层叠的厚雪，面果树上云朵梨花般挂满的雪絮。雪的世界里还会挂一个红灯笼，映得满院儿胭脂红……院子外面，小镇的街道，人家的屋顶院落，千山万岭的天空都在飘雪，为着我和儿子等了十八年的"雪假"……

想着刚才儿子明媚的笑，我沉沉睡去，心里也盼着明早的雪会更大。在这鲜有大雪的帝都，珍惜每个季节天气的变化。我会和儿子一起，走在他的故乡里，在清晨阑珊的灯影儿里，在雪的微光里，一路听着咯吱咯吱的雪声儿去上学。

儿子其实和多年前的我一样，会在一场纷纷扬扬的雪里，忘了寒冷，忘了心头沉甸甸的责任，终留下惊喜和美的记忆的。

多年后，他会在哪里，和谁一起，怎样地忆着这个夜晚？

去年园里

　　去年暑期，每晚都去公园，享受夜的清、静和暗夜里不一样的生趣。后来多了个更开心的理由：喂小黄狗。

　　入园右转，一段幽僻的路。左侧是浓密的黄栌，右侧是森然的松柏林。一路松柏浓淡的清香和黄栌清苦的味道。这里是公园的入口，总早早关了灯，我猜是公园管理人员的小机智：园外的人见了这黑，便罢了入园的念头罢。我却知这柳暗花明的秘密：园里幽迷惝恍的灯到夜半十一点才熄。

　　转过黄栌松柏的曲径，再转到一条杂生着高大枫树、法桐和槐树的环形主路上，前面红花洋槐树荫儿下就隐现着看园人的房屋了。

　　一路星星点点的虫鸣；远近偶尔一两条蛙鸣，像挂在低湿的灌木上，水涝涝的，悠长后戛然而止……

　　灯光渐多，明一处暗一处的。隐隐地，几个看园人在石桌边，操着河南或山东口音，高一声低一声有一搭没一搭地聊着，指间的烟头明灭。或没什么语声，偶尔一声清脆的落子——灯影儿树荫儿里，几个人围着一局棋。

　　看园人的大金毛没了，还是习惯地朝那栅栏看一眼——那真是个漂亮的小伙子。栅栏外总是盘成一团儿的流浪狗也没了——我曾为它庆幸着好歹有了归属。就连脚上戴着铁链儿比鸽子还大的傻鹦鹉也没了。

　　没了金毛瓮声瓮气的叫声，没了鹦鹉嘎啦嘎啦的喧嚣，也不用防备流浪狗忽地把插在臂弯儿里的嘴拔出来呜呜低吼,这里着实沉寂了些。

但我知道层叠的灌木树林后有个球场,总有几个年轻人打球,隐隐的球声、一两声吆喝,篝火般橘黄炽亮里影影绰绰几个腾跃的身影……

岔路口右转,满落粉色幽灵的木槿树夜色里美得惊人,如桃源桃林,神秘悠远。木槿林没到尽头,路左已远远接了片馒头柳,柳林连着椿树,自成气势。一架长廊,就卧在椿树林下,白天里也幽静森凉。粗朴的廊檐柱窗、厚重的木椅桌靠,却是玻璃罩顶。顶上绿枝摇曳。古意生趣,盎然上下。

一次大雨,我和好友恰在此亭。漫天的雨,穿廊的风。巨大的树冠在风雨中飘洒,白亮的雨水从树冠流下,汇成溪流冲刷着玻璃亭顶,煞是风雅。无淋漓之苦却有与天地风雨融为一体的酣畅。后来忆起那日风雨兴致,独缺一溪一舟一蓑衣,或少一炉一壶一盏酒罢了。

在这里相识了小黄狗。那天清晨跑步完,在亭里压腿。看廊外茵茵绿草漫向远方,草地上浓荫如盖,斑驳的光影从树隙跌落。喜鹊哗啦哗啦叫着,飞飞落落忙得煞有介事。

正自愉悦,见林里跑出一只小黄狗,大脑袋大耳朵大蹄子。它跑到我面前,欢快友好,尾巴摇得连屁股到头都晃起来。它有三四个月大的样子,有点瘦,但骨架大,很像一只金毛。它的后面,安安静静地跟着另一只黄狗,更瘦,尖嘴猴腮,眼睛和嘴角都耷拉着,毛色和"小金毛"一样,看来是它的妈妈。它夹着尾巴,一点也不讨好人,做出随时要逃的样子。"小金毛"走几步就回头看妈妈,它绝不离我太近,但看得出它实在想表示友好。于是我蹲下来,叫着:"小狗狗……"

它一寸寸蹭过来,用鼻子碰我手指,又飞快跳开,回到它妈妈身边，把脸和脖子在妈妈身上蹭，好像在说："是不是没事儿？别生气了，不用担心……"

晚上，我带了肠儿和鸡蛋来，它们没在亭里，我试着叫声"狗狗"，它在远处大叫，跑来，高兴得像撒欢儿的毛驴儿……它吃了很多，它妈妈却很少吃，虽然它很瘦也很饿。

自此我夜夜见它们，仿佛有了默契。偶尔来得晚些，它们已顺着路接我很远。有时它们还会带了朋友一起来，其间有个小黑狗，很漂亮的小身量儿的京巴儿，没人替它打理，耳边的毛打着绺儿过了膝盖，像垂着的流苏。它很欢快，也很镇静，是那份流浪久了的处变不惊，加之两侧耳边的"流苏"和端庄的容貌，我便称它"黑皇后"，然而先生说它是一只小公狗。我大笑：这份成熟老到、端重自持真是难得。

及至有一天，遇了一个打扫卫生的，见我喂狗，不满地嘟哝：人家喂狗都放在坟地里，那里没人打狗，总让狗到这里来，早晚要出事……

我十分震惊，再去园里，一眼看不到小狗，就担心它出了意外。并且再不敢在亭子里喂狗了，有段时间甚至刻意不去那里，即使去了也不敢叫它。

渐渐地，小黄狗不再等我。

过了段时间，我在公园边的树林里见了它，彼此都惊喜，它围着我跳，但我却没有带吃的。第二天，我拿了它们喜欢的鸡蛋和火腿肠，试着在那里找它，却终未见。此后，偶尔也能遇见，却没在固定的时间，也没带着什么吃的，便终没建立起原来的默契。

秋天时，它长大了。有次我听到林子深处狗叫，试着喊了声"狗狗"，它真的跑来了，已长成高大威猛的样子。后面跟着大小几只狗，却没有它妈妈。它围着我咻咻地叫，喘吁吁的，又用鼻子碰了我的手几下，很用力的，然后果断走了。几只狗尾随而去，像一起忙着什么正事儿。林子深处传来越来越远的叫声。

依然去公园，看树绿花开，听蝉声鸟鸣，在花飞雪落中慨叹流光易逝。依然在雨天小心着走路，避开冒冒失失钻出泥土的蚯蚓；依然捡起刚出土的幼蝉放到高高的树上，心惊胆战看着远近寻蝉的手电光；依然会在月明星稀的夜晚走过错落着鸟窝的大树，恶作剧地加重脚步，侧耳听着有没有胆小的喜鹊飞出窝巢……生命相惜相慰，所有或生动或安静的生命都值得依恋惦念，都能获得一种与之交流的欣喜与慰藉。

只是每次走过那片林，总放慢步子，期待地看向林子深处，想象那漂亮的小伙子，带一群伙伴，远远地，欢天喜地地跑来……

心中总有"桃花依旧笑迎风"的淡淡的喜和忧。

闲处光阴易过

昨夜和儿子相约读书，刚翻开久违的竖版檀香《红楼梦》，接到朋友信息："淅淅沥沥的小雨，我独自悠游，夏日这清幽一刻，可不要错过……"心下喜极：最幸寒暑易节，有人惦念。夏日微雨，我果在友人的雨丝里了。又想起苏轼的《记承天寺夜游》，仿佛自己是张怀民般应邀在月色中步于中庭了！而此时我要做的事情，也甚和此境相吻，遂欣然回复："一卷红楼、一帘烟雨、一缕牵念、几多情味！"

一个短信，温馨了这个雨声淅沥的夜晚，心情异样愉悦起来，重拿书卷，再从大荒山青埂峰细细读起，不觉夜深，劝着儿子睡了。

才熄了灯，儿子便咳嗽起来，伸手摸摸，是汗湿的背心被夜风吹得冰凉，贴在背上，该找件新的与他换上，无奈困倦乏力，实在懒起，便把夏凉被一角塞在他的背心里。咳嗽停了会儿，又起了，再换一个角塞进去，摸摸，不出汗了，搔着后背，咳嗽渐停渐息。我刚要睡，他又咳起来。想是毕竟着了凉，无奈，还是起来倒杯温水递他喝下去。几番折腾，好像刚睡着，梁上的雀儿便叫了起来，阳台上大嗓门的鹦鹉也抖擞地应和。睁开眼，天微微的紫蓝，已经亮了，儿子睡得安然，舒服的样子，看来昨晚的咳嗽已不是问题。

想着这样的雨后清晨，郊野公园中定是别有风景，竟没了困意，带了小狗毛球去公园了。

毛球兴致勃勃，迈着粗短的小腿飞奔。它真是明星，颇得晨练人的赞美，我一路笑呵呵地向人家介绍："两个月大了……""不知什么品种……""不用拴，它不乱跑……"其实我知毛球是惦记着我口袋里的狗粮，才如此卖命亦步亦趋。

快走，压腿，扭腰，看新雨后浓淡的草树，听练嗓的人不依不饶地拔高……晨风微微地凉，风里变幻着各种植物的清香。

最是那一片黄花菜险些醉倒了我，齐胸的黄花菜"欻欻欻"地开出了千万朵水灵灵的花，晨风摇曳，香气浓郁得直把我掀翻到五六岁的童年。记得那时，每个夏天，父亲用麻袋从山里采回黄花菜，小山般倒在院子里，母亲手里的针儿，顶出花儿鲜嫩的叶汁儿，长长的线从花蒂湿润润穿过，那花便一朵朵排在线上，再一串串垂吊在屋檐栅栏上。小院成了黄花菜的世界——它们的绚烂、它们的芬芳、它们在大人口中、厨房无尽地演绎……我却不喜那味道。我不能呼吸。更不愿闻锅里母亲做好的黄花菜味儿。然每年一个季节浸泡在那味道里，它便悄悄融在了我的生命中，不知从哪天起，我已爱上了这清香，今天闻到，竟随它跌进遥远的岁月里，几乎不忍回来。

木槿花绽开一树树妩媚，花儿直探到旁边沧桑的古槐干上，我叹那妖娆的花儿能懂老树的深沉，叹它用粉色的花瓣儿衬出一颗颗露珠的晶莹，我惊奇地发现，木槿花不会凋落，绚烂过后，花瓣儿又合抱一起，仿佛蓓蕾初绽，花瓣儿松松相拥，安静地斜倚在树根下的草窠里。

石板路边宁静的桌椅、砖缝里的青苔，草叶画在地上的水墨画儿、托在掌上的露珠儿，宝蓝色的小甲虫……我试图用相机拍下这美妙的一切。

毛球见我一次次蹲下，变得激动异常，处处抢镜头、在镜头前打滚撒泼，最后浑身露水，却站在我面前一脸无辜。

上午陪儿子学习，下午孩子上机器人课，送走他，困倦袭来，刚躺下，看到朋友的信息："昨日在雨中想起年轻的岁月，想你了，便写了篇文章发在空间里，去看看吧。"

怎么日子变得如此有味道？怎么心情就这样如困意朦胧时的微醺？这样的日子，这样的美好，仿佛寄在指尖发梢会稍纵即逝。想起红楼中的一句话：闲处光阴易过。

是了，日子闲了，更因心境闲了——因无闲事挂心头，正是一年好光景。

粗饮茶

爱茶，从小时家里白色大茶壶里酽酽的红茶，到不知哪天换成的大包的浓香茉莉，一路喝着糙茶长大，养成了始终不喝白水的习惯。有时路上渴了，也终不愿草草买些白水饮料应付，不愿辜负焦渴时对茶的切望，一路忍耐地回去，喘息收拾停当，妥妥端起滚烫的茶，静静享受唇齿脉息一丝丝被安抚的幸福。

办公室不是喝茶的好地方，成堆的作业、喧嚣的上课下课的铃声、涌进涌出的学生，皆没有面对一杯茶该有的清静。便不愿破坏喝茶的好兴致，只煮些菊花苦丁、红花枸杞之类，按理清心明目、通脉养血，用工作的时间，负点对健康的责任。也偶尔喝些同事们现煮的梨汤银耳、咖啡牛奶，也只为凑份儿应景儿，无可无不可，终觉淡淡的。

其余时间便不愿辜负对茶的渴爱了，进家一盏茶，饭余一盏茶，闲聊时一盏茶，读书时持盏茶，坐在沙发上呆想时，也会顺手摸了茶盏，审度着节令气候、心情冷暖，认真选择冲了，再托在手上看茶烟袅袅。周末更惦记着一卷未读完的旧书、一盏可以悠悠喝到太阳升起的闲茶，早早爬起。

日日与茶厮磨，却最不懂茶的，饶是新学了茶道的学生侃侃地谈些茶经，我也只有听的份儿，颇新鲜享受。于是也认真买了茶文化的书来读，越觉距茶远了，陌生了。

古人的茶经终是好的，但无论是儒家对茶的规范、道家面茶的不拘泥、由茶而起的逸飞神思，抑或卢仝"七碗吃不得也，唯觉两腋习习清风生"的独特感受，均是在丰厚的文化背景下玩味而出的，是由文化而茶、茶而文化的一种欣赏体悟中的融汇沟通、理解升华。这一过程是由生理而心理，继而思想的愉悦过程，经历几千年的积淀，经由爱茶文化人的整理承袭而来，那里的千种感觉、万般思量，如何能在几期课程中习得、在一壶茶的冲泡沸卷中便得体味？终是一件华美的外衣而已，借鉴了中式日式乃至欧美的衣料花式，翩翩然披上了，然而那舌尖上的感受、心理上的贴合，到底距茶还远呢！更难将一茎暗绿酽黑的茶瓣儿，置于湛蓝深邃的文化背景中真正理解赏味。

这样想来，倒是不讲究，更接近茶本身，不无辜地牵扯文化更轻松、不区分唐朝清代、中式日式才更自然。

放下书，放下古人对茶的理解，放下所谓文化、体式，面对一杯朴实平易的茶，才觉又喝到了茶的滋味。

再沏一盏茶，是黑茶浓烈中的清香、是普洱经历岁月的醇厚，最是清淡绿茶怡情，口中一抹茶汁儿，心头已飞起从未经历的茶山、茶海、茶乡和必得在余生中一一亲历感谢的向往。

泡泡仔仔的日常
——长夜难耐

昨夜先生回家去陪老母亲，猫便失去了收容。

儿子洁癖，即使表达对猫的喜爱也仅用两根指头捋一捋猫头，绝不会与猫同榻的。我也介意留宿猫一宿后诸般吸尘换洗的麻烦。便狠一狠心，对守在卧室门口的两只猫做了一番思想工作："你们两个今天要相亲相爱，都睡客厅啊。我实在怕你们的猫毛啊，甩耳朵啊，明天爸爸回来，就有人管你们了，仔仔不许敲门……"

猫们听懂了，因为过了两分钟我开门，它们都离了那里了。而平时两只猫想到哪里留宿，泡泡都要痴痴等上很久固执不去，仔仔要几番粗暴开门无果后才悻悻作罢的。

我心轻松，回到床上，继续读林语堂的《老子的智慧》。林语堂真是学问家，那么自如地穿梭在古今中外博学者之间，他说："若说老子像惠特曼，有最宽大慷慨的胸怀，那么，庄子就像梭罗，有个人主义粗鲁、无情、急躁的一面。再以启蒙时期的人物作比，老子像那顺应自然的卢梭，庄子却像精明狡猾的伏尔泰……"可是我的思维不能集中跟着林语堂穿梭，我想两只猫其实也有这些学问家的丰富的智慧和感受，它们如今受了冷遇，悄无声息地散去，不知今夜如何安顿？

于是又起床去寻。客厅里没有，沙发上、椅子上、榻榻米上的花盆旁，竟然一只也没有。我又去书房，先生的被子整整齐齐，窗帘和窗子都打开着，有风微微地吹得帘动。它们是常常蹲在帘子旁看外面人来鸟去、虫飞狗跑的。有时仔仔会蹲上书柜最高层表达心情不好。如今都没有。

儿子的房间静静的，推一推，门关着。厨房也是我特意关好的，只是没锁。我犹疑地去看，发现敞了半尺宽的缝，便知道仔仔又发挥溜门撬锁的特长了。果然，仔仔趴在厨房窗边的茶桌上，没看窗外，而是把头圈在臂弯儿里，委委屈屈的。见我来，抬头看我，眼睛里是坦率的忧郁。我问它，泡泡呢？仔仔的耳朵立了立，没作声。我四寻，仍不见。

又回到客厅，却见泡泡蹲在客厅正中间，幽怨地看我，有些睡眼惺忪，显然刚才在什么地方凑合着睡了会儿。"为什么不和仔仔一起睡？"我托起泡泡，把它送到仔仔身边，"多舒服，仔仔真会找地方！就睡这里吧，看看外面的风景，困了就睡。"两只猫互相舔着脑袋，很安逸美好的样子。

我便彻底放了心，也回屋睡了。不忘把厨房所有物什器皿都放进冰箱或柜子。陶罐里半罐黄豆，上面盖个厚重的玻璃盖子，估计他们不至做出什么文章，便没有收起。

一夜安静，这个晚上是入夏来最舒服的夜晚。下过雨的晴天，凉爽清新，天上的星粒粒分明，在片片缕缕的云间闪烁。又逢周末，人们早早睡了，关了空调惬意地享受自然的凉爽。没有邻居空调的噪音，我打开离我最远的半扇窗，放进呢呢哝哝的虫鸣和夏风走过海棠树的沙沙声。

一夜睡得安稳，仔仔竟没来开门，也没有撒娇地叫。我舒服地睡醒，打开门。两个小家伙一个坐着，一个卧着，显然已早早起来，等我很久了。真有教养！我感激地拿了猫粮，在它们空空的碗里各倒入一些，看它们香甜地吃，发出咯嘣咯嘣的咀嚼声。

我提了茶壶,去厨房烧些矿泉水。它俩贴着我的腿亦步亦趋地跟着,表达着一夜未见的思念。

进得厨房,却是一惊。我看到桌上黄豆罐的盖子好好地放在一边,里面的黄豆所剩无几,地上却铺了满满一层。我不知道是素喜以豆为球的仔仔召开了一场别开生面的足球赛,还是两只猫为打发漫漫长夜,数了一夜的黄豆。

我想象着仔仔颁布新的足球规则,两只猫群情振奋,一次次勾球出罐儿,四面投射,又想象它们一左一右坐在罐儿边,你扔一粒我扔一粒,偶尔挺挺疲乏的脊背,悠悠长叹。罐里黄豆渐渐少了,地上黄豆渐渐多了,窗上终于曙色渐明,两只猫拍拍爪,跳下来等我。

郑小龙导演莫言的《红高粱》表现独居的大奶奶长夜寂寞,就设计了这个细节,好有表现力!

豆子是不能吃了,但我依然细细地收了储在罐儿里,只是把那玻璃盖子索性拿开。就待下一个寂寞的晚上,仔仔泡泡踢踢足球或数数豆子吧。

谪儒泡泡

家有两只小猫：一曰仔仔，男性；一曰泡泡——原名泡芙，简名儿泡泡，女性。后来我常疑泡泡前世书生，今为谪儒，遂多钦敬意。

从原主人家接回时，仍有料峭春寒，猫主人怀里两只猫，都好看，我便有些目眩，不知选哪一只，递给驾驶位的先生甄选，他直接丧失抵抗能力，差点忘了把毯子还给人家。

我们就载了两只猫喜悦满满有点儿忐忑地往家赶。仔仔惶悚不安，爬上爬下地叫；泡泡一动不动趴在座椅上，好像睡了，我仔细看，竟是大睁着眼睛的。我以为它是胆大不慌或是能隐忍，后来发现是后者。

泡泡其实更是一只胆小的猫，仔仔承受的不安，在它心里更加巨大，但它选择了沉默。此后的日子都如此。

一次我没站稳，倒退一步，恰踩在泡泡身上，很重很重。它叫了一声就不见了，我很担心，到处找，用逗猫棒引它出来，却真的没找到。它认为我有意伤害它。整整一天，我几次三番把能想到的地方都找了，无声无息。我绝望地想：一定是死在哪个我没能想到的角落了。

直到晚上先生儿子回来，我们才看到它悄悄出来了，静静地直立在窗前的榻榻米边，静静地看窗外。回头见我走来，又钻进床底，先生叫着它吃饭，它出来，吃了很少的猫粮，喝了点水又不见了。

第二天，他们上班上学走了，泡泡又是一天没出来……

宅在家里的猫，最是寂寞，仔仔的寂寞最深，因为它没什么爱好，除了吃，除了把一颗果核儿或小石子儿当足球踢得疯狂，再就要缠着人和它玩儿了。有时仔仔也在阳台上看树上的鸟儿，隔着窗子徒激动一会儿。热闹一过，它就离开了，希望能在屋子里找到其他有趣的事——结果往往并不如意，于是仔仔披了满身寂寞，在屋里溜达着叫。

泡泡则不然，除了看鸟儿，它更喜欢看小园儿里猫来猫去，看它们饥不择食地吃，看它们相依相偎晒暖，看它们被突然出现的淘气狗追杀，看吃得饱了的大雄猫等着弱小的女朋友吃饱后相跟离去……

它总是早早起床，仔仔还睡得头滚出窝外，它已悄悄起来了，静静地坐在榻榻米的玻璃窗前，静静地仰头看新醒的清晨：那里有早春的阳光在新叶上闪烁，有早起的麻雀且叫且跳，或有一只蜘蛛吊在屋檐的丝上上上下下……泡泡可以静静地看一两个小时，紧要时也激动地把一只小爪搭在玻璃上，再缩回来，蜷着，在半空里举着忘了回来。

几只流浪猫在外面野了一夜，捋着窗台回来园里吃饭了，泡泡不再平静，它躲开花花草草，找一个最能看清它们的角度，一会儿坐着，一会儿站起来扒着窗往外看……

我怜它缺朋少友，有次帮它穿好漂亮背心，拴了根粉嫩的花绳儿，连着仔仔一起牵着进了小园，流浪猫并不怕我，静静蹲在花丛里看着，我以为它们会因为我日日喂它们，高看一眼我的猫，或至少来了新朋友过来亲近两下，聊解泡泡累日仰慕了。不料它们见了这五花大绑的两个，愣了愣，抬起脚抖抖土走了。泡泡牵在我手里，静静地看它们走远。

想到我的心思细腻的泡泡可能今生不会有朋友，我心愧赧悲凉。

于是泡泡只能看，看窗外一个小小园子里频繁或偶尔的来客。

有次来了只刺猬，在小园儿住了两天。什么新鲜节目也没有，磨磨蹭蹭地爬过来爬过去，多数时候在两株月季花之间的草丛里挪，最远一次挪到海棠树后，很久不出来，泡泡就耐心地等，头伸着，鼻子贴在玻璃上……泡泡就这样看了两天，若不是有丰富的心理活动和超出眼前刺猬的想象，如何能看那么久呢？

泡泡吃东西朴实儒雅，什么猫粮都吃，虽然吃得少；仔仔有时就不吃，仰起脸来叫得你心里愧。但泡泡还有它独特的喜好，比如冻干猫粮里看起来最恐怖的小鹌鹑，仔仔每每躲开，害怕的样子。泡泡却一顿能吃两只，眼瞅着小鹌鹑的头、爪被咔嚓咔嚓咬断，被不动声色地吞下去，感觉泡泡好狂野。这让我想起苏轼在黄州吃猪肉："黄州好猪肉，价贱如泥土，贵者不肯吃，贫者不解煮。早晨起来打两碗，饱得自家君莫管。"泡泡实也喜欢吃牛肉干，必须是品质很好没有添加剂的。它也喜吃甜食，尤喜稻香村的蜂蜜蛋糕，其他成分复杂的无论多好都不会闻一闻了。有时我吃这些东西，偶一低头见泡泡蹲在脚下，已等得很久了，便给它一小块儿，只需指甲大一块儿，吃了，它就开始洗脸，再给，绝不多吃了。

泡泡最喜坐在我电脑旁的椅子上，**静静看我打字**。有时打印文件，它赶紧过去，伸手在打印机里掏着，半个身子都探进去，直到最后一张印出来，它再回来，依旧坐在我旁边。若我工作得久了，忘了它，它就站起来，把手搭在我胳膊上推推我，如此反复，侧头看它，它的表情非常严峻，好像我忽略了重要的事情——把它忘得久了。我便摸摸它的小脑袋，它也郑重站起来，在椅上转两圈，各种角度蹭我的手，像马一样两只前蹄在椅上交替踏着，一忽儿又忽然躺倒，心满意足地呼呼儿哼着，睡了。

冬天里，喜欢煮了白茶，坐在炉边慢慢地喝，炉上*丝丝*冒着热气，屋里飘着清甜的茶香，边喝茶边看看书，这是我最惬意的日子。

也是泡泡最尽职陪读的时候，它端端坐在壶前，看着茶烟，听着茶声，就像《核舟记》里的舟尾的童子"若听茶声然"，有时抬起头，追着茶烟嗅着，很享受的样子。仔仔则不然，总水声大了被吸引来，没什么变化了便索然走开，或索性在茶炉前睡了。

我常想猫若也有前生，泡泡定是爱静爱茶的读书人，它莫名喜欢这味道这气氛，恰是前生来处的一种密码吧。

"宁可食无肉，不可居无竹；无肉使人瘦，无竹令人俗。"这也是东坡学士说的，临窗观景或是凝神煮茶时，泡泡自是儒雅端肃；面对枯燥生活里可口的美食时，泡泡食肉的快感也是那般直接而强烈。但此时，若摇动阳台窗上的风铃，泡泡也会丢了嘴里的鹌鹑热切地跑来，尽管不能出去，它仍愿贪看打开了的窗子，窗外虽无竹，却也有文人爱的自然与自由。

日啖鹌鹑两只，不辞今生为猫。泡泡前世缘何被贬，今生若何为猫，终猜测不透。但泡泡应与我有故，不然，万千人中，缘何特特儿寻了我来？且珍惜着这奇妙可爱的猫缘吧。

麻雀 猫

那天下班早，了了手头的事儿走出校园。街上静静地有些空荡，早秋的阳光轻盈地落了满世，时光的步子格外悠然。

只我一人进站。刚迈上地铁站自动下行梯，就见一只麻雀闯来。它惶乱地想落在自动梯左边的扶手上，却发现扶手表面太滑又在移动，起来落另一边，依然没站稳。于是它奋飞，向着地铁站入口右侧高大透明的玻璃窗冲去，不想重重撞落。我仿佛听到麻雀耳朵里如雷般"轰"的一声……然而，片时，它又飞起，仍撞落……我离得远了，在扶梯上踮起脚看，想着它该是掉在了窗台上了吧。

在自动梯上无法走回头路，我只好盯着它落下的那块儿玻璃，心里急着赶紧走回高高的台阶，看它是否伤得很重。

自动梯剩下的路程似乎很长，我一边也向下走，一边又回头看着那众多大玻璃窗中的一块，我很担心一个不留神，就搞不清楚是哪块儿了。

这个地铁口没有上行自动梯。就在我预备走台阶上去的时候，我看到那只麻雀飞起来了！仄歪着翅膀，然而却是准确地朝着门外那广阔的天空飞了出去。

地铁入口仍没有人，只我怔怔地站在高高的台阶下，几乎热泪盈眶。麻雀内心经历的惶恐和强烈的求生欲望应该和人经历困境时的感受无异啊。然而此刻，它终于又飞在秋日的暖阳里了。

昨天开学第一天上班，我看到在办公室门口——两楼之间的天井里的一只麻雀，那也是误闯入楼内的可怜的小家伙，它没有这只麻雀幸运，它躺在潮湿的生了苔藓的灰色方砖上，毛羽凌乱，早已没有了气息。

我又想起家里楼房地下室的猫。地下室很大，被物业隔成很多房间卖出去，有些业主买了储藏东西。我没有买，也就没有地下室的钥匙。

家在一层，有段时间，总听到凄厉的猫叫声。始终以为是二楼传来的——二楼是些租房的人——一些年轻人租在分隔成很多房间的一家里。我以为是他们养了猫然而白天要去上班所以猫独自在家寂寞地叫，心下怜惜却也无奈。可是猫一直在叫，日夜凄惨地叫。我忽然省悟到它是在地下室里。于是在电梯门上贴了一封求助信，希望地下室有房子的邻居打开门，把猫放出来。

猫终于不叫了。过了两天，有人敲门，是楼上一对和善的母女。她们拿着食盒水盆，让我倒一些水给她们，因为乘电梯上楼太麻烦。然后她们告诉我，物业来人抓走了一只猫放了，收走了一只死猫——饿死的。可是她们今天发现地下室还有一只小花猫，物业人员没发现它。她们担心小花猫也被饿死，正去喂它……

她们还说去年也有一只猫死在里面，腐烂了，整个地下室生了跳蚤。物业人员大肆消杀了一次才罢。

然后她们把地下室的钥匙给我一把，因为她们就要去旅游，拜托我照料这只猫或请物业再把它抓走。

我听得后背发冷：我每天听到猫的求救声，却不懂那是濒死的饥饿的哀号，可怜的猫经历了怎样的痛苦和绝望。

我愧赧难过，从此每天喂猫，也希望能帮这只小花猫走出地下室。可它总要等我走了，才从不知哪个角落出来，把猫粮吃完又躲起来。也偶然见了这只胆小的猫。那天我给它送去猫罐头，恰好遇见它在一间空屋子里，门开着，它躲在门后。我放下罐头，用手机照着亮儿替它打开盖子。我以为在猫罐头的香气里,我可以稍稍接近它,于是蹲下来把门稍稍推开一点让它出来,不料它几乎从我的肩上蹿出去,转眼就消失在黑暗里。良久,我惊魂甫定。

我于是给物业打电话,告诉他们地下室还有一只猫,请他们想办法弄它出去。物业接电话工作人员的回答很滑稽:"好吧,您的问题我会替您反映。"

我以为问题反映了解决了,也恰好那两天外出,便没再去喂猫。不料两天后到家,又听到同样凄厉的猫叫声。我一惊:猫还在地下室,于是赶紧又拿了猫粮和水去喂。这次我没有下去,我把猫粮和水都放在地下室门口的楼梯上,希望小猫能离门口再近一点儿。过会儿去看,那只猫正飞快地跑下楼梯,盒子里的食物吃完了。

又开始了喂猫的日子。我心疼这只还没有长大的猫,不知它是本就在地下室里出生还是从那些敞开的半露出地面的窗户掉下去的。可怜它始终生活在昏暗的孤独恐惧中——如果在这里出生,它甚至还没有见过太阳晒过暖。

有几个晚上,等到后半夜人们不再进出,我打开地下室的门和单元门,把猫粮一路撒出去,我希望猫一路吃着走出去,然后获得自由,哪怕过着流浪的日子。可是每次都看到猫粮被吃得干干净净,两道门都被人重新关上,撞了锁。试着再拿了猫粮放进地下室,果然还是被很快吃光——猫没有走。

看看快开学了,我有些焦急。那天,我给猫换了水,倒了些猫粮,还特意放了两只冻干鹌鹑给它改善伙食,然后又给物业打电话。接电话的依然说会把我的问题反映上去。我不客气地说:"我没有问题,是你们的问题,你们有没做的工作,我已经替你们做了一个多月。我打电话不是反映问题,而是要求你们立即解决这只小猫的问题。"

第二天,我看到单元门和地下室的门都敞开着。这是很少有的事情，总是我开一会儿门替猫通通风，很快就被人关了——奇怪关门的人总是很多，大概大家更关注楼里的安全。

然后我豁然看到，地下室最高的台阶上，我头一天放在那里的猫粮和冻干鹌鹑都没有动。猫没来吃饭！我的心怦怦跳了起来，不知是物业管理人员已经抓走了猫还是出了什么意外。

我给物业打电话，他们说不知道具体情况，并给我房管员的电话，让我问他。我又强按紧张的心情拨通房管员的电话，他说还没有去，说会尽快联系保洁公司下去看看……

这个"尽快"大概已经发生了吧？可我不敢再打电话了：他们的回答里藏着猫的生死，我不敢面对，也知道再不必去喂猫。

在念念揣测里，我心存侥幸，希望有一种奇迹——小花猫在那个晚上成功地逃离了地下室，已过上了流浪猫的幸福生活，在星空下，在阳光里，在花花草草的春夏秋冬里。

可是，地下室的门没有开过，我曾开了很多次它从不敢出来。

真担心，小花猫也没有地铁站的小麻雀幸运。

真愿，所有的小动物都能心安无惧，甚至悠然自在地生活吧。

如此，才不辜负这满世秋阳的明媚，日子才更幸福心情才够平静。

四、万花园中，相遇美好

春天的故事

春天里，领着学生学《木兰诗》。

《木兰诗》真是经典，一边说着，一边感动："万里赴戎机，关山度若飞。"不是比伟人的诗写得还好吗？"五岭逶迤腾细浪，乌蒙磅礴走泥丸"也磅礴大气，但"泥丸"这种意象入诗就有些不美，为了夸大红军的力量把五岭和乌蒙山喻为"细浪"和"泥丸"也不能让所有人自然产生认同感。而《木兰诗》则把"关"和"山"作为雄浑的背景，正面烘托木兰横刀跃马，驰骋如飞的形象，岂不更好？

放下织布梭，木兰心中计议已定。"万里赴戎机，关山度若飞"写她抛下心中万千惦念，毅然奔赴战场的侠骨柔肠、豪迈英姿。真如神来之笔，实在形象生动，唯美浪漫，又深情动人。想象她迎面而来，让人几番心潮激越；怅望她飞驰而去，又生多少眷念牵挂。

《木兰诗》不仅有平易质朴的艺术价值，更有它恒久的思想教育价值。穿越千年，馥郁馨香。

我请孩子们品读《木兰诗》中最动人的句子。孩子们结合文章说了很多。木兰的勤劳勇敢、孝顺爱国、智勇双全在他们嘴里形象有情，我听得欣慰感动。

尽情着说了，鼓励着夸了。最后我还是忍不住稍稍强调了我的看法：我认为诗中最动人的句子是"木兰不用尚书郎，愿驰千里足，送儿还故乡"。

木兰在"尚书郎"和"儿"的身份上,选择了为人"儿",她的选择是冷静的——"木兰不用"。她委婉地拒绝了皇上,也表明了自己选择工作的原则:家国需要时,万里奔赴;功成名就时,回归平凡。她的情感是急切的——"驰千里足"送儿还。眼前皇帝的欣赏和期待可以一语拒绝,远方的亲人和故乡却让她全身心去向往奔赴!

我问学生,"愿驰千里足,送儿还故乡"这句的结尾换成叹号好不好?你想起了哪个句子也有类似的标点?学生说不好,这句的标点与邓稼先在"一次井下突然有一个信号测不到了"大家劝他回去,邓稼先回答:"我不能走。"结尾的句号相类似。两个人都是根据需要做出的冷静选择,不是做给别人看的姿态,这是他们的智慧判断;两个人都表达着不容置疑的坚决,这是他们为人的担当;两个句号也都体现了他们为人的质朴、稳重。

木兰是深情的。她更愿意做和平年代家乡的"儿",她愿意驰骋千山万水,回到家里。扶年迈的爷娘回城,一头闯进满院的喜气,吃弟弟新杀的猪肉,换上姐姐洗烫好的女儿装,理云鬓,贴花黄,见伙伴……戎马十年,能熬过那日日夜夜的征战、厮杀,忍过一个个月夜寒霜的煎熬,盼的不就是这和平日子里的美好生活,享受的不就是这家人身边的点点滴滴吗?这份对家人对生活的至爱深情,定不是"尚书郎"的高高在上所能折变的。

不由想起南朝宋刘德愿靠哭丧获孝武帝赐豫州刺史。唐贾昌因驯鸡获唐玄宗任职,朱前疑靠呈吉祥梦投武则天所好被赏驾部郎中……种种丑态人生,不堪思顾。这样的人生闹剧,如今又何尝少呢。为着虚幻的东西,以失为得,自我折损,这自寻的屈辱也太大了点。与木兰相比,人生境界的高下洁污,真云泥之别。

不仅深情,木兰还最懂得生活的美。春天来了,木兰会怎样呢?"绿暗红稀,人家翠微。杜鹃啼月,紫燕衔泥。莫春者,浴乎沂，风乎舞雩，咏而归。"

送儿还故乡！木兰的陈述是冷静的，因为她无须思虑；木兰的渴盼却是强烈的，因为她能直面战争的残酷，更懂生活的大美。木兰执戟征战，浴血沙场的十几年中，一定想着有一个春天，她可以还自己和家人一个可以放心沐浴畅怀的山水环境。她本能期待人生最美的时光是着女儿装，与家人行走春风里，在世界的和谐中能够体会到真正平等放逸的生活。这是木兰的审美，至高境界的审美。

关上电脑，走出家，走进公园的春光里。我看到"风乎园中，咏而去，咏而归"的人们：中风的病人一半边胳膊不能动，另一边的胳膊却自豪地甩得格外高——他一定比昨天进步了；小婴儿饿了，伏在爸爸的肩膀上，用力吮吸自己的拇指，年轻的妈妈不仅不着急，还咯咯笑着，一路用手机拍着录着；又松又肥的老人显见得走不动了，骑着三轮车逛公园，他的人和车都老旧不堪，却有一腔幼嫩的江南软曲，从他袄子里的什么播放器里飞出，咿咿呀呀直到柳荫儿下去了；有老而益健的老人走得热了，脱了外衣，一身塑形衣秀着结实的腱子肌；小伙子偏偏穿着厚厚的发汗服，连拉链也不松一点，跑着，头发上的汗珠一路跳着、滚着，落下来……

只有迎春碧桃连翘和小玉兰的花儿开了，其他树的花苞懵懂无措，有的微微张开壳儿，伸一小片淡粉的花瓣试探，有的实头木脑，愣怔着还没开窍，却莫名激动着，红了头脸。有种喜悦，有种冲动，有种想叫想笑想矜持又撑不住的幼稚在蓬勃，谁能受得了春阳无遮拦的鼓励呢？谁能拒绝风儿高一声儿低一声儿的唤醒呢？所有树枝上早齐齐长出雀舌般的嫩叶，每片叶都让人想起百鸟的舌，舌尖上缭绕的歌儿……

回到家，发现忘了关纱窗，窗口闯进一只冒失的蜜蜂，两只猫没见过这嗡嗡的客人，把它一次次从玻璃上拍下来，拨来拨去地玩。蜜蜂终于放弃了挣扎，仰躺在阳台上，看来已经被"招待"得生活不能自理了。我赶紧找了个纸壳，轻轻托了蜜蜂送出窗，它竟振翅飞了，飞过海棠树新生的绿叶儿，径直，飞进和平美好的春光里。

　　这春天，还真的治愈。

忆昔海棠

两株海棠，古老葳蕤，开花时如半天烟霞。曾在校园西楼天井的东南角，在学生们上下课的一瞥一瞬里。

孩子的时序，常以海棠为标："记得海棠新叶儿才生……""那时海棠正开……""秋运会咱班接力赛赢了，回来见海棠果儿落了几颗，是秋风起了……"

相看两不厌，唯有海棠树；我见海棠多妩媚，料海棠见我应如是……我惊于孩子们对美的关注和表达。

海棠古老的生命就这样朴实自然在孩子们蓬蓬勃勃的长大里。坐在讲台前，看着静静自习的孩子们，看着窗外海棠枝枝叶叶在风中轻摇，觉得教室就自自然然地延伸到天井里、阳光里、微风里、自然里，年轻的生命与古老的海棠共呼吸存续。

孩子们的花季，有海棠葳蕤相伴。这美侵肌浸髓，令人魂荡。

有个学期回来，院里装修，海棠树没了。孩子们的言语和眼神里，落满叹息。只是多年后，偶尔的问候里仍会忆及海棠。

我却常想起席慕蓉的《一棵开花的树》：

如何
让你遇见我
在我最美丽的时刻
为这

我已在佛前求了五百年

求它让我们结一段尘缘

佛于是把我化作一棵树

长在你必经的路旁

阳光下慎重地开满了花

朵朵都是我前世的盼望

当你走近

请你细听

颤抖的叶是我等待的热情

……

  原来种着海棠的地方被围了小小的三角园，里面再种了些什么，我总见了仍没印象，只记得三角园外，一堆憨圆的石，莫名地堆着，表达着不知什么的奇趣。石外是鱼池曲桥，池里有鱼，春夏秋三季还是游的，冬天便连水一并消失了，渴静仨月。这时便格外觉这景致的临时不久长，有种随时会被换掉的潦草。然而却是至今在着，大概也颇昂贵或有艺术价值的。

  倒是那年校庆，许多老教师老校友回来，颇觉新鲜。在新建的游廊曲桥边，一些尚年轻的退休教师、校友摄影留念：肩臂或拈搭成各种组合，腿脚或踢跷前后上下，手臂或力指天地，纱巾或披围舒扬——也算颇合此景了。

  校庆后的印象是：今年流行大纱巾。

  两株海棠哪里去了呢？它们粗茎巨冠，该有几十年的生命了吧。我对岁月总虔敬仰慕，这承了岁月厚重的海棠，更念在我的惦想里。何况海棠生在墨香悠远的校园，或有超越人类生命的智慧和灵性呢。料海棠也应惦念这校园和孩子吧！它定不会有《一棵开花的树》中的怨怼："而你终于无视地走过……"因为孩子们曾以他们最纯真美丽的心情伫立、凝视，口里心中一遍遍赞叹。佛前五百年的祈祷，终究换来它与孩子们这般真诚的相遇相知。气度高华的海棠，它也该不会有哀苦的命运吧，或在另一个孩童仰面的地方，也得万千知音赏的愉悦，正把它的春华秋实，尽奉与其他质朴洁净的孩子们吧。

海棠不能决定自己站在哪里，甚或不能决定自己生命的短长。我并不黯然：俗世里或有生命被暂时羁束，然而生命的高贵与否，是要在历史沉淀中评价的，正如陶渊明田园终老，杜甫一生落魄，苏轼屡被贬谪……他们的人生价值，在磨折中更充分实现；不凡的人格，在历史中更澄明清透。谁又能左右一二呢？倒是"万里长城今犹在，不见当年秦始皇"。

终是，学生的短信中有它：那年海棠花开，我们正读《爱莲说》……

我想起学生们清澈狡黠的眼神，嘴里读着"水陆草木之花，可爱者甚蕃……予独爱莲之出淤泥而不染……"手心儿里，或有一瓣儿海棠花儿，正盛满着他们的喜悦。

  在你身后落了一地的
  朋友啊 那不是花瓣
  是我凋零的心
  远去的海棠，也会有这般的叹息与思念吗？

课代表小紫

办公室东楼,教室西楼,所有的语文课,小紫都来接我。淡紫色的口罩、随随便便的小辫子,额发有点乱,路远走得急常有点喘吁吁的,然而高兴,两只眼睛亮晶晶笑眯眯的,让人不由也高兴。

我拿着上课用的书、学案、眼镜盒等,小紫抱着厚厚的作业本,有时没有作业本,她接过我手里的书本卷子。我们走过一片月季园,快到小竹林时微微左转,眼前便是三棵法桐荫蔽着一簇连翘或是迎春,西楼的入口便在这法桐的婆娑树影里。这是一段很美的路,更因为小紫在身边蹦蹦跳跳絮絮聒聒,觉得真是欢乐。

"老师我们这个周五还要训练,下周有个表演。"

"还是吹长笛?"

"没有,这次是短笛。"

我想起疫情期间,学校组织文艺表演,小紫在镜头前长笛横吹,黑得发亮的笛,粉白的脸儿,笛声悠扬里有种别样的美,反复听了,觉得相遇了一种沁入心灵的美,这种美距离我这样的切近,由衷愉悦!

"老师今天该默写《小石潭记》了吧?"

"背会了吗?"

"早就默下来了,我肯定全对!"

这样的情绪这样的自信,传达给我,让我觉得每一次的进班都是愉快而有价值的。

"老师昨天的改错都交了，我查过了，错的又让同学们重新改了。"

作为课代表，小紫的责任心带动班里孩子的严谨自律，只要小紫督促的事情，孩子们多能平心静气地配合接纳。因为他们和我一样，都清楚这个孩子的心思是为大家好的。

"老师，翰文的手被摔伤了。"

"啊？严重吗，左手还是右手？"

"不知道，应该是左手吧。"

翰文是一个可爱的小伙子，他有太多其他孩子不具备的先天优势和后天养成的优点，比如他敏捷的运动能力，机敏的反应能力，他的作为男孩子阳光帅气和憨厚诚信等。只是没有很好的学习习惯，让老师和家长颇费心思。

小紫本能地说他摔的是左手，莫若说她希望是左手——快期中考了，不能写字，岂不更影响学习？小紫就是这么个善良的孩子。

……

这条东楼到西楼的路，因为小紫，好像连翘花始终开着，好像月季园始终芬芳着，好像高大的法桐和上面的喜鹊哗啦哗啦摇着，叫着总那么开心……

有时见她工整的作业，清晰的思路表达着幼稚清新的思想；有时见她课上喜悦，频频举手发表自己的观点，或在别人的探讨中不由得小声纠正；有时在办公室收拾好书卷，正要走，见她喘吁吁地跑来，歉意地解释上节课小测了或是老师因为什么原因晚下课了所以她刚到；有时她短信问我一些事情，多是为班级或同学的，我哪怕只回答一个"好的"，她也会立即回复"明白了，谢谢老师"……

看到她想到她，我便做千年想，想着自古以来的教师存在的意义可不就是为了这些真诚求知的年轻人，为着他们的好学上进，为着他们潜藏的"所学并不只是为了自己"的可贵品质。真的，小紫让我最赞赏的便是这种为社会的服务意识。

疫情期间的网课上，上一节课刚刚结束，语文学习群里小紫的消息便来了："上课了，同学们提前进教室打开摄像头。"如果我上一天的课堂上有提醒准备什么材料或是作业的，她也一并提醒大家准备好。

等到我打开 ClassIn 进入教室，早见她笑着坐在那里，抿着嘴，有点羞涩更有种由衷的高兴，神情中还明明写着她要做语文课上最好的示范的担当。

二班同学在这种示范和带动下，整个疫情期间的语文课，几乎不用反复强调"打开摄像头""调整摄像头让老师看到你在听课"等，而每每这样的开始，都让师生进入一种愉悦和谐的状态。其他孩子像祁文韬、赵家旭、汪牧凝、王灿坤等也始终这般微笑着不时按动举手键积极参与课堂。小紫的视频就像一幅油画，恬淡生动地在屏幕上流动着，久了，只要我打开"顺序上台"，每个孩子都笑呵呵地，愉悦生动地在屏幕上流动，隔着屏幕，感受到孩子们的蓬勃的朝气、活力，更有一种温暖的友善。

小紫的内心越来越形成一种强大的气场，她的情绪里越来越蕴蓄着一种蓬勃的能量，这气场，让她在管理班级里语文学习的一些事物时心底无私，很容易就获得了同学们的认可和支持；这能量，让她在语文学习中举重若轻，始终是一种轻松的态度，同时越来越带给班级一种向上的气氛。

我欣喜于小紫一天天健康地长大。一个人只有能快乐而有尊严地生活着，才能扮演好其他的社会角色。童年的任务不是向外延展，而是向内积累。一个人内在的力量强大，才能更好地把控自己，未来才有可能处理好自己和世界的关系，在人生事物中获得主动权。

面对小紫这样的孩子，面对这样一种生命中积极美好的成长姿态，作为教师我常常觉得宽慰也常常不由得反思自己是不是做得还不够。

教育是点燃梦想的地方，生命是宇宙的奇迹，而教育是馈赠给生命的最珍贵的礼物——我会看看我的手中是不是值得馈赠的礼物。

记得苏菲修行者的故事：弟子想知道人生价值是什么，得道的师傅便让他拿着一块石头去卖，不能真的卖，只让人们给个价钱。

菜市场里，人们说这块儿石头好看，可以给孩子玩，可以当秤砣……弟子很高兴，因为他知道这块儿石头大概可以卖十元钱。

师傅又让他分别拿到黄金市场和珠宝市场去卖，结果弟子更高兴了，因为在黄金市场，人家要给他千两黄金；在珠宝市场，珠宝商可以让他开出任意的价格。

我不是任一阶层的商人，更不能斟酌出任何一块珠宝的价格。但我知道如小紫一般的万千的孩子，都是生长在蚌里的珍珠，是等待雕刻的璞玉，价值未可衡量，或更要等家庭学校乃至社会的雕琢。

我们这个社会不缺乏高学历的人，学校不缺学习好的学生。更多孩子的可贵与成就或与成绩关系不大，只因他们善良，上进，有一颗自爱和爱他人的心。

小紫的名字叫李梓茉。第一节语文课，见她戴着紫色的口罩，学习中喜悦和乐，就想到李商隐写小菊花儿的"陶令篱边色，罗含宅里香"，便觉得她就是那朵篱边含香的小紫菊，于是称她"小紫"，竟在同学中叫开了。

课堂那些事儿
——学习郑振铎的《猫》

下课了,青青老师讲着她这节课:"前些年讲这篇课文,没什么感觉,如今有了软软,真的不一样了……"

"软软"是青青老师的猫。我知她读着这篇文,尤其读到郑振铎写的第三只猫,想到了它。我说是啊,猫也和孩子一样,不忍它委屈,想到它短短的寿命,更怜惜它。"是啊,不敢想那一天……"隔着一个工位,我看到她的眼眶红了,便不忍再续这个话题。

近一百年前,郑振铎写这篇文章,体现着民主、平等、不欺凌的思想和感情。经典的力量,穿越百年依然有着撼动人心的力量。但我觉得这思想早已深入人心,在今天需更弥厚弥醇:领着学生学习此文,是必得要把这情感鲜明化、具体化,更要让孩子们感受到人类与动物关系的社会进步,让它如春风过岭,催开所有爱的花朵。

夏楚飞讲马路上的小狗之间的友情:"一只小狗过了马路,另一只胆小,已经过了马路的小狗又回来,站在车流里等它……"担忧与感动在孩子的言谈里,在其他孩子静静的想象中。

刘景怡讲自己与收留的一只流浪狗的相遇相识相惜相别:"……我收留了它,给它治好了病……它特别懂事,依赖我……不知吃了什么药,死在了笼子里……"孩子已哽咽难言,教室里静静的,所有孩子面容戚然,几个小女孩儿也已经湿了眼睑。

王翰文是比较内向不善言表的孩子,他没有举手发言,可是他用我发的写名著阅读作业的纸，回忆了他养的一只鹦鹉："我教了它三年，想让它说话，可是它没有说；那天我放飞它，它却回头对我说：'谢谢你！'"

在纷攘的下课的短暂间隙里，我把这段短短的文字看了两遍，我也被这奇异的故事震悚了，看着王翰文的天真诚恳的小脸，看着他的如水般清澈的眼神，我对他说，写完这篇文章，给老师看。老师想知道你更真切的故事。

晚上九点，他把作文题目发在群里："老师我一会儿写完发给您吗？"学生是畏惧作文的，他的主动要求作文，令其他孩子赞赏鼓励。群里不让聊天，还是有孩子忍不住夸了他——二班孩子们总是这么真诚热情。要知道，翰文平日是懒于作业的孩子，可见有感欲发的作文并不成其负担。

第二天，翰文主动交作文。大约五百字，内容没有多少拓展，主题情感也没有什么变化，只是多少写出了那只鹦鹉的来去。

在孩子们匆匆去操场前的短暂交流中，我真诚地赞美了他的不与凡众的经历、他的勤于练笔的学习态度。他点头。我赶紧又就详略安排、进一步细腻表达提出具体要求，希望他能在思考与动物的关系的思想及学习自信方面有进一步提升。

抱起书本试卷回办公室，逆着正去操场的孩子们，我努力靠着边儿走，很冷。一路留神看着孩子们薄薄厚厚的穿搭——居然是羽绒服和半袖衫不等，孩子们方方面面的差距也大抵如他们的学习呢。我暗暗笑了，饶有兴致地看着或舒展谈笑或缩着脖子去锻炼的孩子们。其实我的心里有些失落：看翰文答应我继续改作文时飘忽的眼神，我知道此事大抵也就到此了。我犹豫着借此是对翰文教育的最后一步棋呢还是可以有进一步的努力？算了，不要让孩子感到压力，甚至反感了学习吧。孩子的情感冲动、表现欲望也大约也就到此吧。

我也在想，更有格局的教师会反复思量抓住这个教育契机，多多挽回些孩子的学习兴趣吧？我却想不下去了。脑子里已塞进了下一课的一些想法。甚至心中也有些淡淡的喜悦：至少，翰文还是课上课下在语文中对话的孩子，至少，他在用心感受着生活，也有兴趣用语文的方式表达着他对生活的观察与理解……

孩子们的习作交了上来，讲述着自己与动物的长短深浅的交往，描写着共同生活经历中的一个个细节。

郑振铎的《猫》以伤害为情感高潮，写第三只猫被冤枉毒打后凄凉地死在房顶，表现出人和动物的关系是不由分说的怀疑和对立，读来遗憾愤慨；孩子们的文章表达的则是不由分说的信赖与关爱，由此，人与动物间发生了太多动人的情节甚至奇迹，在此情节中，文章的情感达到高潮，读来温暖感动。

读每一篇作文，我不仅能感受到孩子们对动物的平等、公正、负责的态度，更能感受到他们的亲昵、信赖的情感，甚至，他们真诚表达着对动物的理解和尊重。

事实上，郑振铎的文章与孩子们的文章不同，这里对比出的是人类整体的进步，令人欣慰喜悦。思想情感已经这般动人，孩子们写作表达上的未尽其美，我也不甚计较了，有了美的内涵，还愁什么技巧手段呢。

"齐万物，等生死。"孩子们的行为，践行着中国最古老的哲学。这哲学的智慧，深藏在善良的人性里。我欣慰于这善良，在新的一代的情感思想里丰富、酝酿着。

孩子，我为你感动

那一天，你们穿上了新校服，坐在教室里，那般安静，眼睛里闪着新奇与期待，走进教室的一刻，我感动了，我告诉自己：要努力！为了孩子们的未来，为了这一双双清澈的眼睛。

那个中午，秋日的阳光洒在那个乞讨者的身上，照着他谦卑的笑、脏污的衣服和残疾的腿上，我伤感了，为了着地上的污水浸湿了他的衣裤、为着他的不幸的命运。走进校园，你们跑过来，争着告诉我：你们把买冰棍，甚至午餐的钱给了那个不幸的人……蓦然间，我觉得午后的阳光如此灿烂！我的眼前满是阳光、满是你们的快乐！孩子，我为你们稚嫩的心如此善良而感动！

那一天，你迟到了，正在我焦急地打电话四处找你时，你来了，站在门口，脸上、身上都是土，额角上还有伤，你说，怕老师担心，所以先来学校报到，自行车撞坏了，腿也受了伤，20分钟的路，你走了一个多小时，我，几乎说不出话来，孩子，我为你感动，感动于你的质朴与真诚。

那一天，我严厉地批评你，你说："老师，您打我、骂我，我都不会生气……"

你说，"我知道老师是为我好，老师批评我时，我宁可让自己委屈，也不能惹老师生气……"

看着你那稚气的脸，我读懂了你的懊悔、你的真诚，我为你感动，孩子，感动于你的宽容、你的善解人意。

汶川地震后的班会课，在沉痛的默哀后，我抬起头，面对着你们那与年龄不相称的沉痛，我想说，感谢你们，孩子，感谢你们对汶川人民的牵挂，感谢你们为汶川人民真诚的祈祷、感谢你们……我的泪又一次涌了出来，为了那些瓦砾中的孩子们，为了你们小小的心儿要承受如此沉痛的情感。更因为你们小小的年纪能心系国难，孩子，我深深地为你们感动！

孩子，我为你感动，当你努力地背下生涩的课文时，当你证出了一道题而欣喜若狂时，当你激动地站在领奖台上的时候，当你悄悄地抹去失败的泪水时，我为你的执着与坚强而感动！

孩子，我为你感动，为你腾跃在篮球场上的活力与激情、为你联欢会上的歌声与快乐、为你在舞台上表演的精彩的跆拳道、为你给同学喝彩时的忘我与投入……

孩子，你带给了我们太多的感动，陪你走过青春，我沐浴着你的活力与芬芳，陪你走过岁月，我感受到了太多人生的智慧与启迪，因为有你，我的生命才愈益丰满，生命之杯才盛满醉人的酒酿。

孩子，我为你感动，一起耕耘、一起收获，一个个平淡的日子悄悄地逝去，蓦然回首，才发现，在平淡中，积聚着越来越多的感动，为了这一个个感动，孩子，我又一次告诫自己，要努力，为了这些可爱的孩子们。

家　长

教学二十余年，认识一届又一届家长，想起来，有太多感动，悟太多智慧。

那年教初一，正是禽流感流行的日子。我接到青儿的母亲的电话，大意是她把孩子的鹦鹉放了，孩子正在哭闹。"赵老师，您帮我劝劝她……"她的声音有些哽咽，压抑着没让自己哭出来。我轻而易举地说服了孩子："'禽流感'时期，所有家里的鸟儿都要放走，我也把孩子的鸟放走了……妈妈是爱你的，要懂事，理解妈妈。"

孩子抽泣着答应我不再哭闹——初一的孩子，老师的话句句听，何况是这么有教养的孩子。她按下巨大的悲痛强迫自己理智起来，懂事得让人心疼。

这件事深深地留在了我的记忆里，青儿的母亲为了孩子百分百的安全，果断放飞她的小鸟；为了孩子的个性成长，她没有强硬制止孩子的哭闹，而是请求班主任来劝说孩子，这是让孩子回复理性的最温和有效的方法。即便这样，她仍疼惜着孩子在这一事件中不可避免的伤害。

母亲对孩子的爱，是这般果决，又是这般柔软。

青儿就要从北理工大学毕业了，想起她，就想起她清澈的眼神、坚定的神情。她是个执着于追求的孩子，这和她的母亲的言传身教是分不开的。

"……在季节与季节的尽头，终会有他，黄衫褐履，等我。"

"赵老师，昨天临睡前，我给典读您的《秋恋》，我告诉他，这么美的文章，是他的老师写的………"

那个叫典的男孩儿，就坐在班级的最前面，用看着"好老师"的眼神，信赖地看着我，直到以全班最高的分数，考进了东城二中。而三年来，就成绩而言，他始终只是中等偏上的学生，只是语文课上，他永远是班里最认真最愉快的孩子。

典的母亲善良而智慧，她用善良的眼睛看人看世界，把这个世界看得很美，然后再指给孩子看。境由心生，孩子也生出一双美丽善良的眼睛，看身边每个美好的人，看一个更美的世界。

一个爱孩子的母亲，给孩子一个美的世界，还有比这更智慧更慷慨的给予吗？我永远忘不了典清澈善良的眼神，三年来，那里面也渐渐装满男子汉的智慧与坚定。

蹊毕业了，去了一个不是很理想的高中，然而蹊留在我的记忆和生活里，和所有已经毕业了的孩子不一样，我频繁地想起她，惦念她。

毕业了，中考放榜了，蹊的母亲把结果告诉我，然后给我发了长长的信息。她说蹊小学学习平常，在学校没有受到老师的关注，很少得到过老师的表扬。初一那年，我把蹊制作的扇子评为二等奖，那是蹊第一次获奖。蹊的母亲说，蹊回家后激动得大哭。自此我成了她的"女神"老师。

那几把漂亮的扇子还在我的朋友圈里，翻开来，仍惊叹小小的孩子居然有那么生动的美的表达能力，可是，哪一把是蹊的呢？我竟毫无印象了。

一遍遍看了蹊的母亲的短信，我心痛不已，我多么后怕那一次的评比我忽略了蹊。

更可敬的是蹊的母亲是在孩子毕业后才告诉我这些，毫无功利的目的，只是一如既往单纯地告诉我她的感激。

是的，每次表扬或鼓励了蹊后，她的母亲总是安安静静给我发个短信，告诉我孩子的开心，她的感谢。我于是对孩子更多一些关心，多一点鼓励，也更多发现孩子的优点：蹊是很懂得美，很性情的孩子，她有丰富热烈的内心世界，她的真诚令人感动……我相信这样的孩子一定有很精彩的未来。

细细回看三年来蹊的母亲给我的短信，我感受到一位母亲对女儿伟大平凡的爱。这种爱强化了我的教育教学观念：要拿着放大镜去看孩子的优点。也让我时时告诫自己：所有的孩子都渴盼着一句表扬，也许在老师看来再平常不过，于孩子则可能会影响她一生。蹊的母亲有大爱的心胸，爱自己的孩子，还和我一起，爱所有人的孩子。

蹊的母亲的善良、感恩，对孩子细腻的爱，让我觉得她就是我的朋友，蹊是我的孩子。

最忘不了的是骏的爸爸，那个含辛茹苦的单身父亲。

骏被分在我班的时候，我被告知孩子的家长小学时和学校有重重矛盾，冲突很激烈。

然后我看到胖乎乎的骏的确有很多问题：他只写半个字，他从来不能完成作业，他上课只听只说只要动手写就什么都没有了，手懒得不可理喻。

各科成绩都不理想，各科作业都不能完成，各科老师都向我反映孩子的问题。于是我给他的爸爸打电话，要求他监督孩子完成作业。

作业情况稍稍好了点，旋即又恢复原状。请家长吧。

骏的爸爸来了，满脸的笑，极好的态度。手里拿着给骏的香蕉，他说骏一放学就会饿了。然后我知道骏没有出生的时候他的小小的姐姐就病亡了，父母年龄大了也赶紧又生了骏，可是骏5岁的时候他的母亲又病故了。骏的爸爸说，孩子小时候生过病，识字阶段他眼睛里的世界是不完整的，病愈后已过了识字阶段，孩子识字写字很费劲……他也看着孩子写作业，不知不觉已经半夜了，然后他发现自己站得久了，居然腿不会动了……他说："赵老师，我年龄大了，我在，孩子还有亲人，我不在了，谁管他呢？"

我听得心酸，骏的爸爸依然笑着讲："小时候孩子总把老师当成妈妈，跟在老师后面，老师就训他……"

我难过极了，骏的小学老师太年轻，她不懂孩子小小的心思，孩子的经历令人酸楚。一切表象的问题都源于不幸的家庭背景，孩子何错呢……幸而骏的爸爸是开朗坚强的，他给了骏很阳光的性格。

骏很善良很暖，他主动承担班里的卫生委员工作，放学留下来查值日；联欢会上演奏简单的乐器、吹出简单的乐曲却从头到尾一丝不苟；年底他送给每个同学包括老师一样的小小礼物；他和同学有了矛盾总是先笑着道歉，无论老师批评他时有没有冤枉他他都赶紧认错并在老师批评完后真诚道谢……

骏的嗓音很洪亮，性格又放得开，我便让他参加各种朗诵比赛课本剧表演等。骏渐渐长大，渐渐自信，也渐渐用功学习了。

各科老师越来越多表扬他，他脸上开心的笑愈加自信阳光了……

至少，他的初中生活是开心的，不断进步的。

骏考上高中的第一个教师节回来，在我的桌上放了一盆小小的富贵竹，我没在办公室，没有见到那个长大了的孩子，心里着实惦念。

时间过得很快，后来看到骏的爸爸的朋友圈：他考上大学一家人为他庆祝，他长大了两腮上毛毛地生了胡子显得更加敦厚有男子汉的英气……我很为他的爸爸欣慰。

逢年过节，仍能收到骏的爸爸的节日祝福——简单的真诚的祝福。每到清明，仍能看到骏的爸爸晒出妻子女儿的照片，令人泫然。骏的爸爸把痛苦藏在心里，把阳光都给了儿子，付出了太多。

骏很像他的爸爸：真诚、宽容、有爱心——还有比这更成功的教育吗？若母亲和姐姐看到长大的骏，也当欣慰骄傲吧。

认识许多家长，认识很多优秀的人，获得很多朴实的智慧，看到很多人间大美，经历很多平凡与感动……

何其幸哉！

四、万花园中，相遇美好

静　候

"这是写的什么呀，我读了两遍都没读懂！"期末统一阅卷，我的一位同事忍不住抱怨道，"还引用了一首诗，我给你们念念……"

老师们都笑了，读不懂的文章，读不懂的诗，老师们一起给了一个很低的分数，很公正。

我没有笑，也没有参与评分意见，这样对这个孩子和其他孩子都公平些。

我知道这是我所教的班级的一个孩子，也知道他引用的那首诗的内涵与用意，但我不能替他解释他没有表达清楚的思想，这是他真实的写作水平。

第二天成绩出来，我看到他虽然仍是班级最后一名，但及格了，这是升入初中以来他第一次考过六十分。发分数条的时候，我看到他脸上的知足与幸福，也心生快慰。

他不会听课，每节课我都会一遍遍提醒："方德，听课了。""方德会怎么理解呢？待会儿我要问问他。""我请某某同学翻译完这个句子，再请方德翻译一遍"……然而不到五分钟，他的思想又不知跑到哪儿去了。他做事也极慢，每次交上来的语文作业总是三两行不知所云的文字，我想家长也够为难的，这么多学科，想督促辅导都安排不过来。

无奈，每次下课我都带他回办公室，他很听话，乖乖地跟着我走，乖乖地完成我给他的学习任务。为了督促他，我叫上班里另一个成绩和他差不多的学生，两个人有个比较激励。果然有效，他俩暗暗比赛，比一段古文谁先背下来，谁默写诗歌的错字少，谁理解一篇文章更准确，更有自己的看法……另一个学生常胜在速度，方德总以稳取胜，总之课间小小的任务都能愉快完成，我便从不同的角度表扬他们，孩子总是能听得进对自己的表扬，于是各自面有嗫瑟地走了。这样一点点有些兴趣了，有时他们会主动找我说说学习了。我心里宽松了些。

有一天方德完成了课间小任务，没有忙着走，而是问我哪里可以发表诗歌，我便随口答："《诗刊》《星星诗刊》《作文通讯》啊都可以的，你喜欢诗歌吗？"他说是的，前几天还写了一首。我便夸他，坚持写，一定可以的！还用泰戈尔写诗的故事鼓励他。一会儿他走了，很快又回来，手里拿着一本课本，哪一科的忘了，在书的扉页上，就写着那首四句诗，具体文字也忘了，只记得什么佛啊、圣啊的，很幼稚也很怪异，读了两遍没懂，便试探着问："方德想表达什么思想呢？"他认真解释了几遍，我大概理解了：好像是想拯救世界之类。

无论诗的内容还是语言，实在都不能作为我们谈诗的媒介，我只好鼓励说："多好的爱好啊，多读其他人的诗，坚持不懈地写，这是很有意义的事啊！老师等着看你更多的作品呢！"

他又欢欢喜喜地走了。不想，他竟自信到把这首诗写在了期末试卷中！与以往不同的是，这次考试，他的作文有头有尾，写完了一篇六百字完整的文章，真是一大突破！他一定以为这篇被老师肯定过的诗歌会为他的作文增色不少，尽管写字很慢，他依然坚持着写完了这篇只有他能看懂的作文。

我想起小外甥女学画的过程：三岁多，从她会拿笔开始，她就喜欢画画，妹妹便让她画。一张张白纸，画着莫名其妙的曲线直线，圈圈绕绕，她自己却笑不可抑，拿起每一张"画"，她都能讲出一个有趣的故事，每个线条，每个圆圈，都有身份和作用。妹妹是最好的听众，每一次都认真地看着孩子的画儿，听她把故事讲明白，然后和她一起会心大笑。

我总以为这是孩子的游戏，一笑置之，懒得介入。不想半年后再看她的画儿，竟惊人地生动：小老鼠或藏或奔，或偷或喜；黑白兔子偃仰啸歌，尽展各种生活图景；白天鹅在落满星月的湖上或洗或歌，或栖息或悠游或振翅欲飞……各种动物不仅姿态生动，而且表情神态惟妙惟肖，令人忍俊不禁！

关系复杂的人物，生动各异的表情，一张内容丰富的画，她会讲出一个长长的曲折美丽的故事。可是画起来却速度惊人，或从一只狗的嘴画起，或从一只老鼠的耳朵画起，或从一个小女孩儿的脚丫画起，几乎不抬笔，一个生动鲜活的小动物小人物就出现了。就像写惯了草书的人挥毫，简直一气呵成，真是心到笔到！

再听听一个三四岁的孩子讲她的画，有时是一则改编了的童话故事；有时是她把家人都变成了兔子，表达着发生在她身边的人和事，还夸张地加入了自己的想象和期待；有时又竟是她对一句唐诗或是一句《诗经》的丰富美好的演绎！

如今，小外甥女不过三年级，自己用中英文写的故事，画的画儿已装满了几个箱子，而她一丝不苟学习的目的很明确：老师会免作业，然后就可以随便读书、画画、写故事了。她总是班里那个唯一能科科免作业的孩子。

试想如果当初妹妹看到小外甥女儿喜欢画画，便忙着纠正她的画法，批评她的不足，或者便把她"负责任"地送到一个教育机构学习绘画，在规范中成长，外甥女也许会有不一样的成绩，但一定不是在这天真快乐的笑声中成长，一定不会把写故事和画画联系在一起，一定不会把画画写书当作学习之余的游戏和享受，更不会小小年纪便写出一本本的"故事集"，而应该是"批量生产"的很规范的学画儿的孩子之一，更有甚者，很可能已在各种限制中兴味索然，扔掉了画笔。

我叹服妹妹的耐心和智慧，她教会了我在教育中要学会等待，教会我微笑着陪孩子诗意地长大。

于是我等着方德在他的诗歌的世界里，自信地成长，等他写出一首又一首需要他自己解释才能明白的诗歌，等他写出一篇篇分数不高但是他自己能懂的诗配文的作文，等他在写诗为文中建立起学习的乐趣和自信……

作为语文教师，我在孩子们的应试教育中寻找并充分利用着教育教学的时机和空间，我更珍惜着孩子自主成长的机会与空间。

是的，每个孩子心中都有一部真文章，不要尽被残篇断简封锢了；每个孩子心中都有一部真鼓吹，不要急着被妖歌艳舞淹没了。

静候，一部真文章，一部真鼓吹。

田有蔓草

田有蔓草，零露漙兮；田有蔓草，零露瀼瀼。

露珠晶莹的清晨，驱车田园，不为邂逅，只为享受朴实的耕种乐趣。

院里水泥方砖的缝隙，也生青草。几许久未侍弄的荒凉。

宽衫适履，下田工作。先锄新生的野草，野草除了，豆角和白萝卜的幼苗更显得粗壮挺拔、憨厚可爱。

另寻一片空地，拔草松土，又种上绿萝卜、红心萝卜、白菜和秋黄瓜。施肥浇水，看着藏满种子的黑油油土地，心中盈满希望。

园角一片花生，久未打理，已看不到苗了，先生说："可能已经被草欺死了，不然一起锄了，种些别的吧。"我说："种花生时，松土、施肥、精心打出沟垄，再数着种子一颗颗种下，春旱六月，一次次浇水培土。如今它们破土成苗了。如何就因为生了草就要锄掉呢？"

拨开齐膝的高草细寻，花生苗依旧在田垄间，一棵也没有缺席。细弱，绿得苍白，我仍感到小小的苗儿和强壮的茂草间一种无声的较量。

先拔去高草，再分辨着花生苗把矮草拔除、再细心剔除花生苗间夹生的小草。听着草茎被拉断的声音，看着一敦敦花生苗逐渐清晰在润泽的土地上，心中有一种柔和的宽慰和期待，也许下周再来时，这些小苗会长得格外粗壮了。那时再把沟里的土培在垄上，打一个宽宽的垄背，单等着它们苗壮成长，多多生出花生了。

这个过程中，总不由想到孩子，种植花生也仿佛陪着孩子们长大。他们小小的时候，我们对孩子的未来充满期待，百般呵护，悉心教诲，喜悦地看着他们一点点长大。总会有一天，孩子并没有按照我们期待的轨迹长大，甚至野草般滋生种种问题。焦虑、失望，然为父母为师长，定不会把问题和孩子一并推出门去，多会面对问题、处理问题。

记得多年前遇到一个初三的孩子，聪明、正直，也非常个性。第一次给他上课，因为不断提问、不断肯定孩子们的成绩，孩子针对那节课问题的思维获得明显的拓展。我很开心，孩子们也兴奋。我尤其表扬了那个还叫不上名字的孩子，因为他确有过人的思考能力和清晰流畅的表达。从此他是我课堂里最活跃最快乐的孩子，成绩自然也好。然而我却逐渐听说他在其他课堂中故意捣乱，甚至逃课。问及为什么语文课做得那么好，他说："就因为赵老师说我是好学生。"

仅仅因为我始终把他当作我课堂上一名最优秀的学生，他果然是语文课堂上一名优秀的学生。但他终于连初中也没有毕业就提前离校了，因为他和家长和学校的冲突不断升级。

孩子的成长就像那些花生苗。

"可能已经被草欺死了，不然一起锄了，种些别的吧。……"

"先拨开齐膝的高草细寻，花生苗依旧在田垄间，一棵也没有缺席。细弱，绿得苍白，我仍感到小小的苗儿和强壮的茂草间一种无声的较量……"

"先拔去高草，再分辨着花生苗把矮草拔除、再细心剔除花生苗间夹生的小草……"

我常常想起这个孩子，他的离学，应该是我们的教育没有找到适合他的方法，甚至因为急功近利而伤害了他。这样的伤害，于他的人生会有怎样的影响？然而此后我再没他的消息。

　　教育在发展中，每个孩子也都不同，也许最终也不能如拔草般简单地找到适合一个问题孩子的方法。但宁可无为，也不能以爱或教育的名义伤害。正如鲁庄公治国："小大之狱，虽不能察，必以情。"这是否也启发我们教育应忠于对孩子生命负责的职守？不然，孩子一生的损失是不可估量的。

　　洗却尘泥汗水，轻衫薄衣回屋小憩，这里枕簟生凉，清茶余温，碧纱帘映着屋外园里青堂堂的藤苗菜蔬，格外清幽。

　　田有蔓草，零露瀼瀼。不为邂逅，只为于劳动中获得一种质朴的生活乐趣；不期然又得一点对教育肤浅的思考，也恰如遇美一人，婉如清扬，与子偕臧。

岁月如水

在春日里飞絮般思考，在春日里农夫般播种，在春日里穿过玉兰海棠错落的小径来去在工作与生活中……有一种漠然离尘的无感。

阳光的欢愉是淡金色的，树的沉静是繁华后越来越深的绿色。

没有风，门户尽开，学生就在这淡金浅绿中凝眉。笔墨神奇，小小孩子已学会将思考抽丝剥茧地理出，再细细记下。白色的纸张便生出无数墨色的符号，简朴而深邃，绵延的生命的远方、宇空的深处。远方和深处不可见，到极深处是不是一种熟悉的回归？

唇颊稚嫩鲜艳、眼神蒙昧清澄，也是时空流转中的生命啊，仿佛那日出土的玫瑰苗儿，稚叶弱绿、茎根如线，却欢欢腾腾地站满一盆儿，挤挤挨挨地表达着新生的喜悦。

今春，我细细埋下玫瑰的种子，努力识记，仍忘了哪一株叫作紫萱，哪一株名为金枝，又有哪一株可以期待生得兰艳如姬……造物也还记得？也许本就没那么重要，花盛时各有风华，花落时不是一样的回归？

时间固执地流，娃娃们在执着地写，就这样学了、想了、写了。轰轰烈烈地三年长大，再无声无息地散去，其实是永远地散了，就连那第二桌孩子突兀出来的丑得可爱的大板牙也会被矫正，变成一张年轻端正的脸上端正的存在。

花盛了，又落了；人散了，走远了。或有迹可循，或无声无息，其间，花与人也有些区别吗？

师者，可传道授业，却不敢奢谈解惑了，多少惑，是愈解愈惑的。生命只有一次，重要的便是每一过程的感受。轻巧的做法，是读古今所谓贤者的书，用了现成的理解去答，对与错的责任，都付与那写理论说的人罢。先贤或在另一个时空浅笑，也许回望尘世，他才真的理解了这世间的困惑与纠结罢，却已无从解说，无须解说。

白玫瑰终不会有紫红玫瑰的华艳，紫红玫瑰又终会羡白玫瑰的高逸离尘，那是秋天的赏鉴了。站在土地上，我能等到盛娆的花期，然而盛极的远方呢？实待欢喜成云风，空嗟叹！

座下桃李花待艳，用心体察，勤耕苦修，既为成全这生命之初对成长的期待，也为分享一点成长时的天真与轻快。

生命是一个过程，我是赏花人，也是土地的侍者，谁让我终究眷恋这风尘过往呢？我便辛勤地劳作。痴恋一世锦盛，也终须要勤恳耕作。

发白面黯，已不似初老时那般惋惜幽怨，更不徒做修补掩饰来挽留。越来越多永远的失落与不解，无从排解，便忘却罢。忘却能给人以暂时的愉悦，忙时忘，赏时忘，沉浸处也会忘。忘也不自责，想来，俱是生命本来的过程吧。

残年如水心如井，欢喜也淡忧也浅，且将脚步再从容。

无须苦等的美丽

去年春天，受不了姹紫嫣红的诱惑，买了一盆山茶花，已是含芳欲吐，自有一种撩人的美。心中颤颤地喜悦，等着豁朗绽放的惊艳。

然而花苞终于在期待中落去，枝叶也渐渐枯萎，终至成光秃秃的几根，撅一下，清脆地断了。心中的落寞无以言表。

不久又见希望，泥土中新长一截幼芽儿，抽枝，生叶儿，竟又托出两个花苞！此时已近九月，满心以为，丝绢冰绡的花儿指日可见，不想一日日一月月过去，终于在2016年年初开放了，许是病态，花儿开得苍白、瘦小，全没有山茶花应有的香融艳溢。

经年的等待，累月的期盼，只付哑然一笑。

昨日读沈苇的《土豆幽灵》，他写到遗落在地下室里的一麻袋土豆在春天里急促生长的情状：地下室狭窄的地面上，到处爬满了土豆和藤蔓，它们杂乱无章，千头万绪地纠缠在一起，有的还爬到了墙上……像乱麻，像长蛇，像扭动的蚯蚓，这些疯狂的土豆藤蔓来自那只千疮百孔的麻袋，它们一度突破了束缚，却在地下室弥漫的黑暗中走投无路，绝望地纠结成一团，仿佛在告诉对方，相互勒死算了！这时，哪怕一丝一缕的光，它们也会奋不顾身地扑过去……

我读得心跳不已，感动得泪眼婆娑。

忆起小时春天的地窖里，白生生齐崭崭的土豆芽苗；偶尔倒在垃圾上的一堆土豆认真长成一片土豆地，煞有介事地开花，结果，直至有人铲除了垃圾或秋霜忽降；仿佛看到内蒙古家乡的田野里无边无际的土豆在经历了五月春寒中的抽枝，发芽，六月就在黑绿的矮枝上，盛开鹅黄淡紫或是莹白的小花。没人欣赏、没人呵护，甚至连水也不用浇灌，天旱了，生得矮壮些，天雨了，开得蓬勃些，每每雨后晴初，仿佛一夜，满地的土豆秧儿都长高了一截，茎叶黑绿，花儿争抢着绽放。那欢喜，那势头，仿佛满地都是欢笑和歌唱！

　　土豆的生命力如此旺盛，它的美恰在这朴拙的旺盛里，东北常有倒春寒，有时土豆已长出几寸小苗，粗粗壮壮的，却在一夜春寒中软软垂下，地里的苍翠欲滴变成黑黢黢一片，然而不到一星期，又会缓过苗来或新长幼芽。土豆花也在短短的花期里，不计成本地怒放。花儿虽小，花苞却累累叠叠，沉甸甸地挂在枝头，一层开过了，不曾看到花落的痕迹，又一批早粉墨登场。走过土豆地，莫名开心，不曾意识到是土豆给了人力量、美与希望。

　　其实教育也是如此，"好成绩"如茶花儿或昙花，潜意识里，人们总认为学生的成绩是名贵的花，只有成绩好，才能获得去名校打造的机会，才有"前途"。多年悉心培养，只为等到昙花盛开，享受那稀有的"名贵"。

　　其实在教育的过程中，每个孩子，每天都有花开，比如说话真诚，笑容阳光，比如细心地关注到别人的不开心，恰当地劝慰几句，比如体育课上大汗淋漓的一场篮球赛，美术课上制作粗糙然创意独特的稚嫩作品，甚至沉闷的课堂上大胆地幽上一默……

　　记得学生的作文中曾描写一个孩子，数学老师讲评试卷：你们考试前不看书，题做得不好，考完了，还不看书……学生肃然，却有一个萌呆的声音：所以我们考试的时候想看书……全班包括老师笑不可抑。那是班里一个聪明调皮的孩子，思维活跃，常有不俗见解，只是成绩差些，然而性情天真，宽厚，又有天生的表演天分，一天不知给班里带来多少快乐，但也因为学习或纪律不好受了不少批评。其实，成绩好却冷漠自私的孩子很多，而快乐豁达，情感志趣丰饶的孩子实在更加可贵，虽在管理中需多费精力，然而其实于他个人于社会更有积极的意义。

其实，无论对花儿还是孩子，我们可以用太多的等待和呵护去期待想象中的美丽，更要用热情真诚去赞美他们凡俗常见的美，正是这些健康茁壮不拘一格的美，才真正构成了阳光美好的生活。不需刻意经营，更无须苦苦等待。

昨天朋友圈里有人晒出水种地瓜，地瓜秧儿蓬勃爬满客厅的生机让我激动不已。她还说，只需清水，几块憨朴的地瓜便可给你一个葱茏的冬天和厨中可人的碧绿小菜儿……

今天清晨，我兴致勃勃地去菜市场，我要买一兜朴实憨厚的地瓜，换下水晶瓶里多年不曾改变的绢花，期待碧绿的藤蔓，给我一份无须苦等的美丽。

种松种柏种永恒

读书看到一则故事，心境豁然清明了。

钱穆先生年轻时路过山西一座古庙，看到道士正在清除院中一棵枯死的古柏。钱穆问："古柏虽死，姿态还强健，为什么要挖掉呢？"道士说："挖掉后种新树。"

"种什么树呢？"

"夹竹桃。"

"为什么不再种柏树？"

"种夹竹桃，明年我能看到它开花，松柏长大，我看不到了。"

钱穆先生十分感叹："丛林的开山祖师，也只种夹竹桃的吗？"

这学期，我即丢了桃李三两枝，却培植了松柏。

唐平安和沈楠要转回原籍读书了，本是常事，怪道学生们重情重义、又兼两个孩子仁义厚道，颇得大家喜爱。看看将近期末，握在手里的日子渐稀疏了，班里洋溢着愈浓的伤感。学习气氛冲淡了，两个孩子没心思学习，其他学生也整日恍惚。正是期末拼成绩的时候，我心里有些着急，科任老师也提意见。但感情的事儿，洪水般，如何遏制得住？也只好明里暗里开着玩笑提点几句。

孩子们极自尊敏感，目光闪烁着避开我的视线。但学习上的确也用心了些，尤其要走的孩子，每次的练习检测都取得很好的成绩。只是仅限语文而已，他们飞起的心，实难落在本就荒芜的英语和数学中。

那日期末音乐考，孩子把歌儿唱得深情伤感，回到教室，人高马大的男孩儿们犹自泣不成声，班里悲声一片。我心烦躁，也只好笑着宽慰，哄他们进入上课状态。

我可以和家长沟通强令孩子压抑自己的情感、可以严肃批评他们对班级的影响，甚至可以劝谏家长让他们不参加期末的复习和考试。他们定能依从我的建议，因为始终是懂礼温顺的孩子。

但我都没有做，我不想给两个单纯的孩子在京的求学经历带来遗憾、不想让其他的孩子失却感受珍惜人与人之间美好情感的机会、更不想用区区分数伤害孩子人生中这一真诚动人的情感历程，我只能尽力两全。

期末考试确乎受到一定影响。成绩出来后，两个孩子几乎不敢和我对视。即使语文也没有达到我班平均90多分的成绩。

规规矩矩站在我面前，大胆些的唐平安自我解嘲一句：自从成绩出来后就很"羞涩"。"羞涩"是期末语文作文题目，孩子借此表达了歉意。我微笑着没有责备。

两个孩子更珍惜着仅剩的日子，直到最后一天和同学们一起离校；始终听话地微笑，再没有掉过一次眼泪；忙着帮我录分数，甚至小心翼翼催促任课教师上交成绩；把能帮我的工作都做了，没忘了做好最后一次值日。

是啊，期末的分数，是大家都能看得见的，一如夹竹桃的艳丽明媚；孩子性情心智的成长，却如松柏的风骨，是需在许多年后才能欣赏，于我，甚至可能并无一见的缘分。

教育中，看淡名利，有些事情需要坚持。

一名朴实的教师，不仅要种桃种李种春风，更应种松种柏种永恒，一如千年前的开山祖师。

捡起一粒米

读到一个有趣的禅宗故事,也有些开悟。

灵祐禅师在寒山子和拾得的点化下,去江西建昌泐潭寺,跟随百丈禅师学习禅法。百丈禅师一见灵祐禅师,便知道他将来是个大善知识,于是收他为入室弟子,并居参学之首。

一天,灵祐禅师侍立次,百丈禅师问:"谁?"

灵祐禅师道:"某甲。"

百丈禅师问:"汝拨炉中有火否?"

灵祐禅师即拨火炉,回答道:"无火。"

百丈禅师于是亲自起来,拿火箸深拨火炉,发现了一些零星小火。他钳起来,举给灵祐禅师看,说道:"汝道无这个!"

灵祐禅师言下发悟,当即礼谢百丈禅师,并陈述自己刚才所悟的道理。

灵祐禅师不再只看到火炉和表面的火,而是找到了隐在内部的火种。火是种子,心也是种子,有了火种便有了一切火;有了心种就有了一切道。

多年后,灵祐禅师在沩山当方丈,欲点化和尚石霜。一天石霜和尚在筛米,灵祐说:"这是施主的东西,不要抛撒了!"

"并没有抛撒。"石霜回答。

灵祐禅师从地上捡起一粒米:"这是什么?"

石霜无言以对。

"你不要小看了这一粒米，百千粒米都是从这一粒生出来的！"灵祐又说。

"百千粒米都从这一粒生出，那么这一粒又是从什么地方来呢？"石霜辩问道。

灵祐禅师大笑回方丈室去了。

石霜和尚不能理解一粒米是种子，一颗心也是种子，即使灵祐禅师进一步启发："百千粒米都是从这一粒生出来的！"石霜和尚也并没有开悟。

我虽不懂佛法，却粗识教育。

我想起一个孩子，他淘气、不学习，但嗓门很大，我便在一次朗诵比赛中逐字逐句地教他朗诵。他上台表演了，获奖了，从此语文课他主动开心地学习，还热情地写了作文请我修改，后来，他的作文也在刊物上发表了。一个小小的机缘燃起了这个孩子学习语文的热情。这次朗诵比赛，或者说这个孩子的大嗓门其实也是教育的火种。

还记得一个在所有课上都捣乱的孩子，只因我不了解他，所以在第一次上课时就多次提问他、多次表扬他聪明，从此在我的课堂上，他是我教学的支点，他从不捣乱说话，细细的眼睛始终亮闪闪地看着我。问及为什么能学好语文，他只说："因为语文老师夸我是好学生。"仅仅一句"好学生"就点燃了这个孩子学习的热情，这是怎样一个生动的生命！

王鹏从不听课，上课只是愣神，提问从没有答案、测验几乎交白卷。有次第二天又有一个小检测，我提前把他找来，把要检测的内容逐一陪他背会。第二天，他第一次得了几近满分的好成绩。在同学们的唏嘘赞叹中，他的脸激动得涨红。那一节课，他第一次跟着大家一起翻书、一起朗读，甚至一起思考提问。

有的孩子的火种真的隐藏极深、已微弱得很难点燃。但我们要

四、万花园中，相遇美好

创造点燃的契机。

我们不能只关注那熊熊燃烧的壮观的火，点燃一粒火种，点燃学生心的种子，一如不能只看到满筐箩的种子，而同样要珍视掉落地上的一粒米。

不要小看了这一粒米，百千粒米都是从这一粒生出来的！

即使是一粒瘦弱的种子，我们也要珍惜地捡起，更要用智慧和耐心，期待满园苍翠。

从地上捡起一粒米，掸却微尘。

只生一颗播种的心

前些时，在京北租了一块菜园，始终荒凉着，却使忙碌的心仿佛洁白的羔羊，觅得一片碧绿的牧野，充满了期待与向往。

终于有了一点时间，齐集了家里所有的人，包括年近七旬的母亲，一并去把菜园种了，没有肥料，更没有时间再去浇水。

临近期末，孩子们忙着复习，老师们也为着期末的成绩心无旁骛。一名供职北师大的家长却联系我：798艺术区邀他做公益讲座，他很想带孩子们也去参观。能听北师大教授的公益讲座，无疑是孩子们的幸运。我欣然赞同，并飞信邀请家长们随孩子一同前往。炎炎酷暑中，李老师一路讲过去：798的历史、未来的发展、在国际中的影响、艺术家的创作……随同的孩子并不多，家长也屈指可数，但听讲的队伍却逐渐庞大。

不久，李老师又倡议孩子们去美术馆参观五十年展览，我组织了我任教的两个班的学生去参观了、也邀请了相熟朋友的孩子。这次，去的孩子多了些。

第一次去美术馆参观，所幸有这样专业博学的老师做引导。一幅幅图画、一个个艺术家、一段段人生故事、一段又一段或平凡或惊心动魄的历史……小处着眼、大处落笔，李老师的讲解，似信手拈来，又各成体系，最后形成从历史到艺术到人生的完整的印象格局。

几乎整个美术馆的游客都被吸引到了我们的课堂中，不时有人发问，不时有人提出看法；听众的表情也一次次疑惑凝重，一次次豁然明朗，甚至每有所得，欣然于色。我留意孩子们，他们也听得仔细，但很少提问，许是人太多了吧？

美术馆的灯光幽暗宁静，这样的气氛，与每一幅展出的作品交相浸润，也与李老师的讲解交相浸润，这样的讲解，使得作家的面目、思想和他们生活创作的历史也渐渐晕染进来。这样的感觉，深刻地留在了我的意识中，也一样留在每一位游客的心里、留在孩子们的心里吧？

直到闭馆，我们仿佛依然站在滔滔的艺术河岸边，不见其首，更不见其尾，我知道，李老师的意趣，也只为把孩子们领到这艺术之河的岸边。

不知怎样表达心中的感激，只把一瓶水递到李老师的手里。李老师却诚恳地感谢我的支持、慰问我的辛苦。我说："不为孩子们今天能记住什么，只要这里有一个孩子从此关注了美术、关注了艺术，或竟对此感了兴趣，向这里迈了一步，便是我们的收获了。"李老师会意地笑了："我也是这样的想法。"

走出学校的分数教育，我们领着孩子们走进了另一片芬芳的土壤，在那里，我们种下一粒粒种子，不为收获，只为心中的一点期待。很多时候，教育更是一种诗意的等待。

放假了，走进菜园，已是绿意盎然，不意想都收获了。母亲说："种子是懂得人的心的，纵使土地不一定肥沃。"

是了，只生一颗播种的心，于平淡中收获幸福。

幸而为师

小课代表接我去上课，亲昵地唠叨着："上课啦""好热啊，上节课我们体育，我都饿了……""栗老师的 T 恤真好看"……

我手忙脚乱地收拾上课用材料。期末头绪多，怎样精心备课都觉还没准备好。抱了没交全的作业、改好的作文、要讲的试卷、课堂检测卷、要布置的作业……又想起 U 盘还没拿。小课代表抱了卷子，抓了 U 盘甩着马尾辫骄傲地走在我旁边。"怎么长个儿了？"低头看她，原来换了双厚底的运动鞋。她狡黠地笑："赶上您高了……"

走廊里遇到男生课代表，这一年他可没少长，够 1.9 米了吧？小黑塔般站在面前，明眸皓齿的。他表达亲昵的方式是笑眯眯地不友好："上课了，怎么这么磨叽？"这两天他愈加放肆了。我怂恿身边的小课代表："还不替我去踹他两脚？没大没小的……"理论上踹与被踹的两个都开心地笑了：他们容忍我的粗鲁。

小伙子心情蛮好，我理解他表达开心的方式：谁让他的语文成绩日日向好呢，快考试了，孩子心里不再惶恐，大小的考试，日有所进。我能感到他逐渐强大的自信。

昨天刚下课，当着全班同学的面，他揶揄了我什么？记不起来了，全班都善意地笑，我不能饶他，从讲台下去："不许躲，蹲下来，必须拧你的脸蛋子！"他得意地笑，还是把脸凑过来。

之前想拍他一巴掌都躲着，如今这么乖了。其实全班同学都长大了，懂事了，尽管学习紧张，尽管不谈什么离别，仍装作满不在乎地珍惜着这越来越短的初三日子。

那天英语语文培优，阿潘又早早回来了，说英语做完没事了——他总学有余力。我便给他一张综合默写卷子："写完发群里，没错儿就当全班的样本，有错儿就让大家纠错儿加深印象。"

群里有家长。阿潘有绝对的自信，也有直面错误的勇气。阿潘便拍到群里，文绉绉附言：欢迎纠错。

小伙子们忽然斯文了。小黑塔说："仅此一个小错。字很美，写得好。"另一白面书生更认真检查，又加两个小红圈："不止哦。"阿潘也文明卓绝："谢谢大家，受教了。"我知道所有其他孩子都和我一样，对着手机屏笑不可抑。白天在教室里可是一群活土匪啊，一人说话，其他人必要估摸着老师的耐性纷纷啃他几口的，啃得最欢实的那个定要挨了老师呵斥才恋恋收嘴。眼睛却一时拿不回来，含着诡谲狡黠调皮依然沉浸在"啃"的快乐里。

临到最后的几节课里，孩子们真的懂事了，复习都紧紧跟着；即使满张卷子几乎满分的孩子也安安静静陪着同学们把整张卷子的分析听完，搜检着哪道题自己还有疏漏的地方，后来没时间一一串讲，便点菜，允许他们七嘴八舌的课堂居然没人旁逸斜出，偶有小插曲立即笑归正传。课堂井然有序，效率更高了。

女孩子们可真好，文文静静地始终容忍着男生们长不大的淘气，原来还有些怨言，如今却从心里不介意了。老师偶尔笑骂哪个搂不住淘气的调皮鬼，她们嘴角含笑默默听着。男孩子依然面对女同学以嘴为枪，却明显是花拳绣腿，全没了"阶级仇恨"。

六月渐深，中考渐近，工作很累，却越来越有种小夜曲般优美舒缓的心情。

想起前些时去医院看望一个生病的朋友。手术室外，刚刚经历手术清醒过来的病人裹在绿被子里被推出来，交到护工和家人的手里。等在外面的，便有人激动地围过去，其余则更焦虑地等。不敢想象，里面，正进行着怎样的生死挣扎……这是医生日日的面对。

那天在网上买了些东西，大热天儿的，快递小伙子风风火火送了来，打开门，楼道里满满的汗腥味儿，小伙子的泥垢的工服被汗水湿透，怀里抱着我的大小的纸箱，下巴下还夹着手机耐心地指导着一位老人如何在网上下单邮寄。小伙子可真不容易。

打开手机，又弹出种植牙齿的广告，新闻里警方在警告群众谨防网络诈骗，多年前演员的新闻又被翻出：某明星上午免职下午……某宝直播间里浓妆艳抹的小伙子妖娆多姿地推销着化妆品，随便翻几个直播间，所有的主播都试图把假话说成真的或把一点点真实夸大，声音沙哑着……

下得地铁，已是晚高峰，车下黄色的大爷大妈一齐尽职尽责喧嚣起来："赶紧下车！请您先下后上！不要拥挤……"语近愤怒，尽管所有人都遵守规则做得相当好。所有刚下车上车的乘客遭了这喧嚣和呵斥，应该和我一样厌躁，依然麻木沉默地四散去……

这世间形形色色的工作，竟都不如和孩子们在一起，单纯快乐。

收了飞散的思维，继续为孩子们一字一句地修改作文。孩子们的语言果然进益了："轻轻勾起琴弦，那一声悠远的琴音，愈颤愈远，唤起我所有的怀古之思。我不能自抑地爱上了古筝，爱上了音乐……我仿佛穿着白衣，坐在江边。波光粼粼的江面，浩渺无穷，被月色与薄雾笼罩着。万物似乎溶浸于透明纯净的春江月色之中，那是一种梦幻又静谧的美……"

"每至春晓，冰雪融化，小溪歌唱了，随着山势曲折而下……"

"我就似那雪山上的一位少女，于群山碧水间，手指拂过那每一寸山，每一片雪，每一缕清流，每一束阳光……"这样的字句，从那刚刚脱了稚嫩的嘴里说出，从稚拙的笔下流出，让人不由得微笑，渐渐濡湿了心……

  幸而为师，今生活在干干净净的孩子间。展眼，尽是活泼，尽是希望，尽是青春的美。

花开或迟

七月,栀子花才开了一朵。懂的人说,栀子花喜光,光照不足,便开晚了。晚是晚了,依然美得销魂。

记得20世纪90年代,刚工作,在职业学校教高中。

那个开学,孩子们返校。班里高大帅气的扬子来了,远远开心地叫着老师,然后站在我面前。他一定是等着年轻的班主任夸他的,因为他的头发新染了亚麻色。

校服、黄皮肤、黑眼睛、淡黄的头发。我自认一切时尚前卫的东西能接受,但看着他的头发却格外别扭。于是皱皱眉头:"把自个儿头发弄得跟个笤帚似的,赶紧染回来!"

孩子明显失望了:"老师您怎么说我头发像笤帚啊,我花了好几百块呢,现在时兴……"

尽管我放缓语气把校规校纪和一个人追求美要适合自己,我们是中国人,美需要协调自然等道理讲了几遍,他还是把这昂贵的发式坚持了些日子。直到他觉得自己本来就鹤立鸡群,因这头发更鹤立鸡群确不合适,有天悄悄剪了,染了回来。直到毕业,他都保持了一种阳光健康积极上进的状态,很可爱的年轻人。

后来染发的多了,五颜六色的。依然有看起来俗艳不自然或清新时尚的,都能接纳了。我总想起我的"像笤帚"的"贴切"比喻和孩子失望的脸色。

毕竟孩子,对美的追求应该有个成长的过程,不该受到讥刺嘲讽的。

又想起那年带初二的班主任,不知从哪里来的时尚,男孩子崇尚内裤秀:他们把外裤穿得松松垮垮,似落非落,里面便露出时尚的内裤。裤腰上绣着我不认识的logo,屁股上各种卡通图案。他们追求连卡通图案都要秀出来,总不能不穿外裤吧。于是便让外裤松到走几步便要提一提的程度,这样logo和卡通图案便在这不断提一提的间隙里得以露一露。

真是病态!我反感。每次看到都没好气地提醒:把那裤子提好了!他们嘻嘻笑着提,好像被夸在了痛处:正愁关注度不够呢!

回办公室抱怨,其他老师也莫名:不知哪里刮来这么一股邪风,屡禁不止。

那天出去参观博物馆。大巴车开到校园。宽敞的校园,同学们列队上车,秩序井然。班长报数:还差四人,去卫生间了。说着,四人跑来了,空下来的校园,他们格外惹眼。更惹眼的是四个人边跑边提裤子,嘻嘻哈哈,似逃兵,又如阿飞。简直在表演!最令人不忍目睹的是小姚,到操场中央,他竟然是从腿弯捞起裤子,赵趄着跑了来。

我站在大巴车下看他们表演,又听到因他们迟到所有车刚刚发动引擎的声音以及各个车窗里传来的哄笑声,简直气炸了。怎么这么低级趣味!

上了车,安顿好所有学生,我走到小姚旁边,咬牙捏着他的胳膊问:"能不能穿好裤子?!""能!能……""现在就系紧了!我看着……"

此后,这种时尚似乎仍流行了一阵子便无疾而终了。毕竟到了初三,学习忙了,也更知道廉耻美丑了。然而多年后,小姚长大了,回来说起年少轻狂种种。谈及此,好像说着别人的故事,大家哈哈地笑。小姚说:"老师您不知道,那次,您把我的胳膊都掐青了……"

真的吗？看着眼前高大沉稳的小姚，我想起当年他黑亮亮的大眼睛、他的能说会道的小嘴巴，还有他的明黄色的带着 logo 和海绵宝宝图案的小内裤、他的执着于表现的小机巧、他一迭声儿认错的样子和错了之后还犯的调皮……一切都可用"幼稚可爱"来评价。

真觉当年气盛，不觉"量刑"重了。

毕竟是孩子，有时候，长大是不会一蹴而就的。等待是必要的教育方法，不该以伤害为代价。

栀子花的花语是"永恒的爱与约定"。花开或迟，终能等到。

风物长宜放眼量

那天去给孩子交机器人大赛报名费,第一次走进孩子的机器人课堂,发现上课的不是老师,却是两个孩子的家长。编程序,在场地上实践,两个家长忙得不亦乐乎,后来又有一个迟到的家长,来了后同样尽责。三个家长满场飞,少言寡语的老师尴尬地躲来让去。

一名家长尤为强势,孩子每做错一点,她都要重新给他上课,包括专业和思想课。孩子拧着眉头,一脸认真、一脸不耐烦。终于在又一次机器人仍没能走完全程后,那位妈妈的话语变本加厉了:"你不是说程序调得没问题吗?你不是说都明白了吗?那就不要出错啊!你总是觉得你已经会了,为什么……"孩子也终于反抗:"知道了!"

"你那么大声干什么?!"

"……"

"你跟谁喊呢?!"

"……"

"你给我出去!站到外面清醒清醒头脑再跟我说话!"

"……"

"出去!你瞪着我干什么?!"

"……"

昨天是全国清华优才暑期机器人大赛决赛。比赛完了,孩子回到休息区,可以跟家长沟通了。隔着护栏,几个孩子有的笑呵呵地喝水，有的向家长汇报成绩。在清凉的空调房里，唯有那个孩子满头大汗，眉头紧锁。"多少分？""1400。"孩子沮丧地说。这是目前的最高分，我们很赞赏。那位妈妈却恼了："我说让你检查光感，两个赛区都试试，怎么样，比昨天初赛成绩还要低！现在没话说了吧！"

孩子低着头，脸上的汗恣肆横流。

我出去给孩子买吃的，半小时后回来，家长仍在批评孩子，滔滔不绝，口沫横飞，并不在意整个大厅认识不认识的同学、家长和老师，孩子依然低着头，额上的汗一滴一滴地落在印着"清华少年科学家"的白色T恤衫上。

所幸这时八个组决赛选手的比赛都进行完了，组织老师要孩子们退出赛场，回到观众席坐好。那位妈妈却不允许孩子出来。空荡荡的赛场，孩子低着头，孤零零地站在休息区。

不久公布成绩，孩子的1400分出乎意料地获得第五名铜奖。那位妈妈惊喜地伸开五指重复：第五名！获奖了！第五名！

其实，四个一同去的孩子中，这个孩子是最努力，最在意结果的，他真的应该从这些方面得到赞扬。然而至今，那位母亲勾着头探向孩子不依不饶的训斥、孩子脸上纵横的汗水、母亲叉开的五指和那张惊喜的笑脸仍深刻留在我的记忆里。

昨天中午和另一名家长去外面吃饭，那位家长说起孩子的不争，说起自己没能考上清华的无奈，说起夫妻俩对孩子的期待与教育。这位妈妈很宽厚善良，她说："孩子压力大，总跟我发脾气，可能他需要发泄，爸爸对他太严格了。四岁时，因教孩子七八五十六，转眼再问却不知道了，他爸爸一拳把孩子打到床上……"她又说，"孩子极反感爸爸，常常说：'爸爸在家吗？不在家太好了！他如果死在外面多好！'……"

我和这位妈妈一起黯然：即使孩子考上清华，圆了爸爸妈妈的梦，然而爸爸却在孩子的心中"死"过数次了，不是更大的悲哀吗？

我又想起儿子不吃茄子和洋葱一事，两样菜摆在桌上他都要推得远远的。问他："小时很爱吃这些东西的，现在如何这么讨厌？"孩子说："上幼儿园时老师逼着都吃完，恶心得吐了，从此再不愿看到它们！"

幼儿园毕业已经五年了，不知还要多久才能培养儿子能再吃些这么有营养的东西。

为了幼儿园的规矩，也或许为了孩子能吃饱健康，幼儿园老师透支了孩子的饮食兴趣。

多少家长为了孩子一点点可量化的成长也在透支着孩子的兴趣，透支着亲情和自己在孩子心中的地位形象。一旦这些都透支净尽了，不知多久才能再建立起孩子在某些方面的兴趣，也不知还能否再建立起可贵的亲情，更不知此生还能否建立起为人父母的至亲至爱、无可替代的地位呢？

毛泽东劝柳亚子："牢骚太盛防肠断，风物长宜放眼量。"教育孩子尤要杜绝急功近利，更需"长宜放眼量"的心胸。

早春絮语

"学生说我瘦了……"

"学生说祝我生日快乐……"

两位老师各以自己的风趣幽默让学生的"小愚术"瞬间幸福瓦解。说起,办公室一片笑声。

愚人节呢,我才知道。西方的节日,学生们也关注得少了,竟没人和我开玩笑。

清晨一进班级就"收拾"了一个小淘气:"乾,今天老师郑重地告诉你,如果昨天的默写改错和今天的改错你仍不交,毕业前这三个月我绝不会督促你一次!穆这么幼稚的孩子,只要我提醒他把字写好,交上来就一定有变化,你幼稚吗……"然后一下课我就收到乾的默写,按我的要求,他又乖乖把诗背了一遍;穆的字迹果然如我所期也有明显进步……

不小心也"愚"了学生一下:怎可能不管乾呢?欲擒故纵罢了;穆的书写是怎么规劝都没有效果的呀,今天也受了我的暗示用心书写了。我暗暗地笑。

为点小事儿高兴,是办公室老师的通病。上一分钟还在为学生的不长进生气,下一分钟看到学生的丝丝儿进步——多对了一个选择题,作业认真查阅了资料,学困生主动来问问题了……都会立即喜形于色,津津乐道,在办公室"凡尔赛"起来。怪道老师们自嘲为"剑人",表意论剑练剑,实则一语双关。遂戏称语文教研室为

"剑人馆"。

下地铁，我摘了口罩畅快地呼吸，地铁里的管理越来越温和而严格，即使不小心拉下口罩也会被礼貌地提醒，所有人已习惯了规则。地铁内外洁净清新，不断有人在擦拭消毒。这样的文明令人愉悦安心。

进小区过马路，回家的车已鱼贯连起来，等吧，反正春色如此旖旎，我松下双肩包的一根带子，看着对面灿黄的迎春打算踏实地等。迎春后面"文峰"的员工趁着顾客少都出来擦玻璃了，白色的衬衫衬着宽大的玻璃和新芽的嫩柳，煞是好看。

下一辆车居然停在我侧前方，年轻的女司机看着我微微笑等。好意外的幸福！我有些受宠若惊，边挥手微笑，边三两步跑过马路。

想起要给儿子准备明天的早点，我先去味多美。站在高高的台阶下，才想起口罩被扔掉了，不好进店的。店里，穿着小巧的枣红制服的服务员聚在门口的收银台边聊天，满室金灿灿的灯光仿佛琉璃世界，只有一个紫色短衣短裙的女孩儿端着托盘弯腰在玻璃柜前拣糕点，美得有点梦幻。我笑笑，正要离去，忽听到身边奶声奶气的孩子的声儿："妈妈马上就出来了，再等等……"一个小男孩儿蹲在地上，小胳膊搂着一只毛茸茸的棕色泰迪，两个差不多大小，只是一个粉嫩小脸儿一个毛毛脸儿。男孩儿另一只小手指着店里的紫色身影。哦，这么美的女孩儿居然是男孩儿和泰迪的妈妈。

进了小区，弥漫着丁香花的香气。满园的丁香开了，这是小区的特色，每栋楼前后都种满了丁香。原来树小不起眼，一年年成大树了。每到春季，高低深浅的紫色花簇，连同弥漫的紫色香气，让人觉得这小区应名为紫园或丁香园之类。

门口一辆新能源的垃圾清运车又在清运。小区人多，如今却总不见垃圾了，绿色的桶洁净如新，盖着盖子，整齐立在冬青树后，竟有相互映衬之美。记得原来这一片的保洁员是个胖胖的女人，蒙着头盖着脸，拿个笤帚簸箕慢吞吞捡垃圾，不留意再把垃圾塞到绿化带后面……这么多年也似乎没见她的真面目。不知什么时候换了位年轻的姑娘：红扑扑的脸蛋儿，黑黑的头发，居然梳了个很复古的小辫子松松撒在头顶，很有些20世纪宣传画中"社员"的范儿，健康自信。

是啊，每个职业都是可敬的，当我们这个社会需要她，她也尽心为着自己的职业努力时，美就应时而生了。

我欣赏地看她擦着快递柜，绕过门前的丁香花丛，进得家门，两只猫舒展在窗前的阳光里，慵懒地看我，我唤它们，并不来。我便也迈上榻榻米看猫们眼里的风景：小院儿里，我种下的一株海棠已绿冠如伞，满树莹白含绯的花儿泼泼洒洒，迎着阳光灿如音符，仿佛正奏响一曲烦嚣烂漫的春光曲。音符莹莹烁烁落了满园，仍罩不住丁香的紫色光辉。几只麻雀在这光辉里翻飞跳跃，唱得跑调忘形。

松柏墙外，一个小伙子举着手机拍照，镜头里，眼睛里，满是喜盈盈的春光……

春美处处，想起唐杨巨源的《城东早春》："若待上林花似锦，出门俱是看花人。"我想说："不待帝都花似锦，人人皆是春中景。"

又改《越人歌》中句"山有木兮木有枝，心悦君兮君不知"为"春有美兮美无端，心悦君兮君亦悦"。